拾った駄犬が最高にスパダリ狼だった件

CHARACTERS
人物紹介
ラスク
人間の薬師。幼い頃、
流行病で両親を亡くし、
天涯孤独の身の上。
ディエゴ
A級冒険者の狼獣人。
獣化中にラスクと出会い、
犬としてラスクと
生活しようとしている。

シュレル
エルフの里に住むエルフ。
ルフの友人。
ミーフェン
ディエゴが拠点としていた街に
ある怪しげな薬店の店主。
ルフ
ミーフェンの友人のエルフ。
ヤクル
ラスクが務める薬屋の兄弟子。
ファーマ
ラスクの師匠。ヤクルの父親。

1、【ラスク視点】助けてやろうと思ったのに

その日は本当になんてことのない普通の日で、僕はいつも通り薬剤の調合に使う薬草を採りに、草原に出かけていただけだったんだ。

花がそこここに咲き乱れ、風が柔らかくそよいでいる。気温もちょうどいいし、お日様もぽかぽかと気持ちいい。

そんなものすごくのどかでうららかな、春の日。

あまりに気持ちいい陽気だから、ちょっと足を伸ばして湖まで行ってみるかって、ふと思ったんだ。辿《たど》り着《つ》いた湖は陽の光を映してキラキラと光っていて、これまで見た中で一番綺麗だった。

来て良かったなぁなんて思いつつ、他には誰もいなかったから薬草をのんびりと採取する。滅多に湖までなんて来ないし、ついでにあれもこれも、と欲を出したのが失敗だった。

湖の一部に群生する背の高い草をかき分けて根本に生えるオーリ草という水草を夢中になって採取していた時、いきなり真後ろで何かが倒れるような鈍い音がしたんだ。

魔物か!?

一瞬震え上がったものの、魔物特有の瘴気《しょうき》は感じられない。

恐る恐る振り返ると、僕と同じくらいおっきい黒い塊《かたまり》が倒れていた。

……犬？

それとも狼《おおかみ》か？

漆黒《しっこく》の耳とかしっぽとか、見た感じはイヌ科っぽい。

ピクリとも動かないから、つい凝視する。

その犬っぽい漆黒《しっこく》の塊《かたまり》は、どうやら背中に深い傷を負って気を失っているように見えた。

魔物にでも襲われたんだろうか。

毛並みがものすごくいいから、もしかしたら飼い犬なのかもしれない。

……手当て、するか……？

ちょっと悩む。

魔物じゃなくたって野生化したイヌ科の動物に本気で襲いかかられたら無事じゃ済まないかも。でも今は気を失っているみたいだし、ものすごく綺麗な毛並みの立派なワンちゃんだから、ワンコ好きの僕としては助けてあげたい。背中なんて、舐《な》めて治癒するのも難しそうだし。

幸い手持ちのポーションが三つほどある。一つくらい使ったって、今日ここから帰る分くらいなら問題ないだろう。今日はいっぱい素材が採れたし、帰ったらまた作ればいいんだから。

薬師ならではの気軽さで、ポーションを使ってやることにした。

ポーション片手に真っ黒ワンコにおずおずと近づく。その途端――

「ガウッッッ」

「ひぃっ‼」

真っ黒ワンコの首がグイッと持ち上がり、思いっきり牙を剥《む》いて吠《ほ》えられる。

恐ろしすぎて思わず尻餅《しりもち》をついた僕は悪くない。だって心臓が止まるかと思うくらいに怖かった。

めちゃくちゃ威嚇《いかく》してくるじゃん……！

幸い傷が深くてそれ以上は動けなかったのか、怖い顔でグルグルと唸《うな》るだけで飛びかかってくる様子はない。とりあえずは安堵《あんど》する。

きっとケガして気が立っているんだ。刺激しないようにこの場を去ろう。

そう思ったのに、立ち上がろうとすると力が抜けて、ペタンと地面にへたり込む。

……なんてこった。

最悪だ。あまりの迫力に腰が抜けたらしい。

切ない。僕は涙目で恨み言を零《こぼ》す。

「なんだよもう、助けてやろうと思ったのに……」

「わう……⁉」

「びっくりしすぎてポーション、投げちゃったし……」

ほんと最悪。

場所が水際だったせいで泥だらけだ。ポーションはちょっと遠い泥の中に半分埋まっている。

立てないから、真っ黒ワンコを刺激しないようにゆっくりと四《よ》つん這《ば》いでポーション回収に向かった。

もうヌプヌプの泥まみれだ。全身気持ち悪い上、腰が抜けるレベルで怖い思いをして、さっきまでの心地良さは皆無《かいむ》だ。

もう帰ろう……

でも、背を向けた途端に飛びかかられたら確実に死ぬ。

それが分かっているだけに、僕は真っ黒ワンコから視線を外さないまま、慎重に後ずさる。

つーか、泥の中を四《よ》つん這《ば》いで後ずさるの、難しすぎない？

「っ！　わふっ……？」

僕と目が合ったままの真っ黒ワンコが急に驚いたみたいな声をあげた。僕との距離が離れたのに気が付いたのだろう。

「心配しなくても近づいたりしないよ。もう帰る」

そう言った直後――

「きゅ、キューン！　キューン……！」

ぴくっと反応したワンコが、焦《あせ》ったように切ない声をあげ始めた。

「え!?」

「く、くぅん、キューン」

さっきとは打って変わった態度に、僕は言葉もなく真っ黒ワンコを凝視する。

「くぅん、くぅん、キューン。ぴすぴす、キューン」

「もしかして、僕に帰らないでほしいの？」

「わふっ」

明らかな返事に思わず笑った。

人間と一緒に生活しているワンコは人間の言葉を理解しているって聞いたことはあるけど、本当なんだな。きっと僕が「助けてやろうと思ったのに」って言ったのが分かったのだろう。

これ見よがしにこっちが罪悪感を抱くような悲しげな声をあげた上にしっぽをパタリと振るなんて、なかなか頭がいい。

「お前、やっぱり飼い犬だったことがあるんだろ。現金だなぁ」

「わふ……」

「傷を治してやるから、近づいても怒るなよ？」

「わふっ！」

真っ黒ワンコの目がキラッと煌《きら》めいた。本当に現金だ。

近づくにつれ、ぬかるんでいた足場が徐々に硬くなっていく。真っ黒ワンコの雰囲気が穏やかになったおかげか、腰が抜けていた感覚も薄くなり、湖の淵《ふち》を越える頃には立って歩けるようになった。

でも、まだダッシュで逃げられるほどは足に力が入らない。

僕はことさらゆっくりと真っ黒ワンコに近づいて、できる限り優しく声をかける。

「頼むから、傷が治った途端に襲ってきたりしないでくれよ……？」

「わふ」

真っ黒ワンコは「大丈夫だ」とでも言いたげにしっぽをパタ、と振ってみせた。

こうしてみるとなかなか可愛い。でっかいけど。

念のために防護結界を三回重ねがけしてから、真っ黒ワンコの傍《そば》に膝をつく。もう唸《うな》ったり威嚇《いかく》されたりはしなかった。

「うわー、エグい傷」

背中の肉はごっそりと抉《えぐ》り取《と》られている。かなりでかい魔物につけられたようだ。

よくぞ逃げ延びたものだ、と感心しつつポーションを塗《ぬ》り込《こ》んでやった。

「グルルルル……」

痛そうに顔をしかめながらも、真っ黒ワンコはじっと耐えている。

僕は傷口が塞《ふさ》がったのを確認してから、ポーションの残りを手のひらに取って口元に差し出した。

真っ黒ワンコは俺をジッと見た後、大人しくそれを舐《な》める。ぴちゃぴちゃと音を立てて舐《な》めとり、なくなるとゆっくりと立ち上がった。

やっぱデカい。僕の腹くらいまで体高がある。

若干動くのが億劫《おっくう》そうではあるけれど、足もよろめいていないし、もう攻撃的な様子もない。

「もう大丈夫そうだな」

ホッとした。

と、同時に自分の汚れっぷりが気になってくる。

さっきは気持ちが折れて帰ろうとしていたものの、こんなに上から下までどろどろの状態で帰るのはさすがにあんまりだ。せっかく湖にいるんだし、湖の中に危険な生き物がいるわけじゃない。魔物は今のところ姿を現さないし、真っ黒ワンコも襲ってはこないだろう。

手早く水浴びして、服もざっと洗ってしまおう。歩いてりゃそのうち乾くだろうし。

背の高い草が生い茂ったところだと見晴らしが良くないため、開けた場所で水浴びしようとテクテク歩き出す。すると、一定の距離を保ったまま真っ黒ワンコがついてきた。

感謝してくれているのかなぁとちょっとホッコリする。

周囲が見渡せる湖の岸で僕が服を脱ぎだしても真っ黒ワンコは去らなかった。

「元気になって良かったな。気にしなくていいから住処《すみか》に帰りな」

そう声をかけてみたのに、フンスとでかい鼻息を漏らしてその場でくるんと丸まる。そして、時々こっちをチラリと見た。

立ち去る気はないという意思表示にも見えるけど、もしかしたら単純にまだ体力が回復していないのが不安で人の傍《そば》にいたいのかもしれない。

ま、とりあえず今は体と服を洗うほうが先かと思って、僕はさっさと服を脱ぎ体と服をじゃぶじゃぶ洗う。

やっとスッキリした。ああ、僕ののどかな一日が戻ってきた……

心底ホッとしつつパンツを穿《は》いて、ズボンも穿《は》こうとしたその時だ。

「っ!?」

とんでもない瘴気《しょうき》に襲われた。

僕は完全に固まる。だって、こんな濃い瘴気《しょうき》、これまで感じたことなんてない。

眼球だけはなんとか動いたから、恐る恐る瘴気《しょうき》のほうを見ると、見たこともないような立派な銀の鬣《たてがみ》を持った魔物が舌舐《したな》めずりをしていた。

生物としての圧倒的な格の違い。あちこちケガをしているみたいなのに、その身から醸《かも》し出《だ》される強者のオーラが燃え上がるように恐ろしい。

あ、僕、死んだ。

「ガウッ!!」

思考停止した耳に、真っ黒ワンコの声が響く。

いつの間にか雄々《おお》しく立ち上がった真っ黒ワンコが、僕を守るように魔物と僕の間に立ちはだかった。でもその勇敢な後ろ姿を見られたのはほんの一瞬で、地を蹴った黒い体は銀の鬣《たてがみ》を持つ魔物へ躍りかかっていく。

「ひえ……」

激しい戦闘を繰り広げる二頭を前に、僕は情けない声をあげて震えることしかできない。

戦いは互角に見えたが、二頭の間に少しずつ優劣がついてきた。

真っ黒ワンコの劣勢だ。なんせあの銀の鬣《たてがみ》の魔物、爪も牙も大きく強靭《きょうじん》で、真っ黒ワンコはどんどん傷だらけになっていく。

真っ黒ワンコが倒されたら、僕なんて瞬殺だ。

ゴク、と唾を飲んで、僕は震える手で足元のバッグからポーションを取り出す。

僕のなけなしの魔術でポーション二本ですっかり回復した真っ黒ワンコを支援した。ポーション二本ですっかり回復した真っ黒ワンコが一気に優勢になる。

そのタイミングで拘束魔術を放つと、ほんの一瞬だけ銀の鬣（たてがみ）を持つ魔物の動きが止まった。

勿論その一瞬を見逃す真っ黒ワンコじゃない。喉笛（のどぶえ）にがっちり噛み付いて、しっかりと息の根を止め勝利の雄たけびをあげた。

凄い!!　めっちゃ凄い!!　真っ黒ワンコ、超強い!!

僕は力の限り拍手する。

それに気を良くしたらしい真っ黒ワンコが、鼻先をツンと上げた得意そうな顔で僕のほうにのっしのっしと歩いてきた。

ワンコでもドヤ顔しているって分かるんだなぁ。

内心面白く思いつつ、僕は真っ黒ワンコを手放しで褒めた。

「真っ黒ワンコ、お前凄（すご）いじゃん!!」

わしゃわしゃと頭やら首やらを撫でてやると、嬉しそうにわふわふ言う。耳がピーンと立って、しっぽが誇らしげにわさわさと振られた。

こうしていると、真っ黒ワンコも可愛い。

「お前にあんなエグい傷つけたの、あの魔物なんだろ?　良かったなぁ倒せて」

「わふっ!」

嬉しそうにわふわふ鳴いているのが愛らしい。

手持ちの干し肉を差し出してやると元気にバクッと食い付く。はぐはぐと幸せそうに食べているのを見て満足した僕は、よいしょと立ち上がってふと気が付いた。

あ、服着てなかったわ。

ちょっぴり恥ずかしく思いながらもそもそと服を着て、今度こそ町のほうへ足を進める。

「わふっ⁉」

なんか真っ黒ワンコの声が聞こえたなぁと思った瞬間、押し倒されていた。

「痛《い》てっ‼」

「わふっ」

目の前に真っ黒ワンコの顔がある。

「なんだよ、お前……」

「わふっ、ガウ、グルルっ」

デッカい前脚で胸を押さえ付けられて凄《すご》まれた。

なんなの急に……

ひょいと俺の上から退《ど》いた真っ黒ワンコは、なぜか服の裾に噛み付いて、どこかへ引っ張っていこうとする。仕方がないからついていくと、さっきの銀の鬣《たてがみ》の魔物のところに導かれた。

「なんなの……？」

「ガウッ」

「なんかやれって言ってる？」

「ガウ」

そうだとでも言いたそうな顔。ちょいちょいと銀の鬣《たてがみ》を前脚でかいてみたり、爪や牙の部位を鼻でツンツンと突《つつ》いて見せたりする。僕はもしかして、と思い当たった。

「素材採取しろって言ってる？」

「わふっ!!」

嬉しそうに肯定される。

「お前、冒険者に飼われてたの……？」

まさかワンコに素材採取を要求されるとは。

確かに素材として冒険者ギルドに持ち込めば、めっちゃ金になりそう。

「うーん……全部自分で解体するのは無理そうだから、特徴的なとこだけ採取して後はギルドで解体をお願いしようかな」

「わふっ！」

僕の言葉を聞いた真っ黒ワンコは満足そうに銀の鬣《たてがみ》を前脚で指した。

なるほど、そこを持ってけってコトね。


一旦銀の鬣《たてがみ》だけを採取して町に戻り、冒険者ギルドにそれを提出した。ギルドスタッフのアンドルーさんに死ぬほどびっくりされる。

なんでもここらじゃ滅多に出現しない、Ａ級の魔物だったらしい。

僕なんかじゃ名前も聞いたことがなかった。

アンドルーさんたちにこの真っ黒ワンコが倒したんだ……と説明しようとしたものの、ついさっきまでついてきていたのに、いつの間にかいなくなっている。

仕方がないから言葉だけで説明するしかなかった。

そもそも僕みたいなもやしっ子がA級魔物を倒せるはずがないし、魔物の傷痕《きずあと》から見ても僕は薬と魔術でサポートしただけで、倒したのは犬だという主張は理解してもらえたようだ。

それでも真っ黒ワンコが姿を消した以上、僕に報酬が支払われる。今まで手にしたこともない莫大な報酬を貰《もら》った僕は、文字通り震え上がった。

こんなに凄《すご》い報酬貰《もら》えちゃうの……!?

素材や薬を納入したってこんな額にはならない。

ギルドから出た僕は、しばし呆然と立ち尽くす。こんな大金、持って歩くのも怖い。

いや、ほとんどはギルドに預けたんだよ？　でも、ちょっとくらいは贅沢《ぜいたく》してもいいかなと思って、お給料の倍くらいの額を現金で貰《もら》ったんだ。

本当はあの真っ黒ワンコにも報酬をあげたいんだけどな……っていうかあのワンコ、いつの間にかいなくなっていたけど、干し肉なんかじゃなくてもっといい肉を食わせてやれば良かった。

「わふ」

「お前……っ」

いなくなっていた真っ黒ワンコが、また目の前にいた。

めちゃくちゃドヤ顔をしている気がする……！

いや、それは置いといて。僕は声を張り上げた。

「アンドルーさん！　アンドルーさ――ん!!　真っ黒ワンコいましたー！」

「なにっ!?」

ところが、だ。アンドルーさんがギルドから出てくるよりも早く、真っ黒ワンコが姿を消す。

「あーっ！　いなくなった！」

「なんだと!?」

「今いたのに！　ドヤ顔してたのに！」

「なんだそりゃ」

アンドルーさんが笑い出す。いつ見ても笑い皺《じわ》が優しそう。ちょっとタレ目なのが色っぽくって、整えられた顎髭《あごひげ》がダンディな彼に、僕は見惚《みと》れてしまった。

S級冒険者でも一目置くほど解体や鑑定の腕があるって噂なのに僕みたいなペーペーの冒険者にも優しい彼は、憧れの人でもある。

かっこいい。僕もこんなダンディな大人になりたい。

「ま、あんまり人前に姿を見せたくねぇのかもな。でもラスクの前には現れるのなら、ラスクには気を許してくれてるんじゃねぇか？」

「そうかなぁ」

どっちかっていうと、ナメられている気がするけど。

それでもアンドルーさんに頭をポンポンと優しく撫《な》でられているうちに、そうなのかもなって気持ちになってくる。

僕は親の顔を知らないけど、お父さんってこんな感じなのかなぁ。

「ま、その『真っ黒ワンコ』について分かったことがあったら教えてくれ」

「はいっ！」

「気を付けて帰れよ」

「ですよね……」

アンドルーさんの言葉に身が引き締まる。

そうだよね、とりあえずはこの大金を無事に家に持って帰らなければ。

バッグをしっかり抱いた僕は、アンドルーさんと別れて市場に入った。

屋台で豪華に色々買っちゃおうかなぁ、とウキウキして屋台に近づく。美味《おい》しい匂いに鼻腔《びこう》がくすぐられて、幸せな気分だ。

「わう」

またお前か。

いやでも、ちょうどいいっちゃ、ちょうどいい。

「真っ黒ワンコ、お前のおかげで信じられないくらい報酬貰《もら》ったから、なんでも好きなもん買ってやるよ。すっげぇいい肉でも食う？」

「わふっ！」

しっぽ、めっちゃ振ってる。腹、減ってたのかなぁ。まぁ、あんだけ戦った後だもんな。

真っ黒ワンコのご要望にお応えして巨大な塊肉《かたまりにく》を買ってやった。なのに、その辺で食わせてやろうとすると凄《すご》い勢いで吠《ほ》えられ、あげくに拗《す》ねた様子でそっぽを向かれる。

「いらないのかよ」

どうしたらいいのか分からない。ワンコ好きではあるものの飼ったことはない僕に、真っ黒ワンコの気持ちが分かるはずもなかった。

「しょーがないなぁ、暗くなってきたし、帰るか……」

今日は怖い思いもしたし泥だらけになったし、とにかく疲れた。早く家に帰って美味《うま》いもん食って、お風呂にゆっくりと浸《つ》かってから泥のように眠りたい。

「ここに置いとくから、気が向いたら食えよ」

真っ黒ワンコの横に生肉を袋ごと置いて踵《きびす》を返す。

家路を急いでいると、後ろからカサカサという音が聞こえてきた。

振り返ると、真っ黒ワンコ。しっかりとでっかい生肉が入った袋を咥《くわ》えている。

「え……ついてくるの？」

どこまで？　まさか家まで？

「おい！　ついてきたって僕、飼えないからな!?」

焦《あせ》ってそうはっきり言うと、真っ黒ワンコはツーンとそっぽを向く。

ちょっと待って、ウソだろ!?

諦《あきら》めてもらおうとしばらく動かずにいたり撒《ま》こうとしてみたり追い立ててみたりしたけど、真っ黒ワンコのほうが二枚も三枚も上手だった。

そして今。

不本意ながら僕と真っ黒ワンコは、僕の家の前で鼻を突き合わせている。

「とうとう家までついてきたな。まさか本当に僕《ぼく》ん家《ち》に入り込むつもりか？」

「わふ」

当然みたいな顔、やめてほしい。

「言っとくけど、家に入りたいなら絶対にお風呂に入ってもらうよ」

ピクン、と犬耳が揺れる。目を逸《そ》らしたところを見るに、どうやら風呂は嫌らしい。

「僕は薬師だ。魔物の瘴気《しょうき》だのよく分からない雑菌だの虫だの持ち込まれたら、商売あがったりなんだよ。僕《ぼく》ん家《ち》に入るなら風呂でくまなく洗ってからだ。これだけは譲れない」

途端に耳がペションと垂れた。ついでにしっぽもシオシオと小さくなる。

でっかいナリして叱《しか》られた子どもみたいな雰囲気を出さないでほしい。

「もしずっといたいなら風呂に毎日入ってもらうし、排泄《はいせつ》も僕指定の場所でしてもらう。歯磨きも毎食するから暴れるなよ」

「くぅー……ん……」

明らかに本気で悲しそうな声だ。

さっき湖でクゥンって鳴いていたの、あれ、演技だろって思えてくる。まったく油断ならない。

とは言いつつ、会話が成り立っているのかと思えるくらいに表情豊かなこの真っ黒ワンコに、ちょっとずつ情が湧いてきたのも事実だ。

本当にワンコって人の言葉を理解するんだなぁ。

邪険にするのも躊躇《ためら》われて、僕は一つため息を吐《つ》いた。

「……それでもいいなら、飼ってもいい」

「わふっ!?」

「お風呂に入ってから家に入るから、僕《ぼく》ん家《ち》の子になるつもりならおいで」

玄関の脇につけられたお風呂への扉を開けて中に入る。

町に出かけたくらいなら玄関から入るけど、魔物を解体した日なんかはまずはお風呂で瘴気《しょうき》や雑菌を落とすのがマイルールだ。家の中にできるだけ雑菌を持ち込みたくない。

「閉めるよ」

さすがに扉を開けたまま全裸になる勇気はないので、そう声をかけた。悩んでいる様子の真っ黒ワンコが慌てて入ってくる。

どうやらうちの子になる覚悟ができたらしい。

正直、飼い方なんて知らないし、これが仔犬だったら世話する自信がないけど、この真っ黒ワンコなら僕の言っていることがほぼ分かっていそうだ。僕にもしものことがあったとしても外に出て自分で食っていけそうだった。

食費はかかりそうだが、さっきこいつが狩ったA級魔物の報酬が何十年分もの前払いになる。

ま、なんとかなるだろう。

僕は腕まくりして水桶を手に取る。

「よーし、じゃ洗うよ！」

「キャウン……」

「ザバン！」と水をかけてやると、真っ黒ワンコがこの世の終わりみたいな声を出した。

お風呂がよっぽど嫌だったのか、真っ黒ワンコは今、部屋の隅で丸まって僕のほうをまったく見ようとしない。ツーンとした顔でそっぽを向いたままだ。

「もう、まだ拗《す》ねてんの？」

ちゃんとタオルでゴシゴシ拭《ふ》いてやったのになぁ。

「ま、いいや。飯でも作るか」

「わふっ!?」

真っ黒ワンコの耳がピーンと立って、急にガバッと起き上がる。目がキラキラに輝いているんだけど。

「いやいや、君にはデッカいお肉買ってあげたでしょ。作るのは僕の飯だから」

そんなことを言いつつキッチンに向かい、肉やら野菜やらを切っているところに、タシッ、とお尻に衝撃が。

「うわっ？」

なんなの⁉

振り返ると、真っ黒ワンコと目が合った。どうやら前脚で押されたらしい。

何、その期待に満ちた目。しかも、さっき買ってやった重量級のお肉の袋を咥《くわ》えている。ていうか、自分の分のお肉、持ってきたんだ……。

なんだかおかしくなって、笑いながらお肉を受け取った。

「しょーがないなぁ。お肉おっきすぎたの？　お前の牙ならこれくらい簡単に噛み切れるだろ」

前のご主人様に随分と甘やかされていたらしい。そう思ってお肉を食べやすい大きさに切って皿に入れてやろうとしたところで、またもお尻に衝撃が。

「なんだよ、もう」

「わふっ！　わうわう、ガウッ」

何かを訴えたいのは分かるけど、あいにく僕には犬語が分からない。

「分っかんないなー」

「ガウウッ」

前脚が伸びてきて、タシッとコンロを叩いた。

「……え？」

フンスフンスと鼻息荒く必死でコンロを叩く様子に、さすがにニブチンな僕も見当がつく。

「まさか、焼けって言ってるの⁉」

「わふっ！　わふ、わう、グルルッ」

「そうだ！」と言わんばかりに思いっきりしっぽを振った真っ黒ワンコは、あろうことか伸び上がって塩や胡椒《こしょう》の瓶まで脚先でチョイチョイと突《つつ》いた。

「マジで……？　ワンコに塩胡椒《しおこしょう》って体に悪くないの？」

「わふぅ！」

大丈夫だと言いたげだけど、ほんとかなぁ。人間にはどうってことないものでもワンコやニャンコには良くないものもあるって、聞いた気がするけど。

ていうか、この真っ黒ワンコのご主人様、甘やかしすぎじゃない⁉

驚愕《きょうがく》しつつも、まぁ、これまでずっと食べていたならいきなり死んじゃうこともないだろうと判断して、お望み通りに塩胡椒《しおこしょう》で味付けし、ミディアムレアで焼いてやった。

ご満悦な様子でしっぽをふりふり食べているのが、可愛い。

けれどその後ろ姿を見ながら、僕はなんとなく悲しい気持ちになった。

もしかして、こいつのご主人様は死んじゃったのかな。さっきの魔物と戦って……？　それとももっと前に？

味付けした上に火で炙《あぶ》った肉を食わせ、こんなに話が通じるようになるくらい話しかけ、一緒に魔物を狩っていたんだろうか。きっと、お互いにいい相棒だと思っていたに違いない。

あれだけあったお肉をペロリと平らげて満足そうに床に丸くなった真っ黒ワンコに、僕はそっと近づく。

「ご主人様、死んじゃったのか……？　寂しいよなぁ」

撫《な》でると、もふもふと柔らかい。

真っ黒ワンコは驚いたみたいに僕を見上げたものの、撫《な》でられるのを嫌がりはしなかった。

やっぱりご主人様を亡くして、寂しいのかもしれない。可哀想に。

気位が高そうなこの真っ黒ワンコ。そのご主人様はどんな冒険者だったんだろう。

まだ見ぬ人に思いを馳《は》せつつ、僕は真っ黒ワンコの体を優しく撫《な》でてやることしかできなかった。

2、【ディエゴ視点】興味か、それとも

「ご主人様、死んじゃったのか……？　寂しいよなぁ」

今日出会ったばかりのこの善良な男は、そんなふうに呟《つぶや》きながら俺の体を優しく撫《な》でた。

俺を見下ろす青い瞳と労《いたわ》るような手が気持ち良すぎて、何も言えなくなる。

俺はプス……と鼻を鳴らしながら床に顎《あご》をつける。

申し訳ないが俺に『ご主人様』などいたことは、ついぞない。なんせ俺は狼獣人《おおかみじゅうじん》で、その気になれば人型を取れるのだから。

この男についてきたのは、単なる好奇心からだった。

今日は珍しくしくじって、銀の鬣《たてがみ》を持つA級魔物グラスロに致命傷に近い傷をつけられたのが、その発端だ。

俺はS級ランク目前、自分で言うのもなんだがかなり凄腕《すごうで》の冒険者で、いつもならグラスロはこっちが狩る側。でも、あいつはおそらく長い時を経た個体で、強さも狡猾《こうかつ》さもずば抜けていた。気配を消して襲いかかってきたヤツに不意打ちをくらって背中にとんでもなく深い傷を受け、命からがら逃げる。

運悪く回復薬を切らしていて、追いつかれたら確実に殺《や》られると思った。スピードだけは若干

勝っていたから、狼《おおかみ》に姿を変えなんとかヤツを撒《ま》いたのだ。森を抜けてやっと草原へ出てだだっ広い中にキラキラ煌《きら》めく湖が見えた瞬間、そのあまりののどかさに俺は気が抜けてしまった。

それに背中の傷は多分かなり深い。血を流しすぎている。

自分の体が冷たい地面に倒れ込むのが分かって、気が遠くなっていく。

——そんな時だった。

何かが近づく気配に、俺は最後の気力を振り絞って威嚇《いかく》する。

「ガウッッッ」

「ひぃっ!!」

なんとも情けない声があがって、ヌプッと湿った音がした。かすみかけた目に、尻餅《しりもち》をついて震えているヒョロい優男《やさおとこ》が映る。

あ……人間だったか……

一瞬申し訳なくなったが、こんなところにいたらこの男も危ないかもしれない。

俺はグルルル……と唸《うな》った。撒《ま》いたとは思うが、さっきのグラスロが俺のニオイを追ってここに来ないとも限らない。

俺に威嚇《いかく》されたくらいで腰を抜かしている優男《やさおとこ》に、あのグラスロの相手が務まるとは到底思えなかった。巻き込まれたら可哀想だ。

俺はもう動けない。頼むからこの場所を離れてくれ……

そこに、悲しそうな呟《つぶや》きが聞こえた。

「なんだよもう、助けてやろうと思ったのに……」

何……!?

信じられない言葉を聞いた気がして、遠くなりかける意識を必死で繋ぎ止める。

「びっくりしすぎてポーション、投げちゃったし……」

耳を疑う。

やっぱり今、助けようと思ったって言ったよな!? しかも、ポーション!? 見ず知らずの、しかも人間でもない相手に、ポーション……!?

なんてお人好しなんだ。驚愕《きょうがく》してその男を見ると、彼はポーションを拾い四《よ》つん這《ば》いで後ずさろうとしていた。

嘘だろ……?

「心配しなくても近づいたりしないよ。もう帰る」

冗談じゃない!

俺は慌てる。

「きゅ、キューン! キューン……!」

ま、待ってくれ! さっきは悪かった……!

そんな思いを声に乗せて、必死で引き留める。

人間が聞いたら切なそうに聞こえるはずの声で、優男《やさおとこ》の良心に訴えかけた。

こんな俺にポーションを使おうなんて考えたくらいだ、お前は優しい人間なんだろう? 頼む、待ってくれ！　俺にはそのポーションが必要なんだ……！

「くぅん、くぅん、キューン。ぴすぴす、キューン」

「もしかして、僕に帰らないでほしいの？」

「わふっ」

通じた!!

俺も心底嬉しかったが、優男《やさおとこ》もそうらしい。彼の笑った顔は思いのほか愛嬌《あいきょう》があって可愛かった。

俺のせいで尻餅《しりもち》をついて両手両足は勿論《もちろん》腰から下がずっぷりと泥にまみれている。顔にも泥の飛《ひ》沫《まつ》が飛んでいるっていうのに、こんな顔で笑えるなんて。

「お前、やっぱり飼い犬だったことがあるんだろ。現金だなぁ」

少なくともさっきよりは優男《やさおとこ》が警戒を解いてくれたみたいで、俺は安心した。

「傷を治してやるから、近づいても怒るなよ？」

「わふっ！」

やっぱり優しい奴だ。

「頼むから、傷が治った途端に襲ってきたりしないでくれよ……？」

「わふ」

当たり前だ。襲うもんか。

その思いを込めて、俺は返事した。

まだビビッている男の顔でも、ゆっくりと近づいてくるのが嬉しい。足元がよろめいているのは、きっと腰を抜かしたせいだろう。本当に申し訳ない。

そんな気持ちを分かってほしくて、しっぽをパタ、と振った。

俺の傍《そば》に来た優男《やさおとこ》は、自身に防護結界を重ねがけしてから膝をつく。

それなりの危機意識はあるようで何よりだ。俺は彼に命を預けるように目を閉じた。

「うわー、エグい傷」

小さな呟《つぶや》きと共に、傷口にポーションが塗《ぬ》り込《こ》まれる。

「うっ！」

めっっっっっっっっちゃ痛い!!　体がびくつくのを抑えるだけで精一杯だ。

「グルルル……」

耐えきれずに、唸《うな》り声《ごえ》を漏らしてしまった。

怖がっていないかと心配になってうっすらと目を開けると、逆に心配そうに覗き込まれている。

ポーションをたっぷり傷口に塗《ぬ》り込《こ》まれていくうちに痛みはなくなり、傷口が塞《ふさ》がったのだろう
と俺は安堵《あんど》した。

すると優男《やさおとこ》がポーションの残りを手のひらに取って、口元に差し出してくれる。

どこまでも優しい。ちょっと涙が出た。

ポーションを舐《な》めると、活力が漲《みなぎ》る。ゆっくりと動いてみたら、ちゃんと立ち上がれた。

完璧ではないが、これならなんとか戦える。

「もう大丈夫そうだな」

おかげさまで。

自分の体がなんとかなった途端に、この男が心配になってきた。

この場所には俺のニオイも血臭もバッチリ残っている。さっきのグラスロが来るかは未知数だが、一刻も早く立ち去ってほしい。

だが勿論《もちろん》、優男《やさおとこ》がそんなことを知るはずはなく、周囲を眺《なが》めながらゆったりと歩いている。このどかな風景。この辺りは本来、大きな危険がない場所なんだろう。この優男《やさおとこ》も軽装だしな。

湖のほとりでふと立ち止まって周囲を見回した彼は、心配でついてきた俺に気付き、優しく笑いかけてくれた。

「元気になって良かったな。僕のことは気にしなくていいから住処《すみか》に帰りな」

呑気《のんき》なことを。

ついため息が漏れるが、心配するのはこっちの勝手だ。

体力が戻ってきたから人型に戻って事情を伝えようかとも考えたが、A級冒険者だってのに格下の魔物に遅れをとって死にかけたのを知られるのが嫌で、獣形を保つことにした。

優男《やさおとこ》ときたら本当に呑気《のんき》なもので、いきなり服を脱いで湖に入る。体や服を洗い始めたのに、驚くやら呆れるやらだ。

だが、まぁ、泥だらけだったしな。気持ちは分かる。

優男《やさおとこ》が水浴びしているのをぼんやり見ているうちに、グラスロを撒《ま》いてからそこそこ時間が経っているし心配しなくても大丈夫か……という気がしてきた。

全裸で水浴びしている優男《やさおとこ》をジロジロ見るのは憚《はばか》られて、目を閉じようとしたその時だ。

「っ……！」

嗅《か》ぎ慣《な》れた瘴気《しょうき》に顔を顰《しか》める。

やっぱり追ってきやがった。しかも、俺よりも簡単に食え、かつ柔らかそうな優男《やさおとこ》に標的を定めていやがる。

それに気が付いた瞬間、俺の中に猛烈な怒りが湧いてきた。

この個体が俺よりも強いのはすでに分かっている。相手にもそれなりに傷を負わせていたが、俺だって完全じゃない。勝てるかどうかはギリギリだろう。

それでも。

優男《コイツ》は命の恩人だ。たとえ死んだって、コイツには指一本触れさせるもんか。

そう心に決めて、俺は銀の鬣《たてがみ》を持つ魔物、グラスロに躍りかかった。

結果としては辛勝《しんしょう》だ。

ジリジリと傷が増え追い込まれていたところに、あの優男《やさおとこ》がポーションで加勢してくれたらしい。

どうやったのかは分からなかったが、傷が癒《い》えて急に体が軽くなった。

それがなかったら、多分あのまま嬲《なぶ》られるように殺されていただろう。

しかも、それまで一瞬たりとも隙を見せなかったグラスロが、ほんの瞬《まばた》きをする程度の時間固まったからこそ、俺はヤツの喉笛《のどぶえ》に喰らい付いて仕留められた。

あの一瞬のタイミングが、俺にとってどれほど貴重だったか。まさに生死を分ける一瞬だったと言っても過言ではない。

グラスロの不自然な硬直は優男《やさおとこ》が何かしたに違いなかった。俄然《がぜん》、男に興味が湧く。

いそいそと服を着る優男《やさおとこ》をジッと凝視した。

ぱっと見は呑気《のんき》でお気楽そうだ。身長も体格も人族ではごく一般的で特徴らしい特徴がない。短く刈り込んだ金の髪も空みたいな青い目も、割とよくある配色だと思う。垂れ目がちなところや笑った顔は可愛いと感じるが、それだけだ。

どこにでもいそうな奴なのに、とんでもなく優しくて善良なのには驚いたが、もっと驚いたのは俺がグラスロと戦っている最中にサポートしたことだった。

A級同士の戦いに手を出せる輩《やから》なんて多くない。次元が違いすぎて見ていることしかできないのが大半だ。

つまりこの優男《やさおとこ》は、見かけに反してそれなりに肝が据《す》わっている。俺に威嚇《いかく》されて腰を抜かした貧弱な奴だという評価は、一旦、保留にした。

どうやって俺をサポートしたのか。この男がどんな人間なのか。

もっと知りたい。この男の色んな顔が見てみたい。

湧き出てくる好奇心が俺を突き動かす。

幸い今は急ぎの依頼は入ってないし、たまには自分を知らない奴のもとでのんびり過ごすのもいいかもしれない。

よし、この男についていってみよう。

勝手にそう決意する。

俺の考えていることなど知る由《よし》もない優男《やさおとこ》は、服を着終わったかと思うとなんとグラスロの屍体をほったらかして帰ろうとしていた。

「わふっ⁉」

何やってんだ！

Ａ級魔物の討伐報酬と素材の値段、いったいいくらだと思ってんだよ……！

驚いて引き留めようとしたが、勢いが強すぎたらしく押し倒してしまった。やっぱりコイツは貧弱なんだろうか……

疑念を持ちつつ説教し、素材の採取を促《うなが》した。俺の命の恩人はとんでもなく優しいが、どうにも頼りない。

まぁいい、しばらくの間くらいなら面倒を見てやらんでもない。なんせ命の恩人なんだから。

そう思って優男《やさおとこ》……いや、そう言えば冒険者ギルドで会っていた男にラスクと呼ばれていたから、名はラスクと言うのだろう。

そのラスクの家に無理やりついていったわけだが――

「よーし、じゃ洗うよー！」

「キャウン……」

信じられないことに、容赦《ようしゃ》なく水をぶっかけられ丸洗いされてしまった。いい匂いの石鹸《せっけん》でアワアワのゴリゴリに洗われる。

「僕《ぼく》ん家《ち》に入るなら風呂でくまなく洗ってから」

そう宣言された通り、本気で何度も何度も。耳の先からしっぽの先まで。肉球どころか足指の股まで。体は地肌に近いふわ毛の中の中にまで指を突っ込まれ耳の中をも指先で丹念に洗われて、俺は次第にぐったりしてきた。

人型の時でもこんなに丁寧に洗ったことなんかない。本当に瘴気《しょうき》や雑菌を全て洗い流そうとでも思っているんだろうか。洗い方に執念みたいなものを感じて、俺は目を瞑《つむ》って耐えた。

水浴びキライ……

「うわふっっっ⁉」

突然、急所を擦《こす》られて、さすがの俺も飛び上がる。

「こーら、暴れないの」

これが暴れずにいられるか！

「わ、わふっ！　ガウウッ、ガッ……」

必死で抗議してラスクの腕から抜け出そうとしたものの、突然、体が動かなくなった。

「はーい、ちょっとだけ我慢してね～、すぐに終わるから」

のんびりした声でそんなことを言いながら、ラスクが俺のタマを丁寧に洗い、しまいにはしっぽを持ち上げてケツの穴まで洗い始めた。

なんたる屈辱……‼

しかしどんなに悔《くや》しくても、体がぴくりとも動かない。

この体の動かなさ。絶対に魔術だ。拘束魔術を使ったに違いない。

「はい、おしまい！　よく頑張ったね」

体を柔らかいタオルで拭《ふ》き上《あ》げられてヨシヨシと頭を撫《な》でられても、もはや声も出なかった。

為《な》す術《すべ》なくとんでもないところを洗い倒されて傷心の俺は、ヨロヨロと部屋の隅に向かい、ペションと床に伏す。

ピス……と情けない息が漏れた。

なんなんだ、コイツ。ヒョロヒョロの優男《やさおとこ》のくせに。

なんでS級目前の俺に、あんなにガッチリ拘束魔術をかけられるんだ。

グラスロの動きが急に止まったのも、きっとこの拘束魔術のせいだったのだろう。

一つ謎が解けた。

……謎は解けたが、あのグラスロは一瞬だったのに、俺は洗い終わるまでの間しっかり拘束されたのがプライドを傷付ける。

いや、きっとあのグラスロは魔法耐性がズバ抜けて高かったんだ……

またピス……と鼻息が漏れる。

「もう、まだ拗《す》ねてんの？」

拗《す》ねてるんじゃなくて怒ってるんだ……！

ラスクが声をかけてきたけど無視してやった。俺はまだ許してないからな！

俺の恥ずかしいところをあんな……！　問答無用で洗い倒すなんて許せるはずがない。

ツーンとそっぽを向いて、耳もしっぽも動かさないように気を配る。

ところが、だ。

「ま、いいや」

俺がまったく反応を見せずにいると、ラスクはあっさりと諦《あきら》めた。

「飯でも作るか」

「わふっ⁉」

飯という言葉に思わず反応してしまう。

俺をほっといて飯を作ろうとしているのは気に食わないが、ぶっちゃけ腹が減っているし、飯に罪はないもんな！

いそいそと買ってもらった肉を持ち出し、ラスクに一生懸命訴えて焼いてもらった。さすがに生肉は最終手段だ。できることなら焼きたいし、勿論《もちろん》味が付いているほうがいい。

首を傾《かし》げながらも肉を焼いてくれるラスクの姿を見て、俺の怒りは少しずつおさまってきた。

俺のためにたっぷりの肉を焼いて皿に山盛りにした後で自分の分を作っている背中を見ると、今度は逆に申し訳なくなってくる。

そうだよな。

風呂であらぬところを洗われた衝撃でついつい怒ったが、そもそもラスクに興味があって勝手におしかけているのは俺だ。

しかも、命の恩人だから面倒を見てやってもいい、なんて偉そうに思っていたが、冷静に考えてみると面倒を見るどころか世話してもらいっぱなし。さすがにヘコむ。

俺は何をしに来たんだ……

いや、やっぱりこの姿だから世話をやかれる羽目になっているわけで、人型になれば。

しかしそうなると、こんなにも気を許してくれるだろうか。

一緒に屋台を巡《めぐ》り、風呂に入り、微妙に通じている感じで言い合いながら飯を食う。それが存外楽しくて。

ころころ変わる表情も、文句を言いながらも楽しそうに世話をやいてくれるのも、嬉しかった。

俺は仮にもこんな小さな町じゃお目にかかれないだろうA級冒険者だ。そうと知られれば、これほどあけすけには話してくれないかもしれない。なぜ宿に泊まらないのかと不審がられるだろうし、少なくとも家に入り込むのは無理だ。

……それはちょっと寂しい。

湧き起こってきた自分の感情にちょっとびっくりする。

獣人の親離れは早い。人間だったらまだ『学校』とやらに行っている年齢で独り立ちして身を立てる。俺も例に漏れず十二の年を数えたくらいで家を出て、それから十四、五年というものひとりで身を立てて生きてきた。

その間、ひとりが寂しいとか、誰かと一緒にいたいとか、なんて思ったことはない。

冒険者パーティーに誘われたことも何度だってあるが、ソロを貫《つらぬ》いてきたのは単純に他人と一緒にいるのが面倒だからだ。

ソロは気楽で稼ぎもいいし、なんだって自分がしたいようにできる。誰かに気を遣う必要もない。最高に俺に合っている、そう思っていた。

なのになぜ、この優男《やさおとこ》――ラスクとは一緒にいたいと思うのか。

「ご主人様、死んじゃったのか……？　寂しいよなぁ」

そんなふうに優しく呟《つぶや》いた後は何も言わず、ただひたすらに俺の体を優しく撫《な》でてくれるラスク。

俺が特に反応を示さなくても、その手はゆったりと体の上を滑っていく。

他人にこんなふうに撫《な》でられることなんてなかった。

あったかい手でゆっくりと撫《な》でてもらえるのがこんなに気持ちいいなんて知らなくて、もうちょっとだけこの優しい手で撫《な》でてほしい、なんて考える。

床に寝そべる俺に合わせるように横に座っていたラスクの太ももにそっと顎《あご》を乗せてみた。すると、ラスクは俺の耳の付け根を揉《も》むように撫《な》で始《はじ》める。

暖炉の前のふかふかとあったかい絨毯《じゅうたん》の上、しかも人肌に寄り添って撫《な》でられていると、次第に体中の力が抜けうとうとと眠くなってきた。

気を抜いたら寝落ちしそうだ……と思った頃、ラスクが小さな声で喋《しゃべ》り始《はじ》めた。

「なぁ真っ黒ワンコ、お前はどんな町や森を冒険してきたの？」

腹の辺りを撫《な》でながら、囁《ささや》くようにそんなことを言う。

「僕さぁ、いつかエリクサーを作れるような、そんな薬師になりたいんだよね……」

思わず見上げると、空色の瞳と目が合った。照れくさそうに笑うのが可愛い。

「おかしいだろ？　夢みたいなことだからさ、あんまり人に言ったことないんだけど」

確かに。エリクサーって確か、伝説の万能薬だよな。

効能については諸説ありすぎて結局どんな効果があるのか分からんっていう、摩訶不思議《まかふしぎ》な代物《しろもの》だ。全ての病《やまい》を治せるとか、状態異常や体力・気力も全回復するとか、死人を生き返らせるとか、不老不死になれるとか。

そもそも誰もそのエリクサーなる薬を見たことがないんだから、何が本当か分からない。まさに伝説って感じだ。

「僕の親ね、流行病《はやりやまい》で死んだんだ。日に日に衰弱していって……本当に酷《ひど》いもんだった。父さんが死んで、母さんもいよいよ息を引き取った時にさ、エリクサーがあればってどれだけ泣いたかしれないよ」

この、のほほんとした様子の男にそんな悲しい過去があったとは。

なんで急に俺なんかにそんな話をしたのかは分からない。だが、ぼそぼそと呟《つぶや》くラスクがあまりにも悲しそうな眼をしていたから、つい伸び上がって鼻先で顎《あご》をちょんと突《つつ》いてやった。

「はは、慰《なぐさ》めてくれるの？　お前意外と優しいな」

ラスクがちょっと笑ってくれたので、俺も少しホッとする。

慰《なぐさ》めようとしたのかは自分でも分からない。ただ、ラスクが悲しい顔をしているのが辛《つら》くて、気が付いたら触れたくなっていたのだ。

人族というのは、他の種族に比べて体が弱い。

肉体も貧弱で脆《もろ》いが、病《やまい》にも弱く寿命が短い。だから、ラスクが語った内容は充分にあり得る話だ。

彼もきっと俺に比べたら脆《もろ》くて弱い。ラスクがあっさり死んでしまって、もう二度と撫《な》でてもらえなくなるのは嫌だ……ふと、そう思う。

だが、死にやすい種族だからこそなのか、人族は生にとても貪欲《どんよく》だ。もしかしたらエリクサーみたいな薬を作り出すのは、人族なのかもしれない。

「今さらエリクサーを作ったって親が戻ってくるわけじゃないけどさ、でも、病《やまい》で苦しむ人を救うことはできると思うから」

穏やかな声でそう言うラスクの目はとても優しいけれど真剣で、本気で言っていることだけは理解できた。

「勿論《もちろん》エリクサーなんて伝説だからさ、レシピを探すところからで、道のりは遠いんだけど」

やっぱり薬師から見ても伝説なのか。そりゃあ遠い道のりだろう。

俺にはエリクサーがどんな薬なのかは分からない。でも、いつかラスクが作り出せればいいのに。

「多分レシピを探すのも大変だし、使う素材もここにいるだけじゃ手に入らないと思うんだ。だから世界中を旅してレシピや素材を手に入れようと思って、僕でもできるような魔術を覚えたり体を鍛えたりしてるんだけどさぁ」

その言葉にびっくりして、俺はラスクの顔を二度見した。

体を鍛えている……!? これで!? 筋肉があるようには見えなかったぞ!?

あ、でも拘束魔術は見事だったから、鍛錬《たんれん》しているのは確かだ。本職の薬の勉強もあるだろうに、ご苦労なことだ。

「お前くらい強かったら、そんなことする必要もないんだけどね」

見上げる俺の背中を撫《な》でつつ、ラスクが笑う。

「お前はきっと、ご主人様とたくさんの場所を冒険したんだろうなぁ。なぁ、どっかでエリクサーの情報ってなかった？」

「クゥン……」

すまん、聞いたことがない。今までエリクサーなんて気にしたことがないから、もしかしたら何かあったのかもしれないが。役に立てなくて申し訳ない。

「ダメかぁ。ま、そう簡単にいくわけないよな」

くすくすと笑いながらラスクが俺の首にスリ……と頬を寄せた。なんだか凄《すご》く落ち着かない。

でも、あんな寂しそうな瞳を見た後では避けるわけにもいかなくて、俺はただ受け止める。

「今はまだ薬の知識をつけたり、いつか旅に出られるようにせめて護衛を雇えるくらい稼ごうって頑張ってるんだけどさ。お前がすっごい魔物を倒してくれたから一気に夢が近づいたよ。まぁ知識がまだまだ足りないから、もうちょっと師匠のもとで学んでからだけど」

あ、そうか。グラスロの討伐報酬と素材の代金が入ったんだもんな。普通に稼ぐ数年分になったはずだ。冒険者はハイリスクハイリターンだから、A級の魔物を仕留めたら数年は遊んで暮らせる。

そこそこ腕の立つ冒険者だって雇えるだろうから本当なら今すぐ旅立ったっていいのに、ラスクはそれなりに慎重派らしい。俺なら小躍りして飛び出している。

「あー、なんか話したらスッキリしたなぁ。夢がデカすぎてあんまり人に言えなくてさ、モヤモヤしてたんだ。聞いてくれてありがとな！」

そっか、とちょっと納得した。なんで急に狼《おおかみ》である俺にそんな話を始めたのか不思議だったけど、多分ラスクは突然夢に一歩大きく近づいたことに戸惑い、そのきっかけである俺に話すことで頭の中を整理したかったに違いない。

「なー真っ黒ワンコ、……って、ずっと真っ黒ワンコって呼ぶのも変か」

さすがに気が付いたか。どうするつもりかとちょっとワクワクする。

「でもなー……もしかしたら、ご主人様とはぐれただけかもしれないもんなぁ、お前」

ご主人様などいない。が、それを伝える術《すべ》はないんだよなぁ。

「ま、お前の飼い主が見つかるまでの仮の名前って思えばいいか。お前、何がいい？」

「わふ……」

「クロ？　ポチ？　タマ？」

「ガウウッ!?」

それはねぇだろ！　仮の名前にしてもいい加減すぎる……！

「なんだよ急に。気に入らないのか？」

「グルルルル……」

当たり前だろ。俺にはディエゴっていう、立派な名前があるんだよ！

3【ラスク視点】今すぐ！　人型になって‼

「――そんなに怒らなくても」

挙げた名前に文句をつけるように唸《うな》る真っ黒ワンコに、僕は思わず笑ってしまった。

本っっっ当に嫌なんだろうな。適当に言ったのがバレたのかなぁ。

しばし考えて、今度はちゃんと合いそうな名前を口にする。

「じゃーお前、真っ黒でかっこいいから、ネロとかどう？　どっかの国で黒って意味だよ」

あ、ちょっと考えている。結局はクロなのに、捻《ひね》ってたらいいのかよ。

「……わうっ！」

「お、気に入ったか！　んじゃお前、クロ……じゃなくて、ネロね！　ネロ、よろしくな！」

「わふっ」

可愛い。孤児院を出てひとり暮らしを始めてからこっち、家の中がこんなに賑《にぎ》やかだなんて初めてだ。でっかいナリして喜怒哀楽が激しい真っ黒ワンコ――僕命名ネロを、僕はすっかり気に入っていた。

楽しいけれど、今日は色々あって疲れたし、明日も仕事だ。

ふわぁ、という欠伸《あくび》が勝手に口から出る。

「よし、明日も仕事だからそろそろ寝るかぁ」

立ってベッドへ向かうと、ネロがついてきた。

「寂しいのか？　僕はベッドから落ちるほど寝相が悪くないから、ベッドの側で寝ても大丈夫だよ」

そう言ってやったのに。

「わふっ!!」

問答無用って感じでネロは僕のベッドに乗り上がる。

「うわ、ちょっと！」

「わふぅ……」

一瞬で僕の横に長くなって、すぅすぅと寝息を立て始めた。

「嘘だろ……」

ネロの元ご主人様、どんだけ甘やかしてんの!?　こんなでっかい犬と寝る時も一緒とか、可愛がりすぎだろ！

見たこともない元ご主人様に不満が募《つの》る。ワンコのコイツですらあんなA級魔物を仕留められるくらいだから、ご主人様はもっと強いんだろう。きっとお金持ちでベッドもでっかいに違いない。けど、僕のベッドはシングルなんだよ……！

純粋に狭い！

押してみたのに、こんなにでっかい毛玉、僕の非力な腕力じゃびくともしない。

仕方なく諦《あきら》めてネロの横にゴロンと寝転がった。

眠気に抗《あらが》えなくなる。なんせネロときたら暖炉の前で長くなっていたせいか、毛がフワッフワで気持ちいい。三回くらい洗い倒してやったおかげでいい匂いだし。

毛足の長い上質な毛布みたいだ……

僕は速攻で眠りに落ちた。


それから数日が過ぎたわけなんだけど。

ネロはめちゃくちゃ不思議なワンコだった。

喜怒哀楽が激しいかと思いきや、僕が帰ってきた時は信じられないレベルの塩対応だ。片目だけ開けて姿を確認するだけ。フンスと鼻息っぽい音を鳴らし、大欠伸《おおあくび》しながら寝床に頭を沈める。

興味ありませんよー、って主張されているみたいで結構切ない。

ていうかお前、朝もそこにいたよな⁉　根でも生えてんのかよ！

そう言いたいとこだけど、僕が飯を作り始めた途端に、ソワソワし出すんだよなぁ。そういうとこはさすがにワンコだ。

「……あ」

一方、不思議なことが続いてもいた。

「まただ。今日は……ホロホロ鳥？」

昨日、一昨日と、家に帰ると、なぜか朝にはなかった素材がテーブルに載っていた。今日は素材じゃなくて美味《おい》しいって噂の食材だけど、不在時に何かが増えているのに変わりはない。地味に怖かった。

まぁでも今ウチには番犬がいるわけで。

「なぁネロ、このところ毎日なんかものが増えてるんだけど、誰が来てるの？　もしかしてお前のご主人様じゃないよなぁ」

フン、と鼻息を漏らしてネロがそっぽを向く。

違うってことか。そもそもそれならネロだってここに残っているはずないもんなぁ。

そこでハッとする。

「もしかしてさ、ネロ……？」

だってネロが来てからこういう不思議なことが起こるようになったわけだし。

そう思って言ってはみたものの、玄関も窓も鍵が閉まっていてネロが外に出た様子はない。ネロもツーンとそっぽを向いたままだ。

「ま、いいか」

考えても分からないことは考えない。

孤児としてそれなりに苦労した僕が辿《たど》り着《つ》いた座右の銘《めい》に従い、気持ちをスパッと切り替える。

「せっかく美味《おい》しい肉だし、さっそく調理しよう。ネロ、たっぷり食わせてやるからな！」

「わふ！」

「飯の時だけは返事がいいんだからなぁ、ほんと現金な奴だよ」

しっぽがフリフリと揺れていて可愛い。

「ホロホロ鳥はでっかいからなぁ、お前がたらふく食っても大丈夫だよ！」

わふわふと嬉しそうな声をあげながら伸び上がって、料理ができるのを見ているネロ。そんなネロを横目で見つつ、僕はネロの素性についての謎を解く方策を考える。

明日は少し早く帰れそうだし、冒険者ギルドに寄ってみよう。

あれだけの魔物を狩れるワンコを連れているんだ、ネロのご主人様は有名な冒険者の可能性が高い。ギルドで聞けば、情報があるかも。

そしてもう一つ――

ホロホロ鳥のシチューと胸肉とレタスのマヨ照り焼きをがっつくネロを眺《なが》めながら、僕はとあるアイディアにニヤニヤしてしまった。

ご飯の後にお風呂でしっかりネロを洗うと、さっきの元気はどこへやら、耳もしっぽもシオシオと萎《しお》れ、暖炉の前でそっぽを向いて丸くなっている。

ピス……と時々悲しそうな声を漏らしているのを尻目に、僕はベッドサイドの壁に仕掛けを施《ほどこ》した。


翌日。

仕事場である薬屋で、僕は仕事仲間のヤクルさんに盛大に愚痴《ぐち》を吐く。

「ほんっとワガママばっかり言うんだよ！　目玉焼き焼けとか、スープが飲みたいとか、僕と同じものが食いたいとかさぁ、こっちは寝坊して仕事に遅れそうだって焦《あせ》ってんのに！」

「犬がそんなこと言えるわけないでしょ。ラスクったら面白いこと言うなぁ」

ぷりぷりと怒る僕に、ヤクルさんは楽しそうにツッコミを入れる。

孤児院のシスターのコネで就職できたここ、ファーマ薬店は、ファーマ師匠とその息子さんであるヤクルさんと僕の三人だけで営《いとな》む、ほどほどの規模の店だ。

師匠もヤクルさんも仕事には厳しいものの無理難題を吹っかけることもなく、僕みたいな孤児も普通に扱ってくれる誠実で優しい人たち。僕は大好きだ。

特にヤクルさんのことは兄さんみたいに慕《した》っている。

師匠には腕もないのに烏滸《おこ》がましくて僕の夢を伝えられていないけど、彼にだけは一回だけ言ってみたことがあるんだよね。

冗談めかして「いつかエリクサーを作れる薬師になりたいんだ」って言った僕を笑うこともなく、彼は「じゃあいっぱい勉強して、お金も貯めなきゃね」って言ってくれた。夢を掴むのには知識とガッツが必須だけど、情報を得るための金と運を引き寄せる努力も重要なんだよって。いつもはふざけているのに妙に真面目な顔で言われたそれを、僕は密《ひそ》かに心の支えにしているんだ。

どんな話も楽しそうに聞いてくれるヤクルさんに、僕はついついネロへの愚痴《ぐち》を続けた。

「言うんだって！　ていうか態度に出してくるんだよ。ミルクを出してやってもフン！　ってそっぽ向くし、鼻先で卵ツンツンするし、作ってやんないと腹いせみたいに僕のご飯食べちゃうし！」

「あははは。ホント朝っぱらから何やってんの」

「でしょ!?　マジでもう駄犬だよ駄犬！　なんであんなの拾っちゃったんだろ」

「拾ったっていうか押しかけられたっぽいけどねぇ」

「それは間違いない」

「でもそんなところが可愛いんでしょ？　ネロを飼い始めてからラスクが生き生きしてて、お兄さんは嬉しいよ」

「そりゃ、ひとりでいるより楽しいけど……でもアイツ、飼い主とはぐれただけかもしれないし」

「うーん、それだけ賢《かしこ》そうな犬なら、飼い主がいればなんとしてでも戻りそうだけどねぇ」

「アイツの行動からして、飼い主がいるなら冒険者だと思うんだよね。だから一応、今日の帰りにちょっとギルドに寄ってみようと思ってるんだ」

「ああ、いいかもしれないね。そのほうがラスクもスッキリするだろうし。でも、おれはどっちかっていうと、帰ると素材がテーブルに置かれてる事件のほうが気になるけど」

「うん、昨日はホロホロ鳥だった」

「ホロホロ鳥ってあのでっかいの!?　気のせいとかのレベルじゃないでしょ!?　絶対に家に誰か入り込んでるって！」

「うん、だから今日、ちょっと仕掛けしてきたんだ」

「仕掛け？」

「ベッド横の壁に記録石置いて、不在時の記録が取れるようにしてきた。あの位置ならベッドは勿《もち》論《ろん》テーブルも玄関も見渡せるし、なんかが動いた時だけ記録するタイプだから、入ってきたヤツも分かると思うんだよね」

「おお！　なるほど、考えたな！」

「今日帰るのが楽しみで」

「おれも一緒に行こうか？」

「んー、でも今日は冒険者ギルドにも寄りたいから、大丈夫」

「そうか、困ったらいつでも言うんだよ」

「ありがとう！」

優しいお兄さんの顔になったヤクルさんに元気良く答えて、僕は気合を入れて薬の調合を始めた。早く仕事をこなして、予定通り帰らないといけないからね！

そうして早々に仕事を終わらせて向かった冒険者ギルド。

アンドルーさんに、あれから結局真っ黒ワンコが家までついてきて飼っていると話す。勿論《もちろん》、面白そうに笑われてしまった。

「人間の言葉も分かってるみたいだし、魔物とも戦い慣れてるし、色々考えた結果、元々の飼い主が冒険者だったんじゃないかって思うんですけど、何か情報ないですか？」

そう尋ねた僕にアンドルーさんはうーん……と唸《うな》って首を横に振る。

「そんな話は聞いたことがないね」

「そうですか……はぐれただけなら、元の飼い主さんが今頃心配して捜してるんじゃないかって思ったんですけど」

「そんな凄《すご》い冒険者とデカイ犬だか狼《おおかみ》だかのコンビなら、情報が出回ってもおかしくないけどな。まぁオレにももしかしてって思い当たることがあるんだが」

「えっ⁉」

「できればその真っ黒ワンコとやらを見てみたい。今はラスクの家にいるんだろう？」

「はい！　鍵かけてきてるから、今なら絶対大丈夫です！」

「そうか、じゃあお邪魔してもいいかな？」

「はい！」

まさかアンドルーさんを家に招く日が来るとは思わなかった。

ちょっとワクワクドキドキしつつ、彼と一緒に自宅へ戻る。道々、僕が話すネロとのどうでもいいような日常をアンドルーさんは面白そうに聞いてくれた。本当にお父さんみたいだ。

「あ、アンドルーさん、もう僕の家すぐそこです！」

そう言って、町の外れのちょっと小高い丘の上のボロ屋を指さす。

「ちょっと外れなんだな」

「薬の調合を頻繁にやるんで、あえて外れを選んだんですよ。すっごく安かったし」

孤児の僕からしてみたら、貸してくれる家があるだけでも充分にありがたい。ちょっと職場や市場から遠くて不便なのなんて、なんてことないんだよね。

「へえ……おっと！」

突然、アンドルーさんが後ずさった。

「アンドルーさん？」

驚いて振り返ると、彼がびっくりした顔で僕を見ている。

そして怪訝な表情で僕のほうに手を伸ばした。僕もアンドルーさんに手を伸ばす。けれど、互いの手が触れるよりも早く、アンドルーさんの手が弾《はじ》かれたように遠のいた。

「あっ」

「すげぇ、結界だな」

「結界!?　そんな大層なもの張ってないですよ」

「ところが張ってあるんだな。多分、結界の主が……」

言いかけて、アンドルーさんがフッと笑う。

「ほら来た」

「ガウッ!!」

「うわっ！」

真っ黒い塊《かたまり》が目の前に現れてびっくりする。僕とアンドルーさんの間に割り込むように降り立ったのは、家にいるはずのネロだった。

「えっ!?　ネロ？　なんで!?」

「ガウッ！　グルルルル……ガウッ！」

ネロが凄《すご》い勢いでアンドルーさんを威嚇《いかく》する。僕は慌ててその首に縋《すが》り付《つ》いた。体が引きずられそうなくらいに、ネロはいきり立っている。

「ネロ、どうしたんだよ！　大丈夫、この人は冒険者ギルドの人で、悪い人じゃないから」

「ガウルルル………」

「ハハッ、これはこれは」

めちゃくちゃ威嚇《いかく》されているのに、なぜかアンドルーさんは楽しそうに笑い出した。

「ア、アンドルーさん……？」

「いや、彼は多分、ラスクに手を出すなとでも言いたいんだろうね」

「手を出すって……」

「家まで押しかけてきた上に、今はちょうど手を取ろうとしていただろう。そりゃあ怒る」

「はぁ？　年頃の娘の親父さんでもそんなに厳しくないでしょ……」

呆れる僕にアンドルーさんはさらに楽しそうに笑う。

「いやぁ、まさかとは思ったが、これは面白いものを見せてもらった。ラスク、凄《すご》いのを引っかけたもんだな！」

彼が笑いながら僕の肩をバシッと叩いた瞬間。

「ガウッ！　ガフッ!!　ガルルッ！」

「うわっ！　ダメだって、ネロ!!」

ネロがアンドルーさんに飛びかかろうとする。僕は必死で全体重をかけてそれを阻止した。僕でも怖いくらいの勢いなのに、大笑いしているアンドルーさんは凄《すご》い。

両手を上げて降参ポーズを取ったかと思うと、ネロに向かって楽しげに言う。

「悪い悪い、邪魔するつもりはないよ。オレはラスク狙いじゃないから安心していい」

「ガフッ……ウゥウ……」

「え、待って、どういうこと？」

「馬に蹴られる前に帰るよ。ラスク、お前の真っ黒ワンコは犬じゃなくて狼《おおかみ》だ。飼い主なんてものはいないから、安心して可愛がってやるといい」

「えっ、今の数分でそこまで分かるんですか!? アンドルーさん、凄《すご》い!!」

「まぁな、じゃあオレは帰るよ。彼の機嫌を損ねそうだからな」

「彼って……ネロの？」

「ああ。ネロって名付けたのか？」

「はい。名前がないのは不便だから」

「そうか、じゃあネロ君、できればそのうちギルドにも顔を出してくれよ。結構いい情報を提供できるはずだ」

「わふ……」

「え？　え？」

僕が戸惑っている間に、アンドルーさんは「じゃーな」とさっさと帰ってしまった。

「え……どういうこと？　何、今の会話……」

「わふっ!!」

意味が分からず首を傾《かし》げる僕の袖をネロが引っ張る。でも、さっきのアンドルーさんの言葉が気になりすぎて、僕はついつい彼の背中をぼんやり眺《なが》めていた。

ついにネロにグイグイと押され、よろけそうになる。

「なんなんだよ、もう」

「ガウッ」

「なんか機嫌悪いし……」

あまりに押してくるからしぶしぶ家に入ろうとすると、玄関じゃなくて風呂の入り口へ追いやられた。

本当にもう、なんなんだ。これじゃいつもと逆じゃないか。

「分かった分かった、風呂から入れば良いんだろ？」

「わう」

そうだ、と言いたげなしたり顔。偉そうだなぁ。

「お前も入る？」

思わずそう聞いてみると、今度は途端にネロの耳としっぽがしょげていく。

「わふ……」

それでもトコトコと風呂に入ってくるのが可愛い。嫌いなくせに、ちゃんと入らなきゃいけないのは分かっているんだよなぁ。

真っ黒な背中にもこもこの泡を立てて、しっかり洗ってやりながら僕はさっきのアンドルーさんの言葉を思い出した。

「お前、狼《おおかみ》だったんだなぁ。凄《すご》く人なつっこいから、ワンコかと思ってたよ」

「わふ……」

「狼《おおかみ》がこんなに大人しくて人の言葉が分かるなんて、びっくりだなぁ。お前が特別に賢《かしこ》いのかな」

「くぅん……」

珍しく切ない声をあげて、ネロが僕の体にスリ……と身を寄せてくる。あわあわの毛が直接肌を擦《こす》るから、くすぐったくてしょうがない。

いつもにはない不安そうな様子が可愛くて、僕はぎゅっと抱きしめてやった。

「お前がワンコでも狼《おおかみ》でも関係ないよ。それよりも本当に飼い主が他にいないなら嬉しいんだけど」

「わふっ!?」

耳がピンッと立って、ネロがキラキラの目で僕を見てきた。

「ケンカもするけどさ、結構お前との生活、気に入ってるんだよな」

「わ……わうっ！　わふわふわふっ!!　わふっ！　わううっ!!」

「うわっ、おい、ちょっと……もうっ」

初めてこんなにめちゃくちゃに舐《な》められた。

顔中どろどろになるくらい舐《な》められ押し倒されて、思いっきり体を擦《こす》り付《つ》けられる。

ホントにこれ狼《おおかみ》……？

そのあまりのなつっこさに笑えてきた。

お互いにめちゃくちゃあわあわになって、洗い流すのもひと苦労だ。シャワーが苦手で洗い流しはそこそこに出ていこうとするネロを全身で押さえつつ洗い、タオルで拭《ふ》き上《あ》げる。もうすっかり慣れたもんだ。

暖炉の前で立派な毛皮を乾かすネロを横目で見ながらメシの支度にかかろうと部屋に入ると、またもテーブルの上のブツが僕の目に飛び込んできた。

うわー……今日のもまた、存在感マシマシだなぁ。

なんか日に日に置かれているものが大きくなっている気がする。

今日はホーンラビット。これまた肉がすこぶる美味《うま》いと評判の魔物で、額《ひたい》の大きな角は薬の素材として有用なのだ。

本当に誰がこんなものを。

一つため息を吐《つ》いて、ベッド横の壁から朝仕掛けておいた記録石を外す。

多分これに、真実が映されているはずだ。飯でも作りながら見てみるか……。

そう思ってホーンラビットを捌《さば》きながら、記録石に魔力を流した。

記録石の表面に、僕が玄関から出ていく姿が小さく映し出される。ここまでは想定通り。

けれどそのすぐ後の映像に、言葉を失った。

「……っ」

ええ〜〜何これ……!!

あまりの衝撃に、僕の手はすっかり止まる。視線は記録石に釘付けだ。

だって……

僕が出ていって玄関の扉が閉まった途端、ネロがのそりと起き出して扉の前で所在なさげにウロウロし始めた。しかも時々扉を見上げては、キューン……と切なげな声をあげる。その姿が可愛くて、胸がキュッと締め付けられた。

思わず、今、暖炉前で丸くなっているネロを見る。けれど、僕をチラッと見ただけでいつも通り「興味ありませんよ」的な顔で欠伸《あくび》している。記録石の中の様子と違いすぎだ……！

これってあれか⁉　ツンデレってヤツか⁉

僕が仕事に行くと、本当は寂しくてしょうがなかったのか⁉

僕がいない間の記録石を見ているなんて気が付いていないネロは、暖炉の前で気持ち良さそうにうとうとし始めた。この横柄《おうへい》な態度からはとても想像できないけど、寂しがり屋さんなんだなぁ。布団に入ってくるのも「構って構って」ってじゃれてくるのもそりゃあね、って納得できる。

記録石の中のネロは相変わらず玄関の扉の前で寂しそうにピスピス、キューン……とウロウロしていて、しっぽも耳も可哀想なくらいしょんぼり。時々玄関扉をカリカリと引《ひ》っ掻《か》いているのが切ない。

マジ可愛い……！

こんなに寂しがっているなんて知らなかった。もっと早く帰ってきてあげれば……いや、職場に連れていくか？　いやいや、狼《おおかみ》はダメだろ。薬屋だもん。

そんなことを考えているうちに、諦《あきら》めたのか記録石の中のネロがフン、と鼻を鳴らす。

その僅《わず》か数秒後。

まるでお風呂の後みたいにブルブルブルッと体を震わせた記録石の中のネロは――

一瞬で、人の姿に変化した。

「えええええええっっっ⁉」

とんでもない出来事に、思わずでっかい声が出る。

真っ黒で柔らかそうな長髪。褐色の艶《つや》やかな肌。背中にはしなやかな筋肉が浮き、腰がキュッとしまっている。鍛え上げられた美しい体を持つその男のお尻には、見慣れたファサファサしっぽがしっかりついていた。

え……え……嘘。いや、そんなまさか。

気怠《けだる》そうにコキコキと首を鳴らした後、漆黒《しっこく》のふわふわ長髪を紐でササッと括《くく》ってスッキリした頭には、これまた見慣れた犬耳……もとい、狼耳《おおかみみみ》がぴょこんと飛び出ている。もうかっこいいんだか可愛いんだか分かんない。

振り返って部屋の中をぐるっと見渡した御尊顔は、うわぁイケメン……！　って感動するほど。

顔や体は人間。耳としっぽがついている。しかも狼《おおかみ》に変身できる。

どう見てもこれって。

僕はギギギギギ……と立て付けの悪い扉みたいにゆっくりと顔をネロのほうへ動かした。僕の叫び声にびっくりしたらしい、まん丸お目々のネロと目が合う。

「おおおおお前、お前、獣人なの……？」

「わふっ⁉」

「わふっ、じゃないよ！　これ、お前だろ？」

記録石を鼻先に突き付けてやると、ネロはジッと記録石を見た。

記録石の中のネロらしき獣人は、勿論《もちろん》なんなく鍵を開けて家を出ていく。

そりゃあね！　器用な指があるんだもんね！　外出だってわけないよね！

記録石を見つめたネロが固まっているうちに、人がいなくなって一旦途切れた映像が再開され、今度はお風呂からネロらしき獣人が現れた。

僕がいなくても、外から帰ったらお風呂に入るルールをちゃんと守っているのか。体からはほかほかと湯気が上がり、濡れた髪が色っぽい。

ただその肩にはでっかいホーンラビットが担《かつ》がれていて、めちゃくちゃワイルドだ。

正直あんまりお近づきにはなりたくない。

記録石の中の獣人ネロは血抜きされたホーンラビットをテーブルの上にドカッと置いて、僕が作って置いておいたご飯をガツガツ食ってから玄関の鍵を閉め、一瞬で狼《おおかみ》の姿に戻ったかと思うと、いつもの場所で丸くなった。

これで『いつもの光景』の出来上がりだ。

「なるほどねー、素材や食材はネロが獲ってきてたんだぁ」

「わ、わふ……」

「わふ、じゃない！」

僕が怒ると、ネロの耳が「ビクゥッ！」と揺れる。鼻からピス……と小さい音が聞こえたけど、ここだけは譲れない。

「人型になれるんでしょ⁉　今すぐ‼　人型になって‼」

しゅんとしたお耳のまま、ネロが体を震わせる。

瞬《まばた》きするほどの僅《わず》かな時間で、僕の目の前に見上げるほど体格のいい美丈夫が姿を現した。

めっちゃイケメンじゃん……

記録石の映像よりも細部までバッチリ見えて、思わず言葉を失う。

明るいオレンジ色の瞳が縋《すが》るように僕を見ていた。

見下ろしているくせに、上目遣いって器用だな、まったくもう！

「ラスク……その、すまない……」

声、渋っ！

体がでっかいからか、重低音の男らしい声だ。

いつも「わふっ！」とか言っているくせに人型になった途端落ち着いた声とか詐欺だろう。ちゃんと大人じゃねぇかよ！　なんなら色気まで感じるレベルだ。

子どもみたいに聞き分けないのが可愛いと思っていたのに、ひょっとしたら二十歳をちょっと過ぎた程度の僕よりもずっと年上なんじゃないだろうか。詐欺すぎる。

「どーいうことですか？」

僕からも常にはないひっくい声が出た。

これはもう致し方ない。だって怒ってるからな！

「け、敬語は嫌だ……」

「じゃあネロ……じゃなくて、とりあえず本名は？　なんで僕についてきたの。連日置いてる、薬草だの肉だのはなんなの！　勝手に増えてるの怖いじゃん！」

「そ、それは宿代と世話代っつうか」

「名前！」

「ディエゴ……」

僕があまりにも矢継ぎ早に質問したせいで、ネロ改めディエゴがポンコツな答えしか返してくれない。でも僕もすっかり気が動転してしまって、内なる叫びが抑えられなかった。

「言ってよ！　僕ずっとただのワンコだと思ってたじゃん！」

「言えるかよ！　タマだのケツの穴だの洗い倒されてみろ！　今さら獣人です、って……」

その言葉に、僕は真っ赤になって黙るしかなかった。

洗ったわ……そりゃもう容赦《ようしゃ》なく洗ったわ……成人男性が他人に洗われたくない場所のツートップ、ゴリゴリに洗い倒したわ……

4、【ディエゴ視点】ラスクの役に立ちたい

ラスクはびっくりするくらい真っ赤になって俯《うつむ》いた。今の今まで怒っていたのに、急に怒りのオーラが消えて恥ずかしそうな困ったような顔で謝る。

「ご、ごめん……」

「い、いや、犬だと思ってたんだから、しょうがないとは、思ってる。でもその、恥ずかしくて獣人だとは言い出せなくなったっつうか……あの、悪かった……」

つられてこっちまで歯切れが悪くなった。

お互いに目を逸《そ》らし、もじもじし合うこと数分。ついに家主であるラスクが口を開く。

「えと……とりあえずお茶淹《い》れるから、座ってゆっくり話そ」

「そ、そうだな！」

勿論《もちろん》俺は全力でそれにのっかる。

ラスクが背中を向けてお茶の用意をしてくれている間に、言うべきことを一生懸命にまとめた。

俺は群や仲間を大切にする狼獣人《おおかみじゅうじん》には珍しく、人付き合いが苦手で言葉が上手《うま》くない。

でも、ラスクに嫌われてこの居心地のいい関係性がなくなるのだけは勘弁してほしかった。

「お待たせ。ハーブティー大丈夫？」

「問題ない」

ことりと目の前にハーブティーが置かれる。横に俺が大好きなビスケットが添えられていた。

やっぱり優しい。ラスクはこんなふうに、俺が喜んで食ったものはすぐに覚えて、忙しいのに市場で買ってきてくれるんだよな。

俺が獣人だと知っても変わらない気遣いに、鼻の奥がツーンと痛くなる。

許してくれるまで、誠心誠意、謝ろう。

「……ラスク、本当に悪かった。ごめん。あと、助けてくれてありがとう」

「え」

今さらとはいえ、本当ならあの日言うべきだった感謝の気持ちを伝えると、ラスクはなぜかポカンとした顔になった。

「ラスクがいなかったら俺、間違いなくあの日、命を落としてたと思う」

「あー……ああ、ポーションか」

「そのおかげで命拾いした。それに、グラスロと戦っている時もサポートしてくれたの、本当に助かったし凄《すご》い嬉しかった」

「グラスロって、あの銀の鬣《たてがみ》の魔物？　サポートって言ってもポーション使ったくらいだけど」

「かなり劣勢だったし、あれがなかったら多分負けてた。それに、拘束魔術も使ったんじゃないか？」

「確かに拘束魔術も使ったけど、ほとんど効いてなかったと思うよ？　僕のサポートなんてあってもなくてもそこまで変わらないでしょ、大袈裟《おおげさ》だなぁ」

「大袈裟《おおげさ》なもんか！」

思わず勢い込んで言う。

「あの一瞬があったからグラスロを仕留められた。それで……それで、人間ですらない死にかけの俺にポーションを使ってくれた上にあんな戦いに参戦してくるようなラスクに興味が湧いて……俺」

「それでついてきたの？」

その問いに、小さく頷《うなず》く。ある意味事実だ。

でも。でも、ちょっとだけ言い訳させてほしい。

「ラスクに興味があったし、俺にとって命の恩人だから、ついていけば何か助けになれるんじゃないかと思ったんだ」

「あ、もしかしてそれで素材とか食料とか獲ってきてくれたのか。でもさ、あのグラスロっていうの？　あの魔物の報酬だけで僕、何年分か働いたくらいの額貰《もら》ってるんだけど。ていうかあの報酬、返さなくっちゃね」

「あれはラスクが貰《もら》うべき金だから俺はいらない。ラスクがいなかったらそもそも倒せてない」

「でもどう考えても僕が倒せるわけがない魔物だよ。しかもあの銀の鬣《たてがみ》、薬にも使えるレア素材だった。それだけでもう充分だけど」

「そうか！　役に立ったなら良かった。とにかくあの報酬はラスクが好きに使ってくれ。このところ獲ってきていた素材は、その……ラスクの助けになるどころか俺、迷惑かけてる自覚があったから……詫《わ》びのつもりもあって」

正直に言ったのに、なぜか急にラスクが笑い出す。

「急にしおらしい！　ワンコの時はあんなにしっかり色々要求してたのに」

「獣化してる時は、欲望が優先されるんだよ……」

肩を落とす俺とは逆にラスクは徐々に緊張がほぐれたみたいで、いつもみたいな笑顔になった。

その顔を見ているだけでホッとする。

「本当は少しラスクの様子を見て、礼になるようなことをしたらすぐに帰るつもりだったんだ。でも……」

「え。あ、そっか、そうだよな。ディエゴにだって普通に生活があるんだもんな。ディエゴってやっぱり冒険者なの？」

「ああ。普段はルコサの町を拠点に活動してる」

「ルコサって確かめちゃくちゃでっかい港町だよね。あんな遠いところ？」

「走ればすぐだ」

「さすが獣人、『すぐ』の距離感がおかしいんだよなぁ。ちなみにランクはいかほどで」

「Aランクだ」

「Aランク!?」

ラスクは分かりやすく驚いているが、もうすぐSだ。

ただSランクともなると国からの依頼が頻繁に入り不自由になると聞く。ラスクに会えなくなるくらいなら、もうしばらくAランクのままでいいような気持ちになってきていた。

「凄《すご》いなディエゴ、Aランク冒険者なんてこの町にはいないよ。Bランクだっているかどうかじゃないかなぁ」

「だろうな。この辺りは魔物もそう危険なヤツはいないし」

「だよね。あ、でもこの前のグラスロとかいうのはA級の魔物だってアンドルーさんが言ってたけど」

「悪い、あれは多分俺を追ってきたんだ」

「あー道理で。でもあんな魔物を倒せるなんて、本当にディエゴって強いんだな」

……どっちかっつうと、Aランクのくせにグラスロなんかに殺《や》られそうになっていたのが恥ずかしい。

でも、ラスクが凄《すご》い、強い、と思ってくれるのならもしかして……

ラスクの言葉に勇気を貰《もら》って、考えていたことを口に出してみる。

「あのさラスク、お前、エリクサー作れるようになりたいって言ってたよな？　俺と一緒に旅に出てみる気、ねぇかな」

「へ!?」

ラスクは想像したことすらなかったのだろう。すっとんきょうな声をあげる。

「いや、考えたんだけど、俺ならラスクを守りながら旅できるし、他の奴を雇うよりは気兼ねしなくていいんじゃないか？　時々この町に戻りたいなら、俺の背中に乗ればあっという間だし」

一気に言い切って、俺はホッと息を吐《つ》く。

「……俺、ラスクの役に立ちたい」

ぽかんとしたままのラスクを見ているうちに、ついそんな言葉が出た。そんな俺の言葉を聞いて、ラスクはふふっと楽しそうに笑う。

「ディエゴって義理堅くていい奴だったんだなぁ」

姿を偽《いつわ》って傍《そば》にいたというのに、彼は笑いながらそんなことを言ってくれる。ありがたいけど、お人好しすぎてちょっと心配だ。

「でもさディエゴ、僕の役に立とうなんて考えなくていいんだよ。もう充分にお礼を貰《もら》ったし、役に立ってるよ」

あ、と思った。

今の顔、俺が狼《おおかみ》のままだったら頭を撫《な》でてくれていた。人型になったのがちょっと残念だ。

「せっかくだけど、僕はもうしばらく師匠のもとで学ぼうと考えてるんだ。ディエゴのおかげで資金はできたけど、薬師としての知識をつけなきゃいけないからさ」

「じゃあ、それまで俺もここにいる」

「へ？」

「ラスク、俺との生活、気に入ってるって言ってくれたよな？　俺もラスクと一緒に暮らすのがあんまり居心地良くて楽しかったから……もうこのまま飼い犬として暮らすのもいいかって思うようになってた」

「は⁉」

ラスクが目を剥《む》く。俺の提案はなかなかに衝撃だったらしい。

「いや、ダメでしょ。Aランクだよ⁉　それだけ優秀な冒険者なら依頼だっていっぱいあるだろ」

「別に……依頼なんて俺が受けなきゃ他の奴が名を上げるために受けるだけだ」

「勿体《もったい》ないよ！　Aランクなんて、なろうと思ってもなれないランクなんだろ？　まったくもう、何言ってんの」

「狼《おおかみ》だったらいいか？　狼《おおかみ》になろうか？」

「なんで急に⁉　ていうかダメ！　ほだされる！　絶対ダメ！」

なるほど、いざとなったら狼姿《おおかみすがた》になって居座ろう。

悪い考えが頭をよぎる。どうやらラスクは俺が狼姿《おおかみすがた》だと強く出られないらしい。良いことを聞いた。

「……じゃあ、依頼をこなしてきたら飼ってくれるか？　どうせ昼間はラスクがいなくて寂しいし、今までみたいに軽く狩りに行ったり依頼こなしてきたりしてもいい」

「……え、ディエゴ、もしかして本気？」

俺はしっかりと頷《うなず》く。

「他人と一緒にいてこんなに楽しかったのは初めてだから、俺はラスクと一緒にいたい」

ラスクのほっぺがふわっと赤くなって、続いて彼は困ったように笑う。

「そんなこと言われたの初めてだから、なんか照れ臭いな」

「俺も初めてこんなこと言った」

「……」

「ダメか？」

「ああもうっ！　そんなしょんぼり耳されたら断れないだろー！」

「えっ、じゃあ」

「いいよもう、そんなにここが気に入ったなら、いていいから」

「ホントか!?　俺、ちゃんといい子にする！」

「いい子って。ちゃんとペット目線」

「狼姿《おおかみすがた》のほうが撫《な》でてもらえる。甘え放題だし」

そう言うと、ラスクは楽しそうに笑った。

「見た目はイケメンなのに、性格はやっぱ真っ黒ワンコのままなんだよなぁ」

当たり前だ。どっちの姿だろうが俺なんだから。

「僕としてはこんなふうに話せるのも楽しいけどな」

「獣化してる時でも話せはするぞ。ちょっと話しにくいし考えるのが面倒にはなるけど」

「へぇ、そんな違いが」

「どうせ人型でいるなら恋人のほうがいい。恋人になってくれるか？」

「はえっ!?」

「さっきアンドルーとかいう男と一緒に帰ってきた時、めっちゃハラ立ったし」

「ええ？　いや、ちょっと待って」

「好き。番《つがい》になりたい」

「いやいやいや、え、急に？」

「急じゃない。獣人が食い物を貢《みつ》ぐのは求婚の証《あかし》」

「はぁ!?」

「食ってくれたらＯＫの印」

「えええ!?　いや、知らなかったし」

「分かってる。だから改めてちゃんと言った。今すぐじゃなくていいから、考えてほしい」

「待って……混乱しすぎて、ちょっと頭が追いつかない」

ラスクの様子に俺はとんでもなく嬉しくなった。

だって、困ってはいるけど嫌がっているわけじゃない。これは、押せばいける気がする。

ラスクの空色の目をまっすぐに見て言う。

「いっぱい大切にする」

「え……いや待てよ、お前オスだろ。僕も男なんだけど」

「別に珍しいことじゃないし、俺も気にしない。好きな奴と一緒にいることのほうが大事」

ついにラスクが真顔になった。やっと本気だと分かってくれたらしい。

「まいったなぁ。マジかー……」

「本気。大マジ」

耳の先までピシッとして、俺イチ真剣な顔で言うと、ラスクも腹を括《くく》った顔になる。

「分かった。ちゃんと考える」

「おう！」

良かった！　断られなかった！

内心ホッとする。

「とりあえず腹減ったし、飯でも食お。作るの途中になってたし」

俺の気持ちを聞いてもなお、一緒に飯を食おうと言ってくれるラスクの度量の広さにまた惚《ほ》れた。

やっぱり俺、一緒になるならラスクがいい。

「俺も手伝う！」

いいとこを見せようと思って立ち上がると、ラスクの目がまん丸になった。

「えっ、ディエゴって料理できるの⁉」

「そりゃまぁ」

ささっと手を洗い、料理途中で放置されたジャガイモをくるくるっと剥《む》いてみせる。ラスクは「おおっ」と感嘆の声をあげた。

「野営もするし、基本、ひとり暮らしだったしな。さすがに生肉はできるだけ食いたくないし」

「そっか、ワンコの時も焼け、味付けしろってうるさかったもんなぁ」

「味付けはラスクのヤツのほうが好きだから、そこは頼む」

「……お前、モテそうだな」

意味が分からなくて首を傾《かし》げるが、ラスクが嬉しそうだから、まぁいいか。

まだ数日しか一緒に暮らしていないものの、ラスクが作ってくれる飯が美味《うま》いのは本当だし、「美味《うま》いか？」って頭を撫《な》でながら聞いてもらうのも好きだ。

俺がしっぽを振って「わふっ」と答えるだけで心底嬉しそうに笑ってくれるから、なんかもうそれを見ているだけで一生飼い犬のままでいいと思える。

ふたりでやると飯の準備なんてあっという間で、ごろごろ肉と色とりどりの野菜が入ったシチューとホーンラビットの蒸し焼きが出来上がる。

「今日も美味《うま》そうだ……」

思わずじゅるりとよだれが出た。

「あはは！　ディエゴは人型になってもやっぱディエゴなんだな。目がキラキラしてる」

「それは仕方ない。美味《うま》そうすぎる」

「お前の耳とかしっぽが嬉しそうにフリフリされるの、好きだなぁ」

「それも仕方ない。勝手に揺れる」

「あはは、だよなぁ。どうだ？　美味《うま》いか？」

「美味《うま》い！　最高に美味《うま》い。いつも思ってたけど、なんか嗅《か》いだことのない匂いとか味がある気がするんだよな……」

「凄《すご》いな、ディエゴ！　分かるんだ……！」

ラスクは目を見開いた後、いつもの心底嬉しそうな顔になる。

この顔が見たかった。

不思議な匂いと味の正体は、ラスクが採ってきて乾燥させて作るオリジナルのハーブで、ちょっとした自信作だったらしい。道理で嗅《か》いだことがないと思った。

「隠し味的にちょっと入れてるだけなんだけど、やっぱ鼻がいいんだなぁ」

なんて、ラスクは相好を崩す。

すっかり上機嫌になった彼は今まで以上にたくさんのことを話してくれた。言葉が返ってくるのが嬉しいのだろう。人型も悪くない。

楽しく飯を食って一緒に茶碗を洗う。これまでは世話をかけてばかりだったから、こうして一緒に作業するのが凄《すご》く嬉しい。

ふたりでいっぱい喋《しゃべ》っているうちに、すっかり月の位置が動いていた。この高さだと日付が変わる頃かもしれない。

「ラスク、楽しくて喋《しゃべ》りすぎてしまった。もう日が変わる頃だ。そろそろ寝ないと、明日の仕事が辛《つら》くないか？」

「ああ、大丈夫。僕、明日と明後日は休みなんだよ」

「なんだ、そうか」

「でも今日はお風呂ももう入ったし、そろそろ寝よっか」

「そうだな」

「あ、そうだ。ディエゴがここに住むなら荷物とか持ってこなくていいのかな。手伝ったほうがいいなら、明日、引っ越しの手伝いしてもいいけど」

「嬉しい。ルコサの町から必要なものだけ持ってくる。ラスクも一緒に行こう」

ベッドへ向かうラスクの後ろを当然のようについていく。なんにも考えていないらしいラスクがベッドに入ると同時に、有無を言わさずその隣に身を沈めた。

いつものようにラスクの体にピトッと丸めた背中を当てると、彼は分かりやすく強張《こわば》る。いつもは俺の腹に手を回してもふもふするのに、今日は毛がないから戸惑っているのかも。

「……そっか、いや、そうだよね……」

呟《つぶや》く声と同時に、背中を伝って振動を感じた。あったかさとラスクの匂いと僅《わず》かな振動。

番《つがい》にしたい、と思っている存在をこんなに近く感じると無条件に色々高まってくる。

断る暇を与えなかっただけではあるものの、曲がりなりにも自分の気持ちを伝えた上でも同衾《どうきん》を許されているわけで。

嬉しさで勝手にしっぽがパタパタ揺れた。感情が丸分かりでちょっと恥ずかしいが、どうしようもない。しっぽよりも前の昂《たかぶ》りを抑えるだけで精一杯だ。

「ディエゴ……ディエゴ！」

ラスクが切羽詰まった声を出す。何事かと振り返ると、顔を両手で覆《おお》って肩を震わせていた。

「どうした？　大丈夫か？」

「しっぽ、めっちゃくすぐったい……！」

心配でわざわざ上半身を起こしたのに、必死で笑いを堪《こら》えていたらしい。

俺は上裸だがラスクは薄手とはいえちゃんとインナーを着ている。それでも俺のしっぽの暴れっぷりが凄《すご》くて、インナーごしでもくすぐったかったのだろう。

「心配したのに」

ちょっと呆れつつラスクを上から見下ろす。

しっぽでくすぐられまくっていたラスクは、俺が体勢を変えたことでようやく一息吐《つ》けたらしい。ふう、と息を吐いて両手が顔から離れ、やっと愛しい顔が見える。

近くで顔が見たくて覗き込むと、涙目のラスクと目が合った。その途端、彼の頬にさあっと赤みがさして、彼は思いっきりうろたえ始める。

「うわ、うわ、うわ、何これ……！　視覚の暴力……!!」

「どうした？」

「ちょ、顔近づけないで！」

どんどん顔が赤くなっていく。これはもしかして、俺をめちゃくちゃ意識しているということじゃないか？　ここが攻め時な気がしてきた。

「大丈夫か？　顔が真っ赤だ。熱があるのか？」

ラスクに覆《おお》い被《かぶ》さって、おでこをぴったりくっつけてみる。

人族はこうやって熱を計ると聞いたことがあるのだ。教えてくれた人、ありがとう。

ちょっと顔を上げてラスクの様子を見ると、夕日みたいに真っ赤になっていた。

おお、凄《すご》い。本当に熱がありそう。

「まままま待って！　待って、ディエゴ……頼むからワンコ姿になって！」

なんなんだ。さっきは絶対に獣化するなって言っていたのに。

まぁ獣化すればラスクがなでなでしてくれるかもしれない。

そう思って言われた通り速攻で狼《おおかみ》の姿に戻る。

「わふっ！」

いつも通りに一声吠《ほ》えると、ラスクは明らかにホッとした雰囲気になった。

さっきまでの恥ずかしそうな顔もいいけど、やっぱりいつもみたいに可愛がられるほうがいい。

元々覆《おお》い被《かぶ》さるような体勢だったせいで、ラスクの顔が近い。そのまま思いっきり顔を舐《な》めてやる。

「うわっ！　ちょ、なんだよもう」

あはは、とラスクが笑ってくれた。

脇腹に手が回ってきて、モフモフモフモフモフモフモフモフと思いっきり撫《な》でてくれる。

すっごく幸せだ。俺のしっぽもちぎれそうなくらい勢い良く暴れる。

人型だとおでこをくっつけただけで恥ずかしがって押し返そうとしてくるのに、獣化していると顔じゅうを舐《な》めても、なんなら唇を舐《な》めても怒られない。

獣化、最高……！

俺のテンションはうなぎ上りだ。ついつい調子にのって首筋に鼻先を突っ込み、ラスクの匂いを堪能《たんのう》しながら首筋を丹念に舐《な》めた。

牙が時々柔らかい肉を擦《こす》るが、極力当てないように気を付けるから許してほしい。

甘い。

いい匂い。

温かい。

柔らかい。

時々震えるのが心地好い。

脈打つ首筋はどんどん熱を持って、舐《な》めるほどに甘みと塩味が増す。もっともっと味わいたくて、俺は広い土地を求め下へ下へと舌を進めた。

「ちょ……わ、あ、ディエゴ、ダメ」

ラスクが何か言っている気がするけど、言葉が頭に入ってこない。

舐《な》めたい。

噛みたい。

突っ込みたい。

本能が急《せ》き立《た》てる。

でも、僅《わず》かに残る理性が噛んだり突っ込んだりしたら嫌われるぞって言うもんだから、舐《な》めるしかできなかった。

夢中になって舐《な》めているうちに、小さな粒に行き当たる。

「ふあ……っ」

ベロンと舐《な》めると、途端にラスクの体が大きく跳ねた。

「ディ、ディエゴ!! 待て!!」

ラスクの声に、ハッとして我に返る。

潤《うる》んだ目で俺を睨《にら》むラスクが視界に入った。頬は紅潮し、息も荒い。俺が舐《な》め回《まわ》したせいか、唇はいつもよりぽってりと紅く膨らんで艶《つや》やかに濡れている。

とんでもなくエロい。恐る恐る視線を下に向けると、いつの間にそうなったのか、インナーが捲《まく》り上《あ》げられていて、白い素肌を晒《さら》したラスクの肢体が目に入る。勿論《もちろん》俺のよだれでベットベトだ。

あのぽちっとした粒は乳首だったのか。もっと丁寧に舐《な》めときゃ良かった。

これ以上俺に舐《な》められないようにだろう、ラスクが両手で胸を隠す。見えないのが残念だ。

「ディエゴ」

不意に聞こえたラスクの声に、首をすくめる。

だってこれは、いつもよりちょっと低い、叱《しか》る時の声だ。

「わふ……」

俺の耳としっぽが無条件にしゅんと萎《しぼ》む。夢中になって舐《な》めまくった自覚はあった。

「ごめん……おおかみのとき、りせい、うすくなる……」

「あ……そういやさっき、獣化してる時は欲望が優先されるって言ってたか……」

ラスクがはた、と思い出した顔をする。

眉毛が下がって、一瞬しょうがないかって顔になるのが、最高に可愛い。

「……っ」

「わ、ちょ、こら！」

可愛いと思った瞬間、無意識に腰が動いていたみたいで、また叱《しか》られた。

でも、俺が擦《こす》り付《つ》けたせいもあるだろうけど、ラスクだってちょっと兆《きざ》している。

本当はもっと触れ合いたい。大好きな人に覆《おお》い被《かぶ》さりたい。こんなに至近距離に可愛い顔があって肌が触れているのに、舐《な》めても擦《こす》り付《つ》けてもダメだなんてすっごく寂しい。

落ち着いてきたのか、ラスクの肌がいつもの色に戻っていく。さっきまで春に咲く花みたいに薄いピンクで可愛かったのに。

ラスクに叱《しか》られて耳としっぽはしゅんと萎《しぼ》んだものの、暴れん坊な俺の息子は萎《しぼ》んでくれない。元気いっぱいで愛しい人に愛嬌《あいきょう》を振《ふ》り撒《ま》こうと頑張っている。ラスクを怒らせるだけだから大人しくしていてほしい。

「まったくもう……！　ディエゴ、やっぱ人型になって。こんなんじゃおちおち眠れないよ」

「ごめん……」

俺はシュンとしたまま人型になった。

目が合うと、またしてもラスクの顔がさあっと赤くなる。今日のラスクは色が目まぐるしく変わる。周囲の色に体色が変わる蝶々《ちょうちょう》みたいだ。

「うう……顔がいい……！」

ラスクが悔《くや》しそうに呻《うめ》き声《ごえ》をあげる。

どうやらラスクはオレの顔がかなり好みらしい。この顔で良かった。

「とにかく、とりあえずは俺の上から退《ど》いて……」

残念、ついに退去命令が出てしまった。

ラスクの横にころんと横になると、右腕に彼のぬくもりを感じる。それだけでも嬉しい。

人型になってラスクの顔が視界から外れたことで、俺もちょっと頭が回るようになってきた。

……純粋にヤバい。

さっきの俺、完全にアウトだろう。何やってんだ……！

獣人だってバレたのに追い出されなかっただけでも幸運だってのに、さっきみたいに我を忘れてばっかりじゃラスクに愛想を尽かされてしまう。

「ごめん、ラスク。その……」

「大丈夫、分かってる。狼《おおかみ》の時は理性が働きにくいんだろ？　これからもここで一緒に暮らすなら、お前、今後風呂とベッドは別ね」

その言葉にショックを受けて、俺は一瞬、返事ができなかった。

いや、当たり前だ。考えるまでもなく当たり前の話なのに、思ったよりもダメージがでかい。

「あ、今日はしょうがないから一緒に寝てもいいけど、お触りは禁止だから。これ以上舐《な》めたりエロいことしたら、ベッドから蹴り出すし同居もしない」

「っ！　絶対に良い子にする」

そう約束すると、ようやくラスクが笑ってくれた。

5、【ラスク視点】扱いやすいっていうか単純っていうか

「絶対に良い子にする」

ディエゴが真剣な顔で誓った。

どこまでペット目線なんだよ、って、ちょっと笑える。

いやぁまいった。マジでまいった。

しかもさっきまでは正直ちょっとヤバかった。

真っ黒ワンコが狼《おおかみ》だったのはまぁいいとして、それがまさか獣人で、とんでもないイケメンで、しかもAランク冒険者なんていうびっくりするくらい凄《すご》い人で、なのに僕の飼い犬希望で、恋人になってほしいって言ってくる……なんかもう、色々キャパオーバーすぎて脳みそが考えるのを拒否している。

つい数時間前まで、ワガママだけど素直で可愛いワンコだと思っていたのに、急にそんなことを言われても、って思うじゃん。

なんとか平静を保とうって努力していたのに、この駄犬ときたら顔じゅうを凄《すご》い勢いで舐《な》め、あろうことかあんなとこまで舐《な》めた上にでっかいちんちんを擦《こす》り付《つ》けてきた。いったいどういう了見だよ。

あらぬところを思いっきり擦《こす》り上《あ》げられたもんだから、うっかり軽く勃《た》っちゃったじゃん。

だがしかし、絶対にディエゴに動揺を悟られてはならない。

なんでもない顔をして、僕は明日の予定を口にする。

「明日ディエゴの家に行って色々持ってきてさ、足りないものや近くで買ったほうが良いものは市場で揃えよう。グラスロの報奨金がたっぷりあるし」

「……」

「……ディエゴ？」

返事がない。

ちらっとディエゴのほうを見ると、目を潤《うる》ませて僕をじっと見ていた。

だから！　しょんぼりした耳するの、ズルいって……！

しかもイケメンの涙目、破壊力が凄《すご》い。

「ラスク、もう怒ってないか？」

今にもキューン……って聞こえてきそうな悲しい声を出すのも、反則じゃないかな。

「怒って……ない、けど」

いや、怒ってもいいはずだよな？

あのまま放置していたら、多分僕の貞操は儚《はかな》くなっていた。そうだよ、怒っていいはず。

そう思った僕の気配を察したのか、ディエゴがするんとベッドから抜け出る。

「このまま一緒にベッドに入ってるとラスクに迷惑がかかるから、ちょっと狩に行ってくる」

「えっ」

「結界を張っていくから、鍵はしなくていい」

「ちょっと待ってよ！」

「ラスクが一生俺と一緒にいたくなるような、すっごい獲物、獲ってくるから！」

「待てって！」

「行ってくる‼」

その言葉だけ残して、一瞬でディエゴはいなくなってしまった。

「マジか……」

僕はディエゴが出ていった後のドアを呆然と見つめるしかない。

「アイツ、人型の時も全く人の話、聞いてないじゃん……」

呆れて零《こぼ》すと、次第になんかおかしくなってきた。

本当に本質はあの真っ黒ワンコなんだなぁ。

イケメンで凄《すご》い冒険者だとしても、僕が『ネロ』と名付けてケンカしたりご飯やお風呂の世話してやったり、一緒に寝たりしたアイツのままで、中身はなんにも変わらない。

「アイツが、獣人かぁ……」

ぽつりと呟《つぶや》いて、考えに耽《ふけ》る。ディエゴが狩に行ってくれて良かったのかもしれない。おかげで混乱した頭を整理する時間ができた。

獣人と分かった以上、さすがに飼い犬として可愛がる、なんてことはできそうもない。

狼《おおかみ》の姿で甘えられるとついついなでなでしちゃうし可愛いとも思うけど、やっぱりさっき見たイケメンの麗《うるわ》しき御尊顔が頭のどっかでチラつくし。

とはいえ、恋人、かぁ……

性格は嫌いじゃない。ワガママなくせに憎めなくて、むしろ一緒に暮らしていて楽しかった。

顔も……ぶっちゃけ、めっちゃイケメンだって感じる。見つめられるとドキドキするから、はっきり言って好みなんだと思う。

ただ僕はまだ恋愛をしたことがないから、好きだって言われても正直ピンとこなかったんだよね。

女の子を可愛いなって思うことはあるし、男の人もかっこいいと憧れることはある。けれど、ただそれだけで、恋愛的な意味でどうこうなりたいって考えたことがなかった。

なんていうか、自分にはあんまり縁がないと思っていたんだ。

孤児だし、薬師としてもまだまだだし。エリクサーを作りたいって夢は本気だから、最終的には諸国を旅することになるんだろうし。恋人なんて、自分には関係ないかなって。

でも、ディエゴがあんまり全身で好きだ、好きだって訴えてくるから。

あんなにかっこ良くて、ゴツくもないのにしっかり綺麗な筋肉がついてて、見惚《みと》れちゃうくらい凛々《りり》しくて、きっと引く手数多《あまた》なんだろうに、僕なんかを好きだって言うんだよ？

そんなの……

そんなの……

「うわぁぁぁぁぁ～～～～っっっ」

恥ずかしい。

思い出せば思い出すほど恥ずかしくなってくる。

僕を見つめる、潤《うる》んだオレンジ色の瞳を思い出して身震いした。

ディエゴの低い声。

必死な息遣い。

熱い舌と突き上げてくる怒張。

どれもが僕のことが好きで堪《たま》らないって、全力で訴えていた。

怒っていないかって不安そうに見つめる瞳がたまらなく可愛い。

かっこいいのに、大丈夫だよって優しくしてあげたくなるの、ギャップ萌えって言うんだろうか。

僕、こんなにチョロかったの⁉　好きって言われたら好きになっちゃうタイプだったの⁉

自分が理解できなくて、ひとりで頭を掻きむしる。

ホントに⁉　あのワガママ可愛い狼《おおかみ》と。こっちが狼狽《うろた》えちゃうくらいかっこいい、あのイケメンと。

――恋人になってイチャイチャできるっていうの⁉

正気か、僕。

ディエゴと恋人同士になるならばつまり、恋人同士のアレコレもヤることになるに違いない。なんせ、まだ恋人になるとも言っていないのに、危うくエッチになりそうだったし。

「無理～～～～～～！」

恥ずかしすぎて悶《もだ》えるしかない。

ひとしきりベッドの上で右へ左へごろごろと身悶《みもだ》えた僕は、枕を抱きしめながら天井をじっと見つめる。

どうしても答えを出さなきゃいけない時は二者択一だ。

ディエゴがいなくなってもいいのか？

それは否だ。

孤児院ではたくさんの仲間がいたけど、どっか孤独で。今はいい職場に巡《めぐ》り合《あ》えたとはいえ、さすがに家族や恋人みたいにってわけにはいかない。

きっと僕、本当はずっと……こんなふうになんでもないことで笑い合ってケンカして、愛情を与え合える相手が欲しかったんだ。

問題は、その相手がディエゴなのかってことだよね。

僕はまだ、人型の時の彼をあまりにも知らない。

幸い、ディエゴは待ってくれるって言ったんだ。しばらく一緒に暮らしてみて、答えを出せばいい。できればあの明るいオレンジ色の瞳が悲しい色にならないといいんだけど。

そんなことを考えながら眠りについた。

そして翌朝。

「うわぁっ……」

僕は蔦系《つたけい》の魔植物に捕らわれぎゅうぎゅうに締め上げられるという最悪な夢を見て飛び起き……るのは無理だった。

しなやかな筋肉を纏《まと》った浅黒い腕が、僕をがっちりと抱き込んでいたからだ。

マジか、コイツ。

身じろぎしようとして半目になる。

最悪だ。ディエゴの長い両手両足が絡みついて、寝返りすらうてない。

僕、多分、叫んだし、飛び起きようとしたはずだよね？　なのになんで、ディエゴはこんなに気持ち良さそうに寝ているんだろう。獣人の危機管理能力はどこ行ったの？

はぁ、と一つため息を吐《つ》いて顔のちょっと上にあるディエゴの顔を見る。

今日もイケメンだけど、鼻ちょうちんを出していてもおかしくないくらいスヤスヤ寝ていて、なんだか間抜けに見えるのが不思議だ。

とりあえず、ベッドに入る時は人型になったのは偉い。風呂にも入っているみたいだし、言いつけはちゃんと守っている。

そこは評価してやってもいいと思う。

朝勃《あさだ》ちしてるけどな！

どうしようもない駄犬だな……と呆れる僕に、追い打ちのセクハラが入る。

「うわ、ちょ」

コイツ、またあらぬところを擦《こす》り付《つ》けてきやがった!!

「ディエゴ！　ディエゴ!!」

「ごめんなさい!!」

耳元で目いっぱい叫んでやると、さすがに起きた。

けど、起きるなり「ごめんなさい」って、まさか分かっててやったんじゃあるまいな。

そんな僕の疑いの眼差《まなざ》しなんてどこ吹く風で、目が合うとディエゴはニヤケた顔になった。

「ラスク……おはよう！」

「……おはよ」

「なんか機嫌悪い？　俺、すっっっっっごい！　獲物獲ってきたのに」

思いっきり「褒めて！」という顔で僕を見るが、まずは抱き付いている両手両足と股間の危険物をなんとかしてほしい。

「抱き付きすぎ……あと、めっちゃアレが当たってる」

「アレ？　……おお！　ごめん、朝だもんな。ちょっと抜いてくる」

ええ……ものすごく普通にトイレに入ったけど、アイツに羞恥心《しゅうちしん》はないんだろうか。イケメンなだけに残念な感じが拭《ぬぐ》えない。

そういえばこれまではディエゴのほうが先に起きてご飯作れってわふわふ言いながら僕を起こしていたんだよね。昨日は夜に狩りに出たから朝寝坊しただけで、いつもこんな感じだったのかもしれない。それはそれで怖いけど。

そんなことを考えながらノビをする。

抱きしめられて動けなかったからか、体が強張《こわば》っていた。やっと解放されて動けるようになった体で部屋を見回す。なんとなく違和感を覚えて、僕は首を傾《かし》げた。

……あ、そっか。

このところいつもテーブルの上に置いてあったディエゴ言うところの『獲物』が置かれていない。そこで再び首を傾《かし》げる。

でもさっき、ディエゴの奴、凄《すご》い獲物を獲ってきたって言ってなかったっけ？

疑問に思ったちょうどその時、ディエゴがトイレからスッキリした顔で出てきた。手を洗っていることにホッとしつつ、疑問をぶつける。

「ディエゴ、さっきさ、凄《すご》い獲物を獲ってきたって言ってたよな？」

「ああ、言った。さっきは寝ぼけてたから伝え忘れたけど、入りきらねぇから外に置いてある」

「外？　え、ちょっと待って……入りきらないって何⁉」

「なんちゃら竜っていう、すっげぇ美味《うま》くて食い切れねぇくらいでかい肉だ！」

「ナンチャラリュウ……？　聞いたことないけど、なんか嫌な予感……」

僕は慌てて上着を引っかけ、玄関の扉へ走る。

「正式名称は忘れた。でもドラゴンの一種だからなんか薬にも使えるだろ」

ドラゴン⁉

ドラゴンって言った⁉

「ドラゴン置いてるの⁉　外に⁉」

驚愕《きょうがく》で振り返ると、ディエゴは得意そうな顔でこう言い放つ。

「おう！　さっきから結界にバシバシ反応あるから、皆、見に来てるのかもな！」

「はあ!?」

「戦闘力はザコだから多分町の人だろ。なんも脅威はねぇって」

「そういう問題じゃない!!」

開けるのが怖い！　でも放っておくのはもっと怖い……！

覚悟を決めて扉を開ける。

「うわぁ……」

遠巻きに、町の人たちがわんさかいた。

僕の家は小高い丘の上にあるから、坂の下が黒山の人だかりだ。多分、あの人が溜まっている辺りが結界の端なのだろう。

恐る恐る視線を巡《めぐ》らせると、家の横に、どーんとでっかい、なんならこぢんまりとした僕の家よりでかいかもしれない、まるまるとした体躯《たいく》の竜が横たわっている。

顔がこっちに向いてなくて良かった。

ていうか、ホントにでかいな。しっぽだけでも一ヶ月くらい軽く食べていけそう。

「なっ！　すげぇだろ!?　俺も久々にこんなでっかいの仕留めた！」

「確かに凄《すご》い……」

「ラスクのために狩った！」

撫《な》でやすい位置まで頭を持ってくるのはやめて……

衆人環視の状況で、しかし最早、褒めないわけにもいかない。遠いから多分見えていない、と思い込むことにして僕はディエゴの頭をよしよしと撫《な》でた。

艶《つや》やかで柔らかな黒髪が心地いい。

嬉しそうに耳がピルピルと震え、しっぽが高速でフリフリされる。

ちくしょう、可愛いんだよなぁ。

「……そういえばケガとかしてないか？」

「全然！　本来、俺はこれくらいの獲物、訳なく倒せるんだ」

「マジで凄《すご》いな……あのさディエゴ、町の人たちがびっくりしてるから、結界解いてくれる？　事情を話さないと」

「嫌だ。結界の外に、昨日ラスクと一緒に帰ってきた男がいる」

「アンドルーさん？　いい人だよ？」

「ラスクがそう思ってるから嫌だ。浮気はダメだ」

「浮気って。まだディエゴと付き合うって言ってもないのに」

「だから余計にダメだ。掻《か》っ攫《さら》われたくない」

呆れた。獣人って独占欲が強いのかな。でも、そんなことをされたら僕の生活に支障が出る。

僕はディエゴを見上げて、叱《しか》る時の声を出した。

「そんなふうに束縛するならディエゴの恋人にはなれないよ」

「ラスク……！」

「僕は浮気性でもないし、もし恋人になったらディエゴを他の誰よりも大切にするつもりだ。でも、僕は恋人になったとしても普通に生活したいしディエゴ以外の人と関わり合いを持たないってのはできないよ。僕は僕なりに周囲の人との関係を大切にしたい」

ディエゴの耳としっぽがみるみる萎《しぼ》んでいく。

「とりあえず今は、町の人たちが怖がってるかもしれないからちゃんと説明したい」

「……分かった」

せっかく凄《すご》い獲物を獲ってきたってご機嫌だったのに、見る影もなく落ち込んでしまったディエゴが可哀想になり、僕はその顔を覗き込んでにっこりと笑う。

「それに、すっごく大きなドラゴンだからさ、どうせ僕たちだけじゃ食べきれないよ。ギルドで買い取ってもらったり、近所の人たちにお裾分けしたりしてさ。ディエゴが僕と一緒に住むことも話しておいたほうがいいかもね」

言った途端、ディエゴの耳が「ピンッ！」と立って目がキラキラと輝き出す。

「それ、いいな！　他の奴らにも俺がこんな大物を仕留められるくらいの力量があるって、ちゃんとアピールできるし、一緒に住んでるって分かれば虫除《むしよ》けできる！」

もう苦笑するしかない。扱いやすいっていうか単純っていうか。

「とりあえず結界の端まで行こう。アンドルーさんに事情を話したら上手《うま》く事《こと》を収めてくれると思うんだ」

「うう……」

ディエゴは不本意そうだけど、これぱっかりは仕方がない。

「さ、行くよ」

僕がさっさと坂道を下りていくと、ディエゴもしぶしぶついてくる。

ちょっとずつ扱い方が分かってきた気がするなぁ。

人だかりに近づくと、向こうに大きく手を振る人が見えた。

「……ヤクルさん⁉」

仕事仲間かつ兄弟子のヤクルさんだ。

驚いた僕は駆け出した。

ディエゴの話からアンドルーさんが来ているのは知っていたけど、ヤクルさんは想定外だ。もしかしたら誰かが呼びに行ったのかもしれない。迷惑をかけたことが申し訳なくなる。

ヤクルさんのすぐ近くにアンドルーさんもいた。その周囲にはご近所さんから知らない顔まで様々だ。いつの間にこんなに人が集まっていたんだろう。

「ラスク！　聞きたいことが多すぎるけど、とりあえずあのドラゴン、大丈夫なのか⁉」

ヤクルさんにそう問われて一瞬ぽかんとしたものの、すぐに言いたいことを理解した。

「大丈夫って……あ、そっか、もう死んでる。安全！　大丈夫！」

僕の言葉に、みんな明らかにホッとした様子だ。

「どういうことだい？　朝起きたら君の家の横にドラゴンがいるって大騒ぎだよ」

「えっと」

「結界、解くか？」

ヤクルさんの質問に答えようとするのとほぼ同時にディエゴに問われて、僕は慌ててかぶりを振る。

「いや、待って！」

さっきは確かに結界を解いてもらおうと思ったけど、人だかりに近づいてはっきり分かった。この混乱と熱気、みんな凄《すご》く興奮している。この人数が恐慌状態になるのは避けたい。早くもざわつき始めているし。

「皆が不安だと思うから、やっぱり解かなくていい。話が終わるまでこのままでいいかも」

「分かった」

僕とディエゴのやりとりを眺《なが》めていたアンドルーさんは、興味深げな顔で聞いてきた。

「そいつ、もしかして『真っ黒ワンコ』か？」

「はい」

やっぱりアンドルーさんは分かるんだ。凄《すご》い。

「あのドラゴンは彼が仕留めてきた獲物でして……実はAランクの冒険者らしいです」

「だろうな。とりあえずちょっと待ってろ。こんなにうじゃうじゃ人がいたら、ゆっくり話もできねぇからな」

そう言ったアンドルーさんがクルリと後ろを向いて、人だかりへ声を張り上げる。

「皆さん！　あのドラゴンはもう死んでるんで大丈夫ですよー！　ラスクの友人のAランク冒険者が狩った獲物だそうです」

アンドルーさんの言葉に、人だかりから安堵《あんど》と感心が混ざったため息が聞こえてきた。ついで、ざわざわと会話が始まる。

「Aランク？　初めて見た」

「あんなでっかいドラゴン倒せる奴なんているのかよ」

「あの耳としっぽ、獣人よね？」

「凄《すご》いイケメン……」

「ね、かっこいいよね！」

僕にも聞き取れるのだから、ディエゴにはもっとはっきり聞こえているのだろう。得意そうな顔になっている。

アンドルーさんはそんなディエゴを面白そうに眺《なが》めながら、興味津々《しんしん》に聞いてきた。

「人を特定して結界張れるなんて、相当な手練《てだ》れだと思ってたよ。ちなみにご友人の名前を聞いてもいいかな？」

「ディエゴです」

「友人じゃなくて恋人になる予定だ」

僕の言葉に被《かぶ》せるようにディエゴが要《い》らないことを言う。

噴き出すアンドルーさんの後ろで「きゃあ」とか「あらあら」とか「いいぞー！」とかいう野次

が上がり、死ぬほど恥ずかしい。ヤクルさんも目をまん丸にして驚いていた。

「恋人になるかは分かんないですけど！　……でもしばらく同居することにはなるから」

「ヒュウ♪」と口笛を吹くアンドルーさんの横で、ヤクルさんがさらに心配そうな顔をする。

「えっ！　ちょ、ラスク、大丈夫なのかい⁉」

「はぁ……実はあの真っ黒ワンコ、コイツだったんだ……後で詳しい事情は説明するから」

「ええ⁉」

彼が心配するのはもっともだ。けれど、とりあえずはこの場を収めるほうを優先した。

アンドルーさんに目線を合わせ、できるだけ真摯《しんし》にお願いする。

「アンドルーさん、お願いがあるんですけど」

「おう、なんだ」

「このドラゴン、すっごいお肉が美味《おい》しいらしいんです。心配かけたお詫《わ》びに町の人にこの肉を配ろうかと思ってるんですけど、ギルドでご協力お願いできますか？」

「いいぜ。後でギルドから理由も添えて配布するようにしよう。ギルドとしてもこんな大物の流通を任せてもらえるなら充分に釣りが来る」

「良かった……ありがとうございます」

「そんじゃここはオレが収めとく。お前たちはヤクルと一緒に先に家に入ってろ。オレも人を散らしてから他のギルド員連れてくる」

「ありがとうございます！」

僕は心底ホッとした。

アンドルーさんが集まった人たちに事情を軽く説明してくれるのに合わせて、深々と頭を下げる。

「皆さんお騒がせしてすみませんでした！」

場の空気が和《やわ》らいで、人々は三々五々散っていった。後はアンドルーさんに任せて、僕はヤクルさんとディエゴを連れて家に戻る。

さっきアンドルーさんが『人を特定して結界を張ってる』的なことを言っていたけど、本当にディエゴはそんなことができるらしい。驚いたことにアンドルーさんとヤクルさんだけは結界を通れるようになっていた。

「お前ってやっぱ凄《すご》いんだな」

家に入りながらディエゴを見上げてそう言う。ディエゴは本当に嬉しそうな顔で笑った。しっぽが思いっきりフリフリされるのが可愛い。

家に入って扉が閉まるなり、ヤクルさんがたまりかねたように質問してくる。

「なになに、何が起こってるんだい？」

「ごめんなさい、色々と驚かせてしまって」

そう前置きして、僕は事情を説明した。

「えっと……『真っ黒ワンコ』が実は獣人で、今ここにいるイケメンだってことはさっきも話したと思うんだけど」

「うん、獣人でAランク冒険者で、外のドラゴンも彼が狩ってきたんだってとこまでは理解した」

「ちなみに不審に思ってた、朝起きるとテーブルの上に獲物が置かれてる事件の犯人もコイツで、宿代と迷惑料のつもりだったみたい」

「あー……なるほど」

「ディエゴ、この方はヤクルさん。僕が働いてる薬屋の……お師匠さんの息子さんで兄弟子だよ」

「そうか、ラスクが世話になっているんだな。ありがとう、ラスクのことをよろしく頼む」

右手を差し出すディエゴを見て、僕は色んな意味でびっくりした。

挨拶《あいさつ》するんだ。意外と常識的。

ていうか僕の保護者目線なの、なんなの？

でもその割には上からな言葉遣いなんだな。

6、【ディエゴ視点】岬《みさき》の夕焼け

俺がヤクルに挨拶《あいさつ》すると、ラスクは目をまん丸にしてびっくりしていた。

俺だって人族の常識くらいある程度は分かる。恋人の家族は勿論《もちろん》、上司や同僚、周囲の人物にも好印象を持ってもらうのは重要だ。そこら辺は獣人だって一緒。

ヤクルはにこやかに握手を交わしてくれたが、目が全然笑ってない。かなり警戒しているみたいだ。まぁ、当然か。

「こちらこそよろしく。ラスクは私の弟のようなものでね、こうして見ると君は普通に人型になれるようだけれど、どうしてまた狼《おおかみ》の姿でラスクの家に入り込んだのかな?」

「う……」

ストレートに痛いところを突かれて、口ごもる。

俺があのデカいドラゴンを倒したAランク冒険者だと分かっていても一切躊躇《ちゅうちょ》せず詰めてくるあたり、ラスクはこの兄弟子からかなり大切に思われているらしい。

改めて聞かれるとなんとも格好がつかない理由だが、こういう時はごまかせばごまかすほど印象が悪くなる。そもそも俺はあまり頭が回るほうじゃないから、正直に伝えることにした。

ポツポツと話す俺を真剣な目で見ていたヤクルは、だいたいの話を聞き終わった後、呆れたようにため息を吐《つ》く。

「……なるほど？　つまり君は、興味本位で狼《おおかみ》の姿でラスクの家に入り込んだあげくに？　本気で惚《ほ》れたから番《つがい》にしたいと？」

「……まとめると、そうなる」

そう言われるとバカっぽいし自分でもバカだとは思っているが、事実だから仕方がない。

「で、ラスクはどうしたいんだい？　この考えなしなAランク冒険者はラスクの夢の手伝いをしたいなんて殊勝《しゅしょう》なことを言ってるけど」

温和な顔をしているくせにめちゃくちゃ怒っているっぽいな、この男。

ラスクも居心地悪そうに小さく呟《つぶや》く。

「えと、ディエゴにも言ったんだけど、僕はまだ薬師としても半人前だし、まだまだ師匠のもとで学ばせてもらいたいと思ってて」

「なるほど。そうらしいよ？　しばらく君の力は必要ないと思うんだけど」

にっこりと笑われてイラッときた。そんな話はとうにしている。ラスクを大事に思っているからかもしれないけど、外野はすっこんでろ。

「ラスクの気持ちは尊重する。でもラスクと一緒にいたい。飼い犬でも恋人でもいいから傍《そば》にいたいってお願いした」

「飼い犬……!?」

なんでラスクもこの男もそんなにびっくりするんだ。

狼《おおかみ》の姿も人の姿もどっちも俺だ。ラスクと一緒にいられるならどっちだろうが関係ない。

「勿論《もちろん》ちゃんと狩はしてくるから、ラスクにひもじい思いはさせない」

ぽかんとした顔のヤクルに、俺はえへんと胸を張る。

「さっきのドラゴンくらいだったらいつでも狩れる。ギルドに売ればそれなりに金になるし、ラスクが望めば貴重な薬の材料を採ってくることもできると思うぞ。番《つがい》の口を賄《まかな》うのは雄の役目だ」

びっくりした顔のまま俺を見ていたヤクルが、ゆっくりとラスクに視線を移した。

ラスクはなぜか恥ずかしそうに顔を赤くして俯《うつむ》く。マジでなんでだ。

「熱烈だなぁ！」

急にヤクルが笑い始めた。情緒不安定か。

「はぁ……」

「これはまた惚《ほ》れられたもんだね。それで？　ラスクはどうするんだい？　一緒に暮らしてて大丈夫なのか」

「まぁ、これまで一緒に暮らしてたし……」

「かなり執着が強そうだけど」

せっかくラスクが一緒に住んでくれるって言っているのに、なんで口を出すんだ。

「俺はラスクが嫌がることはしない」

「へぇ、結構ワガママだって聞いてるけど」

「が……我慢する」

「ちょっとラスク、この獣人いくつなんだい？　見た目よりだいぶ子どもっぽい気がするけど」

「僕も知らない」

「さっきから失礼だな。もうとっくに成人してる。冒険者になってからだってもう十四、五年は経ってる」

「微妙……」

ラスクがポツリと呟《つぶや》くと、ヤクルもうーんと呻《うめ》いた。どっちも失礼な気がする。俺は冒険者歴が長く稼ぎもいい立派な雄だし結構モテるのに、酷《ひど》い言われようだ。

でも、惚《ほ》れた弱みでラスクには怒る気になれない。ただヤクルにまであれこれ言われる筋合いはないんだが。そう思っているところに、結界に新たな衝撃が加わった。

さっきの町の人たちに比べたら、それなりに強い奴らばっかりだ。

「ディエゴ？」

様子を見ようと玄関に向かうと、ラスクに声をかけられる。

「多分ギルドの奴らが来た」

「えっ」

「そこそこの戦闘力のが数人。ちゃんと目視してから結界を解きたい」

「分かった！　行こう」

「へぇ、本当に凄腕《すごうで》なんだね。センサー付きの結界なのか」

ヤクルがちょっと感心したように言う。

俺は治癒系だの攻撃系だのの魔術に適性がなかったが、結界だけはそれなりに得意だ。条件も細かく設定でき、自分より弱い存在は簡単に排除できる。野営にはとても便利なスキルだった。

「結界だけはそれなりに自信がある。だからもしラスクと旅することになっても問題なく守れるはずだ」

せっかくだからアピールを忘れない。俺はラスクを守れる男なんだと要所要所で頭にすり込んでいこう。

若干頬が赤いラスクと、くすくす笑うヤクルを引き連れて外に出ると、結界の際にアンドルー他、数名のむくつけき男たちがいた。多分あれがギルド職員なんだろう。

彼らが散らしてくれたのか、野次馬の数は随分と減っている。

念のため結界は維持したままで、一定の戦闘力を持つ者だけが通れるように調整した。

「ギルドの奴らは入っていいぞ!」

声をかけると、五人ほどの男がわらわらと入ってくる。

それを見届けてから、また結界を中と外だけの簡単な構造に書き換えた。維持するにはこれが一番魔力の消費が少ない。

その後、ギルドの職員がドラゴンを解体したり、アンドルーから根掘り葉掘り聞き取りされたりしているうちに、あっという間に昼を回っていた。

やっと全員追い出して、ラスクとふたりで飯を作って食ったらすでにぐったりだ。もう腕を上げる気力もない。

「引っ越しは明日にするか」

そう呟《つぶや》くラスクに、俺は高速で頷《うなず》いた。

暖炉の前に陣取って獣化する。まあるくなってぽかぽかの暖炉のあったかさを享受していると、ラスクが羨《うらや》ましそうな顔をした。

「うわぁ、気持ち良さそうだな」

しめしめ、と思いつつ鼻先でこっちに来い、と合図する。俺から押してばかりだと警戒されそうだったから、我慢して良かった。

隣に座ったラスクが俺の背に手を乗せて、ぽわぁ……と甘やかな顔になった。

「ふかふか……」

暖炉の火であったためられているから、そりゃあ気持ちいいだろう。毎日風呂に入っているし、これまでの生活の中で一番手入れが行き届いている。ツヤツヤのフカフカのモフモフだ。

「いい匂い……」

目がとろんとなって、誘われるようにラスクの体が俺の腹に落ちた。

寝落ちたな。

重みと温かさに、庇護欲と共にいくばくかのアッチの欲が首をもたげるが、ここは我慢だ。

ラスクにとって愛しくてドキドキする相手でありたいのは勿論《もちろん》だが、安心できる存在でもありたい。

満腹で、ぽかぽか暖かくて、好きな人の重みを全身で受け止めている。なんて幸せなんだろう。

これまで恋人だの番《つがい》だのなんて面倒なだけだと思っていたから、欲しいと思ったことがなかったけど、他がどうでも良くなるくらい、こんなに大切になるんなら番《つがい》を得るのも悪くない。

朝起きたらラスクがいて、一緒に飯を食って、狩った獲物を喜んでくれて、夜は一つに溶け合って眠る。

そんな毎日なら幸せだろう……と考えながら、俺もゆっくりと瞼《まぶた》を閉じた。

「――うわっ！　ヤバっ‼」

ラスクの声に、俺は片目を開けて欠伸《あくび》をした。

ラスクは寝起きが悪い。朝起きる時はだいたいこんな声と共に飛び起きる。つまり通常運転だ。

「え、今何時？」

「わふっ」

鼻先で窓の外を指す。日がだいぶ傾き、あと一、二時間もしたら夕焼けだろうという日差しになっている。

「え？　あれ？　あ、そうか、今日は休みだったんだっけ」

「わふ……」

そう、色々あって疲れたが、本来、今日はラスクの仕事はお休みで、一日中ふたりっきりでいられるはずだった。

もうラスクが休みの日に大物は獲ってこないと誓う。もしくはさっさとギルドに持ち込んで解体してもらい、使いやすい形の肉になってからラスクに渡すほうがいいかもしれない。インパクトは少ないが。

「なんか気持ち良く寝ちゃったなぁ。あ、ディエゴに寄っかかって寝てたからか」

「わふっ」

しっぽをぱたりと振って同意を示すと、ラスクが怪訝《けげん》な顔で俺を見つめた。

「ディエゴ、狼《おおかみ》の時も喋《しゃべ》れるって言ってなかったっけ？」

「喋《しゃべ》れる……けど、めんどう」

フハッとラスクが噴き出す。

「そっかぁ。ま、お前、喜怒哀楽がはっきりしてるからだいたい分かるし別にいいけど」

良かった。言葉じゃないと意思の疎通が難しい時は勿論《もちろん》話すが、できれば素のままでいられると嬉しい。

「しっかり寝たら結構、体力回復したなぁ。引っ越し、今日でも良かったかもな」

そう言われると、確かにそうかもと思えてきた。

「おれのいえ、いってみるか？」

「えっ、今から？　遠いだろ」

「すぐ。せなかにのって」

ラスクがまたがりやすいように足を折って体高を低くする。ちょっと迷っていた彼は、おずおずと俺の背に手をかけゆっくりとまたがった。

「わふ」

「うわっ」

できるだけ振動を与えないように気遣いながら立ち上がる。それでもラスクは怖かったらしい。太ももがギュッとしまって全身で俺にしがみついた。

走る時はぴったりとくっついていたほうが吹き飛ばされなくていい。

「そのまま、くびにうでをまわして」

「こう?」

「わふっ!」

これ、いいなぁ。全身を預けて頼ってくれている感じがする!

テンションが一気に上がったものの、まだ慣れていないラスクのために扉までのしのしとゆっくり歩く。

「うわ、凄《すご》い! 動いてる〜……」

俺の首にギュッと抱き付き背中にぺったりと上半身をくっつけた状態で、ラスクは感動したように呟《つぶや》いた。

扉の横に寄り添うように立つと、ラスクが起き上がって扉を開ける。まだお互いに慣れていないから動きがぎこちないけど、それもまた楽しい。

家を離れてからもしばらくはのしのしと歩く。ラスクが慣れてきたのを見計らって早足に。

そこまでは割と余裕そうに背に乗っていたのに、ゆっくり走ると急にラスクの体が強張《こわば》った。

「おお～、走るとやっぱり揺れるね」

「わふ」

「でも、まだいけるかも。全力で抱き付くからさ、ちょっと速めに走ってみてくれる？」

「わふっ！」

少しずつ、少しずつ、走る速度を上げていく。

「ふわ……凄《すご》……揺れる……景色、流れる……!!」

「だいじょうぶか？」

「まだ平気……！」

結構速度が上がってきたのに、意外に問題なさそうでびっくりする。ちょっとずつ速度を上げたからかもしれない。

草原を抜けラスクと出会った湖にさしかかる。

「ラスク、みずうみだ」

「えっ、あっ、ほんとだ！　えっ、こんな早いの!?」

芯から驚いた声に満足する。

俺の足にかかればこんな距離あっという間だ。人の足や馬車じゃあ結構な日数かかる移動も、俺と一緒ならすぐだと分かれば、ラスクが旅に出やすくなるかもしれない。

一緒にいられるなら旅に出ず一つ屋根の下でまったりしていてもいいとは感じているけど、どんなシチュエーションの時も俺が傍《そば》にいれば安全安心で助かると思ってもらいたい。

湖で一旦、足を止めると、背中からほう……とため息が聞こえた。

ギュッとしがみついていた腕が緩み、ラスクの四肢から力が抜ける。俺の背に乗ったまま脱力した彼は、俺の首にスリッと頬擦りした。

「だいじょうぶか？　つかれた？」

「んー、大丈夫。全身に力入ってたからちょっと強張《こわば》った感じはするけど、お前の背中ふかふかで気持ちいい」

「わふっ！」

「ははっ！　自慢げだなぁ」

脱力しきっているラスクを落とさないように気を付けながら、湖の際までのしのしと歩く。ラスクがするりと背から降り、水を掬《すく》って俺の鼻先に持ってきてくれた。

優しい。

初めて狼《おおかみ》の背中に乗ったんだ、緊張して疲れているだろうに、こうして労《いた》わってくれる。

やっぱり好きだ。もう伴侶にするしかない。

「しっかし、湖まで本当にあっという間だったな」

「わふ」

「お前たしかルコサの町を拠点にしてるって言ってたけど、お前が言うんなら、本当に日暮れまでにルコサの町に着けるのかもしれないな……」

「わふっ！」

勿論《もちろん》だ、という気持ちを込めて頷《うなず》く。

ラスクを乗せているからいつもより速度は出せないけど、それでも夕暮れまでには着けると思う。

俺が拠点にしてるルコサの町は賑《にぎ》やかで美味《おい》しいもんがいっぱいあって、綺麗なところだ。港町なだけあって活気に溢《あふ》れた市場も楽しいし、町の側に岬《みさき》があって夕焼けの時間も夜も凄《すご》く綺麗だと恋人たちに人気のスポットになっていると聞いたことがある。

今まではあんまり岬《みさき》とかに興味なかったけど、ラスクと一緒なら楽しいかもしれない。

うーんとノビをする彼を見ながら、俺は人型になった。

そして背の高い水草が生い茂っている場所に行き、おもむろに水草を引っこ抜いていく。

「ディエゴ、何してんの？」

「ちょうどいい長さの草があるから、縄でも編もうかと思って」

「いきなりだな。なんで縄？」

「よく考えたら俺って馬みたいに鞍《くら》とかつけてないし、ラスクが乗りにくいんじゃないかって、今さら気が付いた」

「手綱《たづな》みたいなのを作ろうと思ってるってこと？」

「ああ。ないよりはいいだろう。首に巻いて引っ張れば、少なくとも首に直接しがみつくよりは持ちやすくなるんじゃないか？」

その提案に、ラスクは笑って首を横に振る。

「要《い》らないよ。なんか首が締まりそうだもん」

「でも、ラスクが振り落とされるよりはマシだ」

「ディエゴが気を使って走ってくれてるから、意外と大丈夫だよ。ヤバそうならちゃんと言うし」

「でも」

「さっきみたいに背中にくっついてたほうが風の抵抗も少なくていいし」

「本当に大丈夫か？　ルコサの町までは今のあと十回分はあると思う」

「うん！」

「そうか。ならそのまま行こう。俺はラスクがくっついててくれるとやる気が出るから、むしろ今のままのほうが本当は嬉しいしな」

そう。俺自身の嬉しさよりも、単純にラスクの安全が大事だっただけだ。

「なんかそう言われるとくっつきにくいんだけど」

「安全のためにもしっかりくっついててくれ」

役得だと笑うと、ラスクはなんでだか赤くなった。

俺は気持ちを飾って言葉にするなんて芸当は得意じゃない。正直な気持ちを口にすることで顔を顰《しか》められる経験は多かったけど、ラスクは赤くなる。

多分それは、俺がラスクが大好きで、それがそのまま言葉になるからなんだろう。

「できるだけ明るい時間に危険な地域を抜けたい。そろそろ出発してもいいか？」

「うん。大丈夫」

ラスクが笑顔で請《う》け負《お》ってくれたので、俺はまた狼《おおかみ》に姿を変える。

ラスクの重みを背中に受けて、大切な人を守りながら走る幸せと緊張を同時に感じた。

それから何回かの休憩を挟みつつ、三時間ほどは走っただろうか。ようやくあとちょっとでルコサの町、というところまで辿《たど》り着《つ》いた。日もだいぶ落ちて、空が夕焼けで金色になり始めている。もうラスクの腕や体も限界だろう。

海が一面見渡せる見晴らしのいい岬《みさき》で、俺は足を緩めた。

「あれ？　休憩？」

速度が落ちるにつれ、ラスクの腕を始め全身の力が一気に弱まる。

この三時間ほどの間で彼は随分と乗り方が上手《うま》くなり、俺が速度を緩めると力を抜いて体を休められるようになっていた。なかなかに勘がいい。

「わふ」

促《うなが》すとすぐに俺の背から降りて、うーんとノビをする。休憩のたびに見た光景で、もう見慣れたものだ。自分が走るのはなんてことないから気軽に誘ってしまったが、やっぱり乗っているのはきついんだろうな。

俺は内心、とても反省した。

「どうした？　ディエゴ」

気が付くと、ラスクが凄《すご》く優しい目で俺を見ていた。

海みたいに綺麗な目だなと感じていたけど、実際の海と空を背景にした彼の目は、もっと優しい色だ。俺はラスクの目の色のほうが好きだと思った。

「そんなに耳としっぽをしょんぼりさせて、らしくないけど」

頭をぽふ、と撫《な》でられて落ち込んだ気持ちがちょっとだけ復活する。しっぽが勝手に揺れた。

「わふ……」

「あはは、ちょっと喜んでる」

優しい。好きだ。

「で、どうしたの？」

ラスクに優しく聞かれて、俺は重い口を開く。

「ラスクに、むりをさせた……」

「大丈夫だよ。だいぶ慣れてきたし」

「ここ、ゆうひがきれい」

「ああ、岬《みさき》だもんね。僕こんなに視界が開けて綺麗なとこ、初めて来たよ」

「ここ、あんぜん。ちょっとだけここでまってて」

「えっ」

驚くラスクに後ろ髪を引かれる気持ちだけど、俺は必死で走った。

ここからなら俺だけが全速力で走れば、家まで五分もかからない。家には金もマジックバッグも、今のラスクにあげたいものがなんでもある。

家に辿《たど》り着《つ》いた俺は毛布だとかマントだとか敷布だとか、体を温められそうなものをいくつかマジックバッグに突っ込んで家を飛び出た。

一瞬そのまま戻ろうかと思ったけど、人型に姿を変えて屋台であったかい食い物をいくつか買う。それもマジックバッグに押し込んで、また獣化した俺は全速力でラスクのもとへひた走った。

無理させてごめん。待たせてごめん。

心の中で一生懸命に謝りながら走る。

岬《みさき》の先にラスクの姿を判別できるくらいに近づいた時には、夕焼けで空が金色に輝いていた。

「わふっ！」

気持ちが逸《はや》って思わず吠《ほ》える。ラスクが振り返って満面の笑みを見せてくれた。

「ディエゴ！　ほら、夕焼けが凄《すご》いよ!!」

疲れているだろうに、立ち上がって大きく手を振ってくれる。飛びかかりたい気持ちに襲われたが、後ろが崖なので我慢した。

走り寄って、すぐに人型に姿を変える。そして、ラスクをぎゅっと抱きしめた。

やっぱり抱きしめたい時は人型のほうがいい。

「うわっ!?」

「ごめん。やっぱり体が冷え切ってる」

「え？　あ、心配してくれてたのか。大丈夫だよ」

ラスクの手が背中に回って、安心させるようにぽんぽんと優しく叩いてくれる。

「それよりさ、一緒に夕日見ようよ。すっごい綺麗なんだ」

ホラ、と指さす先には、海へゆっくり近づいていくでっかい太陽があった。

視界を遮《さえぎ》るものがない大海原に、でっかい太陽。周りは金色に光り、上に行けば行くほどオレンジや赤、紫に藍色《あいいろ》と、複雑な色が層になって壮絶に綺麗だ。

「……うん。ラスクと、この夕日をゆっくり見たかったんだ」

「そっか。ありがとう」

「毛布持ってきた……」

「えっ！　取りに行ってきたの？」

コク、と一つ頷《うなず》いてラスクから体を離し、俺はマジックバッグから彼のために用意したものを次々に取り出す。まずは敷布を広げて座る場所を確保し、ラスクを促《うなが》す。次に上から毛布を掛けて風からラスクの身を守った。

最後に飲み物と食べ物を手渡す。買ったばかりのものを収納したからまだほかほかであったかい。

「うわっ！　何これ！」

「ラスク、甘いの好きだからココア……と、ホットサンド」

「うっわ、肉たっぷり入ってる！　ホットサンド豪華すぎでしょ」

「海の男や冒険者が多い町だから、結構ボリュームあるのが多いんだ」

「最高」

「寒いとこで食うとより美味《うま》い」

ラスクが嬉しそうな顔をしてくれたのにホッとして、その隣に腰を下ろした。ちょうど太陽が海に接したところで、暗くなった海の表面に金色の光がまっすぐに道を作っている。

「……綺麗だな」

思わずそんな言葉が口をついて出た。

今まで夕焼けなんてじっくり見たことがなかったけど、ラスクと一緒なら何時間だって見ていられる気がする。

「ん。綺麗だな」

俺に同意しつつ、ラスクが俺にも毛布を掛けようとした。

その優しさは嬉しいが、この毛布はラスクのために持ってきたものだ。隙間もないくらい厳重に巻いていてほしい。

「俺は大丈夫だ。走ってきたしな」

「一緒に入ったほうがあったかいし、僕も安心なんだけど」

「……ラスクがそう言うなら」

大人しく肩に掛けられる毛布を受け入れると、ほわっとぬくもりが俺を包んだ。これがラスクの体温を移したものだと思うと余計にあったかく感じる。

「あったかいな」

ラスクが笑うと心臓がぽわっと温かくなる。空《す》きっ腹《ぱら》にあったかい飲み物を入れた時みたいだ。

「しかもこのホットサンド、めっちゃ美味《うま》い！」

「良かった」

「夕焼けも綺麗だし、今日は良い日だなぁ」

朝っぱらから俺に振り回されているってのに、天使すぎる。

いや、本当に天使とかいう種族があったとしても、こんなにあったかい優しさは持っていないに違いない。

好きだ。

ラスクが言う通り、夕焼けはめちゃくちゃ綺麗。

でも俺は、もぐもぐとホットサンドを頬張りつつ夕日が沈んでいく様子を一心に見つめるラスクを横目で見るのに忙しい。彼の体温が移った毛布はあったかいし、匂いがこもって最高に幸せだ。

しかも、くっついているから体温が直《じか》にも伝わってくる。

あ、ヤバい。

意識した途端、俺の素直な息子が急に元気になってきた。

これはヤバい。ラスクが好きすぎて、体温だの匂いだので簡単に元気になってしまう。ラスクにバレたら警戒されるに違いない。

心頭滅却……！　落ち着け。落ち着け、俺。

せっかくこんなに気を許してくれているんだ。この信頼を裏切っちゃいけない。

ラスクの体も顔も隣にあるっていうのに切ないが、俺はあえて夕日を見ることで昂《たかぶ》る愚息を必死にいなす。

「あれ？　ディエゴは食わないの？」

「！　食う！」

ラスクの言葉に、慌てて自分の分を取り出してガブリと噛み付いた。

その優しさは嬉しいが、今は話しかけないでくれ。顔も覗き込まないで……！

なんとかダメージを減らそうと、俺は慌てて目を逸《そ》らす。その拍子に毛布がハラリと肩から落ちる。

「ヤバい！」と思った俺は、愚かにも股間に一瞬目をやってしまった。

勿論《もちろん》、俺を見ていたラスクも視線を追うように股間を凝視する。

最悪だ。詰んだ。ラスクに嫌われる……!!

俺の耳は一気にペションと垂れた。

案の定、俺の股間を見て固まるラスク。

一気に冷や汗が出た。

彼に嫌われる恐怖で愚息もさすがに勢いをなくすんじゃないかと期待したのに、むしろギンギンに滾《たぎ》ってきている。

ヤツにとっては、ラスクからの熱い視線を一身に受けているほうがよほど重要だったらしい。

「見て見て！」とでも言いたげに頭をもたげ、自身を猛アピールしていた。

俺は頭を抱える。ちょっとだけ涙も出た。

「え、なんで」

ポツリと溢《あふ》れた言葉にチラッと横目で見ると、信じられないって顔で俺の股間と顔の間をラスクの視線が行ったり来たりしている。死刑宣告を待つ囚人のような心持ちだ。

やがてラスクの視線が俺の頭上に移る。

次の瞬間、ラスクが突然、笑い出した。

「あはははは!! 何、なんでお前、そんなに元気になっちゃってんの!?」

「う、うう……ごめん……ラスクの体温とか、匂いとか感じてたら、勝手に……!」

「あはは、なんなのお前! イケメンのくせに涙目って……!」

ひとしきり笑ったラスクは、もはや正座で怒られ待ちしている俺の肩に、改めてふわりと毛布を掛けてくれる。

「ラスク……?」

「そんなにションボリしなくていいから。収めようと努力してたんだろ?」

「うん……!」

「じゃあそれに免じて見なかったことにする」

「お……怒ってないか?」

「ちゃんと我慢してたんだろ? えらい」

ラスクがよしよしと撫《な》でてくれた。ついつい愚息もしっぽも元気になる。

「嫌いになってない?」

「なってない。せっかく綺麗な夕焼け見てるのにしょーがねぇな、とは思うけどな」

苦笑するラスクを見て、俺は心底安堵《あんど》した。

き……嫌われてなかった。

嫌われてなかったぁぁぁぁ！！！！

嬉しさで、体温が一気に上昇する。今すぐラスクを押し倒してしまいたいけど、せっかく許してもらったんだ。俺は全身全霊をかけて欲望と戦う……！

自制心、自制心。

「ディエゴ」

話しかけないでくれ……！

今、俺は最高に幸せで、最高にラスクとイチャイチャしたい気持ちでいっぱいなんだ……！

「嬉しいのは分かるけど、寒いよ」

意味不明なことを言われてラスクを見ると、くすくすと面白そうに笑っている。

指された先を見て、さすがに恥ずかしくなった。俺のしっぽが信じられないくらい高速でフリフリ揺れていて、毛布は浮き上がるわ風が起こるわ。どうしようもなく落ち着きがない。

俺、ルコサの町ではクールな一匹狼《おおかみ》って言われてたのに。

誰とも馴《な》れ合《あ》わないって評判だったのに。

俺はガックリと肩を落とす。

そんなこと言っても、ラスクはきっと信じないだろうなぁ……

7、【ラスク視点】ディエゴの住処《すみか》

空には綺麗な夕焼けが広がっているっていうのに、ディエゴは眉間に皺《しわ》を寄せて苦しそうな顔をしていた。どうしたのかと思っていたら、ひとりでとんでもない敵と戦っていたらしい。

それが見つかった途端、涙目でこの世の終わりみたいな顔をして震え出す。

そのくせアソコはビンビンのまま。

もうハンサムフェイスが台なし。

僕に怒られるって覚悟しているのだろう、正座でちっこくなっているのがなんとも哀れっぽくって、毛布を掛けてやる。そこでやっと僕の目を見てくれた。

いつもは生気に溢《あふ》れたオレンジ色の瞳が、絶望に沈んだ色をしている。

可哀想になってよしよしと撫《な》でてやると、「怒ってない？　嫌いになってない？」だなんて、孤児院の子たちみたいなことを言い出すし。デカい図体の癖になんとも微笑《ほほえ》ましい。

怒っていないよ、嫌いにもなっていない。そう笑ってやると心底嬉しそうな顔をしたのに、今度は僕からいきなり目を逸《そ》らした。

でも。

しっぽが竜巻みたいにグルングルンに回っているし、指摘はしないけど、さっきよりも股間がキツそうだ。

めちゃくちゃ我慢しているんだなぁ。

そう思うと健《けな》げで可哀想で、なんだか愛しくなる。

……本当に僕のこと、大好きでいてくれるんだなぁ。

「ディエゴ」

話しかけると、毛布の中に耳まで突っ込んで声を聞かないように頑張っている。

でも毛布から飛び出ているしっぽが、「嬉しい！　大好き！」って主張しているからさ。可愛くて笑いが込み上げてくるんだ。

「嬉しいのは分かるけど、寒いよ」

毛布から顔を出してキョトンとするディエゴにしっぽを指さす。ディエゴは自分のしっぽが高速でフリフリされているのに気が付いて、真っ赤になった。

これが可愛いって思う時点で、僕だって相当ディエゴが大好きなんじゃないか。

勝手についてきて、あれ作れこれ作れってワガママ言って、全く言うことを聞かなくてツーンとしていたのに、僕が仕事に行くと寂しくなってピスピス鳴いて。

なのに、僕に褒めてもらおうって薬の材料やらとんでもない獲物やらを獲ってくるなんて、そんなの可愛いに決まっている。

今だって、僕が疲れているんじゃないか寒いんじゃないかって、毛布だのあったかい食べ物だのを用意して、綺麗な景色が見えるところで休憩させてくれたんだろう？

こいつなりに一生懸命に考えて、僕のためにって動いているのが分かるから、なんだか凄《すご》くあったかい気持ちになるんだ。

「ありがとうな、ディエゴ」

自然と、そんな言葉が口から出ていた。

「毛布も、あったかい食べ物も嬉しかったよ。夕焼けも凄《すご》く綺麗だった」

「俺……俺、考えなしだった。俺は毛があるからいいけど、ラスクの手がどんどん冷たくなって、握力が弱くなって……ラスクは初めてだったのに、こんなに急に長い距離」

「引っ越しを言い出したの僕だし、謝ることないよ」

「違う。本当はひとりでだって行って帰ってこられたのに、俺、ラスクに自分の住処《すみか》を見せたかったんだ」

「うん、僕も見てみたかった」

「本当はせっかくだから一緒に市場に行って、買い物したり買い食いしたり、ラスクが楽しいことしようと思ってたんだ。でも……」

うん、股間が抜き差しならないことになってるもんね……

再びの涙目。ぐす、と悲しい音が鳴った。きっとワンコ姿の時だったらピス、と鼻が鳴っていることだろう。可愛い。

「お前、可愛い奴だなぁ」

つい本音が口から出る。ディエゴがさらに涙目になった。

Aランクのめちゃくちゃ強い冒険者に『可愛い』は禁句だったか。

でも、ホント可愛いんだよなぁ。

「お前の家に、連れていってくれる？」

「……分かった！」

あ、耳がちょっと元気になった。

それを嬉しく思いながら、ひとりでふふ、と笑う。ディエゴは手早く毛布や敷布をマジックバッグの中に押し込んで、代わりに深緑の布を取り出した。

「これ、マント。これがあるだけでもだいぶ寒さが違うから、着て」

「へぇ、冒険者っぽい！」

僕がマントを身につけると、ディエゴはすぐに獣化して背中に乗せてくれた。

さすがに疲れていたし、ディエゴの言う通り握力もだいぶ落ちている。それでも、お腹《なか》は膨れ体も結構あったまった。もうちょっと頑張れそうだ。

なにより、こんなふうに気遣ってくれるディエゴのためにも、弱音は吐きたくなかった。

「わふ！」

ディエゴが「行くぞ」と声をかけてくれる。

いつの間にかすっかり陽が落ち、夜のとばりが降りていた。

ディエゴの背中にぴったりくっつき、太い首に腕を回す。

「ふふ、ふかふかであったかい。やっぱ気持ちいいなぁ」

「わふ……」

頬擦りをすると、ディエゴが切なそうな声を出した。

「わふっ‼」

大きく一声吠《ほ》えて、走り始める。僕の腕と足に力がこもったのを確かめて、速度を上げた。

ディエゴの生活空間に今度は僕が足を踏み入れるのかと思うと、凄《すご》くドキドキする。

けれど途中で「あれ？」と思った。

ディエゴは町の方向じゃなく森へ走っていく。

そういえばさっき、『住処《すみか》』って言っていたよな。まさか薮《やぶ》とか洞窟とか、そんなんじゃないよな……？

若干の不安が首をもたげる。

いや、でも待てよ？　さっき毛布とかを持ってきてたよね。

それを思い出してちょっと落ち着いたところで、ディエゴが森の中に入った。しばらく走ると、ちょっと開けた場所にこぢんまりとした家が見えてくる。

元は森の管理小屋かなんかだった感じだ。ウッドデッキの他にはそんなに装飾のないウッドハウスは、素朴でなんだかあったかい印象だった。家のすぐ側に泉と薪割りをするんだろうなって感じの切り株、焚《た》き火の跡があって、生活感が漂《ただよ》っている。

その家の前でディエゴは足を止めた。

「ここがディエゴの家？」

そう尋ねながら背から降りる。

「わふ！」

一声吠《ほ》えると、ディエゴはぶるぶるっと体を震わせてから、人型に姿を変えた。

「町の中じゃないんだね」

「俺はこういうところのほうが落ち着く。町は俺にとってはうるさすぎる」

ああ、獣人って耳がいいもんね。なるほど。

「この森はそこそこ強い魔物がうろついてるから、誰かが押しかけてくることがないしな。静かで快適なんだ」

そんなことを言いながらディエゴが鍵を開けて招き入れてくれた。

「へー、ログハウスって中はこんな感じになってるんだ」

僕の住む板張りの壁が薄い家に比べ、重厚感と温かみが違う。

キョロキョロしていると、ディエゴが慌てた様子で奥の扉へ走った。

「悪い！　とりあえずちょっと抜いてくる！　好きにくつろいでていいから！」

言うが早いかトイレの扉が開いて閉まった。返事をする暇もない。

家主の不在時にあれこれ見て回るのもどうかと思って、ベッドにちょこんと腰掛ける。

何せこの家、椅子がない。

多分面倒だったんだろう、ベッドの横にローテーブル……っていうか、適当な長さに切った木材を足にして、これまた適当な木の板が置かれている。

そういえば外にはウッドデッキがあったけど、そこにも椅子やテーブルは置かれていなかった。あの場所でご飯を食べたら美味《おい》しいだろうに。

家具には興味がないんだろうなぁ、使えればいいって思ってそう。

苦笑しながら待っていると、ディエゴがトイレから出てきて、僕を見て固まった。視線をあちこちに彷徨《さまよ》わせた後、ハッとしたようにもう一度僕を見る。

「そっか、椅子もないのか。ひとりだと必要がなかった」

今さら気付くあたりが、なんともディエゴらしい。

「ディエゴ、僕の家で一緒に暮らしたいって言ってたけど、この家はどうするつもりなの？」

「考えてなかった。けど、別に金もかからないし放っといていいと思う。この辺りに来た時はあると便利だし」

「そっか、じゃあ必要なものだけ持っていくようにしようか」

「ああ」

「ちなみにさ、僕も時々ディエゴと一緒にここに遊びに来てもいい？　この家、ログハウスっていうのかな。なんだかかっこ良くて好きだな」

「本当か!?」

「うん、外のウッドデッキとかもさ、テーブルと椅子置いてご飯食べたりゆっくりしたりするの、気持ち良さそう」

「考えたこともなかった。でも、ラスクと一緒なら楽しそうだな」

「あはは、じゃあそのうちテーブルとか椅子とかも買ってこなきゃな」

「ラスクが俺の家のことを考えてくれるの、嬉しい……！」

しっぽがフリフリして可愛い。喜んでいるのが視覚的に分かるのって、こんなに嬉しいものなんだなぁ。

「ラスク、今から市場に行くか？　市場ならなんでもある」

「市場か、行ってみたいな。そういえばさすがに今日はもう僕の家まで帰るのは無理だよね。ここに一泊するとしたら、食べ物とかも買っといたほうが良いかもしれない」

「そうだな。酒はあるけど食えるようなものは何もない」

「やっぱり。でももうかなり外が暗い。今から行ってもやってるかな？　ここって結構、町からは離れてるよね？」

「港町だから真夜中まで賑《にぎ》やかだぞ。俺が走れば一瞬だし。ああでも、ラスクはもう疲れてるよな。俺が買い出ししてくる」

「もうちょっとくらいなら大丈夫。だいぶ休めたし、ディエゴのおかげで体も温まったしね」

「無理してないか？」

「大丈夫。それに市場にも興味あるし！」

「分かった。じゃあ行こう」

ふたりで一緒に家を出て、狼《おおかみ》になったディエゴの背に乗る。本当に体感一分くらいで町に着いた。

ディエゴって凄《すご》いんだなぁと改めて感心する。

最初はおっかなびっくりだった僕も、さすがに慣れてきた。力の抜き方も分かり、それなりに快適だ。とはいえ、手と目を守るものは買ってもいいかも。市場で探してみよう。

そんなことを考えているうちに、ディエゴが人型になって僕に手を差し伸べていた。

「え、手、繋ぐの……？」

それは恥ずかしい。

「市場は人が多い。はぐれると困る」

ちょっぴり耳が後ろに倒れて、ディエゴが不安を伝えてくる。

不安だ、心配だ、と目と耳で訴えられると、僕も何も言えなくなった。

この町なら別に知り合いもいないし……ま、いっか。そう結論づけてその手を取る。

途端に、ディエゴの耳がピンッと元気良く立って、嬉しそうにしっぽが揺らめいた。

現金だなぁと内心笑いつつ、ディエゴと一緒に町の門をくぐる。

しばらく歩いて人通りが多い市場に近づいた頃、なんだか妙なことに気が付いた。

「……なんか、すれ違う人にめっちゃ見られてない？」

「ああ、俺が人連れてるのが珍しいんだろ」

「えっディエゴはあんまり人と連れだって歩いたりしないのか？　あんなになつっこいのに」

そう言った瞬間、周りが一気にざわつく。

「ははは、ここら辺の人間にそんなこと言ったらアタマおかしいと思われるぞ」

「え？」

ディエゴに笑われて、僕は周囲のざわめきをよく聞いてみる。

「え、あれってディエゴだよね？　今、笑ってなかった？」

「笑った！　めっちゃレア！」

「嘘だろ」

「一緒にいるの、あれ誰？」

「誰かとつるんでるの初めて見たなぁ」

「手を繋いでるよ、まさか番《つがい》？」

「ありえねぇだろ」

「誰にも靡《なび》かないって話じゃなかったっけ？」

「なんで？　私のほうが綺麗でしょ」

予想外の反応に驚く。思わずディエゴを見上げると、ちょっと耳を下げて苦笑された。

その途端に「やっぱり笑った！」「何があった！」と周囲がザワつく。

「え、嘘、なんで？」

「俺はラスクに会うまでは誰とも馴《な》れ合《あ》わなかったから」

「へ？」

いやでも、そう言われてみればアンドルーさんにはかなり喧嘩腰だった。いやいや、でもちょっと待てよ？

「ヤクルさんには友好的だった気がするんだけど。ちゃんと挨拶《あいさつ》してたし」

「ラスクの兄弟子だろう。保護者みたいな立場の人間だから礼を尽くした。俺にだってそれくらいの常識はある」

「まさか僕の兄弟子だから愛想良くしてたってこと？」

「当たり前だろ。ラスクに関係ない奴はどうでもいい」

とんでもないことを言われている気がして恥ずかしいやら呆れるやら。

ていうかそんな状況でディエゴと手を繋いで歩くなんて、ものすごく目立つんじゃ。

「ディエゴ、やっぱり手を」

「おー!! ディエゴ、マジで番《つがい》連れてんじゃねぇか！」

言いかけた僕の言葉を遮《さえぎ》るように、でっかい声が響き渡った。

「うわっ!?」

同時に、体が宙に浮く。ディエゴが僕を姫抱きにして高く跳躍したらしい。

「ひえええええ、何コレ！　何これぇ～」

情けない声が漏れ出てしまう。

だって、夜空しか見えない。この感じ、屋根の上を跳躍してる！　時々、煙突が見えるし……！

「ごめんラスク、ちょっとだけ我慢して」

「おーーーい、逃げることないだろーーーーー!!」

さっきの声が追いかけてきた。

「くそっ！　さすがに人型じゃ逃げ切れねぇか……！」

悔《くや》しそうな声をあげたディエゴは、しばらく走るとようやく速度を落とす。

「ヒュウ♪」とディエゴの肩越しに冷やかすような口笛が聞こえた。

「熱く抱きしめ合って逃げるとは、いつものディエゴからは想像もつかねぇなぁ」

そう言われて初めて気が付く。僕の腕もしっかりとディエゴの首に縋《すが》り付《つ》いている。姫抱きにされたのなんて初めてで、落ちるのが怖くて無意識だった。

めちゃくちゃ恥ずかしい。僕はそっと腕を外した。

「おっ！　なんだなんだ、オスかぁ!?　お前、そっちだったか」

声の主はあっという間に前に回り込んできて、僕の顔を覗き込む。どうやら彼も狼《おおかみ》の獣人らしく、ディエゴみたいにピンと立った耳と元気良くフリフリ動くしっぽを持っていた。

「どっちでも関係ない。俺が誰を番《つがい》にしようが、お前にはまったく関係ない」

彼から僕を隠すように、ディエゴが後ろから覆《おお》い被《かぶ》さってきた。

ちらっと見えた感じでは、この彼は赤褐色のバサバサした長髪だ。耳もしっぽも同じ色で、瞳はディエゴよりも濃い赤っぽい色。身長も体つきもディエゴより一回り大きいムキムキなマッチョってイメージ。強そう。

「友だち？」

もしかしたら兄弟って可能性もある。

そう思ったけど、ディエゴはフン、と鼻を鳴らした。

「単なる知人だ。しょっちゅうこんな感じで絡んでくるからうっとおしい」

「んだよ、ライバルのことは気になるだろぉ？　どれ、ちゃんと顔を見せてみろ。おー至って普通だな。床上手なんか？」

彼の怒涛《どとう》の喋《しゃべ》りで、僕には口を挟む隙もない。

なるほど、彼はディエゴをライバル視しているわけね。獣人ってほんと喜怒哀楽が激しくて元気がいい。

「うるさい。見るな、減る。すまないラスク、こんな面倒な思いをさせるつもりじゃなかった」

「へー、ラスクって言うのか！　オレ、チョコ！　よろしくなー!!」

「チョコ……」

強そうなマッチョなのに、意外にも可愛い名前。

差し出された手を握り返そうとしたが、ディエゴがチョコの手をバシッと叩き落とした。

「いってぇぇぇ!!」

「触るなって言っただろうが」

「握手ぐらい、いいだろ！」

ふたりでギャンギャン言い合っているのが可愛い。

「ラスクは嫌がってねぇぞ！　よく見ろよ、笑ってるって！」

チョコにそう指摘されて、思わず頭上にあるディエゴの顔を見上げると、バチッと目が合った。

「獣人ってみんな感情表現が豊かなんだな」

そう言って笑ったところ、ディエゴは悲しそうに耳をシュンとさせて、後ろから抱きしめている腕の力をぎゅううと強めた。

「こいつのほうが喜怒哀楽が激しいしグイグイくるから、余計に会わせたくなかった……」

「へ？　なんで？」

「ラスク、そのほうが好きだろう？」

思わず笑ってしまう。

確かに素直な感情表現をしてくれるのは凄《すご》く嬉しいけど、それが恋愛感情に直結するわけじゃない。バカだなぁ。

よしよしと頭上にあるディエゴの頭を撫《な》でる。

「こら！　人前でナチュラルにイチャイチャするな!!」

チョコに怒られてしまった。

「しっかしまぁ、今までは他人に興味ありません、って顔してたくせに番《つがい》が見つかった途端、こんなにやに下がった顔になるとはなぁ。お前、だからって依頼の手ぇ抜くなよ。完全なお前と競いたいんだから」

「あーお前がいつも言ってるヤツな。俺はしばらくSランクになる気はねぇから、お前の勝ちで良いぞ」

「はぁ!?」

「何？　なんの約束？」

ふたりの会話が気になって、聞き返す。すると彼らは真逆な反応を見せた。

「ふざけんなお前！　こっちはお前より早くSランク冒険者になることを目標に頑張ってんだ！　勝手に勝負を降りるなんて許さねぇからな！」

鼻息と声を荒らげてディエゴに食ってかかるチョコ。

「別に約束したってわけじゃない。こいつが勝手にライバル視して絡んでくるんだ」

そんなチョコには一切構わず、僕に向かって説明するディエゴ。

なるほど、ふたりの関係性がちょっと分かった気がする。

「俺はラスクと一緒にのんびり暮らすんだ。そのうちふたりで世界を回るつもりだし、足かせになるようなランクは要《い》らない。お前は実力があるんだから、Sランクになって名を馳《は》せるといい」

「そんな、勿体《もったい》ないよ」

そう心配する僕に、ディエゴは嬉しそうに微笑《ほほえ》んだ。

「俺は元々ランクにそんなにこだわってないんだ。他に何も目標がなかったから、Sランクになりゃ箔が付くって考えてたくらいで。でも、もっとずっと大事なもんができたからな」

そう言ってディエゴは、僕の頭頂部にすりすりと頬を寄せた。

背後から抱きしめられているっていうのに、時々しっぽが太ももに当たるのが可愛すぎる。

「ラスクの夢のために必要になったら、その時にSランクになるさ」

「な、何言ってんの！　勿体《もったい》ないってホント！」

「ラスクと一緒にいられる時間を捨てるほうが勿体《もったい》ない」

「だからいちいちイチャつくなっつーの！」

チョコがそう言いたくなるのも分かる。僕も、ディエゴの言葉は嬉しいが率直に言って恥ずかしい。それにディエゴが僕のせいで今までの目標を捨てるのも嫌だ。

「お前、腑抜《ふぬ》けるのも大概にしろよ！　ちったぁこっち向いて真面目に話せ！」

「ヤダね。言っとくが、わざわざ好んで追いかけてきたのはお前だ。話すことはないから、帰っていいぞ」

なんとも冷たいディエゴの言葉に、チョコはうぐっと喉《のど》を詰まらせた。

「オレは……オレは、諦《あきら》めないからなーーーー」

そう叫んで、一瞬でいなくなる。さすが狼《おおかみ》の獣人。敏捷力《びんしょうりょく》ではディエゴといい勝負だ。

「やっといなくなったか」

「なんか可哀想だったんだけど……」

「いいんだって。アイツ昔ちょっと話を聞いてやったら、めちゃくちゃまとわりついてくるようになって面倒くさいんだよ」

ディエゴはそう言うけど、僕は複雑な気持ちだ。

Aランクになれるだけの実力を持てる冒険者なんてほんの僅《わず》かだって、冒険者じゃない僕でも知っている。さらにSランクなんていったら雲の上の話だ。

ディエゴはそれを目指せるのに、僕と出会ったせいでどうでも良くなってしまっただなんて、どう考えても勿体《もったい》ない。

「あーラスクからギュッて抱き付かれるのも気持ち良かったけど、こうしてギュッてできるのも最

けど……

高だなー」

後ろからとてつもなく呑気《のんき》な呟《つぶや》きが聞こえるから、本人は本当にそれでいいのかもしれないけど……

「あ、やべ」

急にディエゴのほっぺたが僕の頭頂部から離れた。ちょっと涼しくなったのが寂しい。

「どうした？」

ディエゴはくるっと僕の前に回り込んで、両手をがしっと握る。

「早く市場に戻ろう！　美味《うま》いもんはすぐに売り切れちまう！　ラスクに食わせたいもんが山ほどあるんだ！」

ディエゴのオレンジ色の瞳が子どもみたいにキラキラ輝いてあまりにも嬉しそうだったから、とりあえず今日は色々考えずに、一緒にこの町を楽しもうと考えを改めた。

難しいことはおいおい考えればいい。

「うん、行こう。でも、今日全部食べなくってもいいんだからな。これからだって何度でもこの町に来ればいいんだし」

「……そうだな！」

ディエゴが心底嬉しそうに笑ってくれたので、もうそれで充分に満たされた気持ちになった。

そうして市場に舞い戻った僕たちは、楽しく市場の露店や屋台を冷やかして回っている。

店の人も周囲の人も、ディエゴが僕と一緒にいることや笑うことに、信じられないものを見たような顔をするけど、あまりにも判で押したように同じ反応が続いたせいで、もはや僕は気にしたら負けだという気持ちになってきていた。

ディエゴが気にしていないのだから、僕が気にすることはない。だって知らない人たちだし。

「ラスク！　こっち！　ここのブール鹿《じか》の煮込みが美味《うま》いんだ！」

「うっわ凄《すご》くいい匂い！」

「親父、今日はいつもの倍で頼む」

何か言いたそうな顔をしつつ屋台のおじさんがブール鹿《じか》の煮込みをお椀にたっぷりよそってくれる。ゴロゴロ肉がお椀にがっつり盛られ、とろりとしたタレがかけられた。お椀にほかほかとあがる湯気、甘辛い香り、ショウガみたいな刺激臭も漂《ただよ》い、なんとも美味《うま》そうだ。

「すっげ、よだれ出そう」

ついつい目が釘付けになる。食べなくても分かる。絶対に美味《うま》いヤツだ。

「あと、この鮭《さけ》をバターとニンニクとなんか分からん調味料で焼いてるヤツもめっちゃ美味《うま》いぞ！」

「へぇ、身が凄《すご》いふっくらしてて確かに美味《おい》しそう！」

嬉しくてディエゴに笑いかけると、彼は凄《すご》く嬉しそうに笑い返してくれた。

「だろ？　香ばしい匂いがして、俺、大好きなんだ」

「ディエゴ、お前……そんなふうに思ってくれてたのか」

急に屋台のおじさんがそんなことを言う。

あ、泣き出しそう。

ディエゴはちょっとビックリしていた。

「なんだよ、しょっちゅう買いに来てるだろ」

「そんなこと言ったってお前、注文以外は一言も喋《しゃべ》らねぇじゃねぇか。いつもは受け取ったらすぐ帰るし」

「ディエゴ、お前……」

僕が胡乱《うろん》な瞳で見つめると、ディエゴは肩をすくめてちょっと耳をしょんぼりさせた。

「だって、一回喋《しゃべ》ったら、さっきのチョコみたいに信じられねぇくらい絡まれることが多いんだ。だから会話は最小限にしようと思って」

それで不自由もなかったし……と言い訳するみたいにディエゴは言う。露店のおじさんは納得したように笑い出した。

「なぁるほどなぁ！　ディエゴはモテるから、用心してたのは賢《かしこ》いかもしれねぇ」

「あ、やっぱモテるんですね」

思わず聞き返すと、屋台のおじさんが大きくうんうんと頷《うなず》いた。

「そりゃあモテるさ。この顔にこの体だろ？　Aランク冒険者な上に愛情深いって言われる狼獣《おおかみじゅう》人《じん》だ。そりゃあ男も女も釣り放題。そこらのお嬢さん方なんざ、クールで謎めいてて素敵！　とか言ってたぞ」

「クールで、謎めいてる……？」

「まぁ今日でだいぶ印象が変わっただろうがなぁ！　番《つがい》にゃデレデレだもんなぁ！」

がっはっは、と笑うおじさん。僕は顔を火照《ほて》らせて俯《うつむ》くしかなかった。「番《つがい》じゃない！」と否定しようかとも思ったけど、自分の中に芽生え始めた気持ちにもう気付いてしまっている。『番《つがい》』の言葉を強硬に否定するなんて、できなかった。

ディエゴの家に戻って落ち着いたら、ちゃんと本人にも伝えなきゃ。

ちなみにディエゴは何も言わない。『番《つがい》』と言われるたびに、肯定も否定もしないで嬉しそうに相好を崩し、しっぽがご機嫌に揺れる。それが言葉よりも雄弁に気持ちを伝えていた。

恥ずかしい。でも可愛い。

「そうだオヤジ、この辺でいい家具屋って知ってるか？」

「家具屋……ああ、なるほど、新居用か」

得心がいった顔で屋台のおじさんがちらっと僕を見る。ディエゴはしっぽをフリフリさせながら僕の肩にぽんと手を置いた。

「新居ってわけじゃねぇんだけど、俺《おれ》ん家《ち》って椅子もねぇからさすがにラスクに悪いと思って」

「椅子もねぇのか、そりゃ難儀だ。よっしゃ、お前が愛想尽かされねぇように、腕のいい職人の店を紹介してやらぁ」

「助かる」

耳をぴくぴくさせながらディエゴは真剣におじさんの話を聞いている。なんかもう居《い》た堪《たま》れず、僕はその屋台をあとにした。

気にしないことに決めたといっても限度があるんだよ……！

慣れない状況に内心テンパる僕と、終始ご機嫌でしっぽがゆらゆら可愛いディエゴ。だいぶ感情に落差がある。

それでも歩いていれば目的地には着くわけで、僕らはいつの間にかたくさんの家具が並ぶ店に辿《たど》り着《つ》いていた。

「うわ、意外とオシャレ……」

無骨な椅子が並んでいるのかな、と思ったのに、竹や籐《とう》で編んだ棚だとか、背もたれのデザインがかっこいい椅子だとか、色々なものが売られていた。店の奥にはテーブルは勿論《もちろん》、箪笥《たんす》やランプ、植木鉢からソファまで、なんでもある。

僕は一気にウキウキした気持ちになった。

8、【ディエゴ視点】新たな出会い

「うわぁ〜こんなに品揃えのいいお店、初めてだ……！！」

ラスクの目がキラキラ輝いている。

「少なくとも僕の住んでいる町にはこんなに大きな家具屋さんはないよ。すっごい色々あるんだな、ほらランプシェードとかまでかっこいいのがある」

「喜んでくれて良かった。港町だからな、船用の家具もあるし、もしかしたら他国から入ってくるのもあるのかもな」

「なるほど！　確かにそれはそうかも。こっちにはシンプルなデザインのもあるもんな」

店先にあったのは繊細《せんさい》な彫りが施《ほどこ》されていたが、こっちにあるのはむしろ無骨で重厚感がある、丈夫そうなテーブルセットだ。

「へーこんな実用的なデザインのものもあるのか。頑丈そうでこれもいいな」

「奥にも細かいデザインのものが結構ある。見てきてもいいかな」

頷《うなず》くと、ラスクは跳ねるような足取りで店の奥に走っていった。

やっぱり市場に連れてきて良かった。視線やら噂やらは正直、目も耳もいい俺にとってはうるさいことこの上ないが、『番《つがい》』って言われてるからまぁいいかとも思う。

しかも嬉しいことに『番《つがい》』って言われてもラスクは否定しないでくれる。恥ずかしがってはいるけど。これってもしかして、ラスクも言われてもいいって思ってくれているんだろうか。

そうだったら本当に嬉しい。

俺に番《つがい》ができればうるさく擦り寄ってくる奴が減るかもしれないし、何より番《つがい》ならずっと一緒にいてもいいいんだ。

「ディエゴ、これ見て！　めっちゃかっこ良くない？」

ラスクが指さす先を見ると、シンプルな形状の背もたれや座面が籐《とう》で編まれた、ゆったりと座れそうな椅子があった。そして店の奥に、物静かなちょっと神経質そうな男がいるのも見える。

もしかしてこの店の店主なのか？

「店主、椅子に座ってみてもいいだろうか」

「あ、ああ。勿論《もちろん》」

男が頷《うなず》いたので、俺はラスクに椅子をすすめる。

「ラスク、座ってみるといい。椅子は座り心地も大事だろう」

「そうだな。でもディエゴの家の椅子なんだから、ディエゴの感覚のほうが重要だろ」

「まぁ……本当はそうなんだろうけど、今まで椅子がなくても気にならなかったくらいだしな。ラスクが気に入った椅子のほうが俺は嬉しい」

「あはは、それもそうか」

笑いながらラスクが籐椅子《とういす》に身を預ける。そのまま俺を見上げてくるのが、なんとも言えず可愛い。

「どうだ？」

「ウッドデッキにはこれくらい深く座れる椅子のほうが良さそう。なんかこのまま寝てもいいくらい気持ちいい」

「そうか、じゃあこの椅子を二つと、あと家の中で使うヤツも必要だな」

「そうだね。でもローテーブルだったよね」

「ローテーブルっつうか、適当な高さだけどな」

「でもさ、ディエゴは町にいないことのほうが多いだろ？　いきなり二セットも買うのはなんか勿《もっ》体《たい》ない気も」

俺は普段があまり金を使わないからかなり残っている。別に構わない、と言おうとした時、さっきから置物みたいにつっ立っていた店主がおどおどしつつ声をかけてきた。

「あの、やっぱりAランク冒険者のディエゴさん……？」

「ああ」

「それなら、おすすめがあるんですが」

そう言って出してくれたのは、ごく普通のシンプルなテーブルと、今ラスクが座っているものに似ている、少しスリムな籐椅子《とういす》だ。

「実はこれ、折りたたみができるんで、あちこち持ち運んだりマジックバッグへの出し入れが便利だって冒険者の間で人気の品で」

「へぇ」

店主がささっと折りたたんで見せてくれる。テーブルも椅子もまるで魔法みたいに薄っぺらくなって、確かに便利そうだ。

「ディエゴ！　これ、凄《すご》くいいじゃん」

「そうだな。ラスク、座ってみてくれ」

「うん！　あ、使い方もう一回教えてもらってもいいですか？」

店主から使い方の説明を受けているラスクは、急にばっと振り返って俺をキラキラの瞳で見つめてきた。

「ディエゴ！　これ凄《すご》い！　背もたれの角度が変えられる！」

「は？」

「ほら、この棒を差し込む場所を変えるだけで、背もたれの角度が変えられるんだよ！」

「最終的にまっすぐ平らにして簡易ベッドにもなります」

「すげ……」

うきうきした様子で椅子に座り、ラスクはさらに感歎の声をあげる。

「座り心地も文句なし！　この椅子、最高！」

「へへ、そんなに褒められると嬉しいな。実はこのテーブルセット、オレが開発したんです」

「天才！」

照れる店主をラスクが思いっきり褒めた。

う、羨《うらや》ましい……俺もラスクにあんな尊敬の眼差《まなざ》しで見つめてもらいたい。

「よし！　買おう」

俺が宣言するとラスクが目を丸くした。

「決断早っ」

「そんだけ気に入ってるなら即決だろ」

さっと金を払ってマジックバッグにしまい、店主に礼を言って外に出る。

「いいのが買えて良かったな！」

嬉しそうなラスクを連れてまた市場を歩くと、露店が物珍しいらしい彼は本当に楽しそうにキョロキョロと辺りを見回した。

こんなに興味津々《しんしん》な顔のラスクを見るのは珍しくて、俺もとにかく楽しい。

「やっぱり食べ物の店が多いね」

「夜は普通の飯屋に比べて酒を出す店が増えるからな。あと多くなるのは、エロい系だの怪しい薬屋なんかもだな」

「へぇ、興味あるな」

「ラスクは薬師としての血が騒ぐんだろうが、ヤバい薬も結構多いぞ」

「だろうね。でももとになってる薬草とかは意外といいものだったりするんだよ」

「じゃあ行ってみるか？　俺がいりゃあ変なことにはならねぇし」

「いいの!?」

「まぁ昼間は普通に健全な薬屋がわんさかあるし、わざわざ夜に行かなくても、とは思うが」

「いや、せっかくだから見てみたい！」

「分かった。そういう系の店は一本裏の通りのほうが圧倒的に多いから、そっちに行ってみるか？酒も強いのやら珍しいのやら、レアなヤツが手に入って面白いぞ」

「火酒も薬作る時に一滴混ぜるといいって言われるのがいくつかあるんだよ。楽しみだな」

「よし、行こう。こっちだ」

ラスクが本気でワクワクしているのが分かる。俺は躊躇《ちゅうちょ》なく裏道に入った。その代わり、ラスクの体を引き寄せて腰を抱く。

「うわっ……」

「ここは表通りよりも危ない輩《やから》が多い。自分の番《つがい》はしっかり抱え込んで離さないのがルールだ」

「そ……そっか」

周囲をさっと見回して、俺の言葉に嘘がないのを理解したのだろう。ラスクが小さな声で了承する。恥ずかしそうだが、俺は単純に嬉しい。

「役得、役得♪」

ラスクにピッタリくっついて歩いていると、いきなり彼の足が止まった。

「ディエゴ！　ここ……！」

俺を見上げる瞳がとんでもなくキラキラと輝いている。

「……ッ」

「うわ、ちょ、違……っ」

口をぐっと遮《さえぎ》られてハッとした。

「ごめん、つい」

「こんな天下の往来で何しようとしてんだよ！」

小さな声で叱《しか》られる。

だってあんなキラキラの顔で見上げてくるから可愛すぎて、ついキスしたくなったんだ。これはラスクだって悪い。

「油断も隙もない」

ちょっと怒った声を出していても手は振り払われていないし、彼の瞳は本気で怯《おび》えたり嫌がったりしているわけじゃなかった。逆に嬉しくなる。

ラスクは「天下の往来で」って怒っていた。誰も見ていない家の中だったらいいのだろうか。

「ごめんって。で、なんだったんだ？」

「反省してないな……」

「してるけど、ラスクと一緒にいる嬉しさのほうが勝ってる」

なんとも言えない顔をした後、ラスクはしょうがないな、って表情になった。俺の勝ちだ。

「まぁいいや。ディエゴ、この店なんだけどさ」

ラスクの視線の先は小汚い酒屋。

俺が両手を伸ばしたくらいの広さしか間口がなくて奥に長い。この辺りの店はどれもそうだが、店の通路の両サイドに、背よりも高い棚に雑多なものが所狭しと積み上げられているのが特徴だ。

手前には手に取りやすい果実酒や発泡酒、薬草酒などが置いてあって、奥に行くほど魔物を漬けたのやらヤバい薬が入ったのやらどこぞから入手してきたのか不明な度数がやたら高い火酒やらが隠してある。

酒場で飲むと有象無象に話しかけられて面倒だから、俺はもっぱらこういう酒屋で好きな酒をたらふく買って表の市場でツマミだの腹持ちのいい飯だのを求め、家でゆっくり飲む。

つまりここは俺にとっては馴染《なじ》みの酒屋。この店に目をつけるとはラスクもなかなか目が肥えている。

「ああ、ここなら俺もしょっちゅう世話になってる」

「そうなんだ！」

ラスクが明らかにホッとした顔になった。確かに奥は薄暗くて怪しさ満点だもんな。

「この辺りは飲みやすいありがちな酒が多いが、奥に面白い酒がたんとある」

「そっか。実はこれとかこれ、薬草酒なんだけど数種類の草が一緒に漬けてあるんだよね。その取り合わせがなかなかない組み合わせなんだ。ちょっと買ってみたい」

「組み合わせか。なるほど、あんまり考えたことなかったな」

「食べ合わせとか飲み合わせとかで効能も変わるんだよ。このお店の人はそこら辺詳しいのかもなって思って」

「ボウズ、見る目があるじゃねぇか」

突然、店のオヤジが話に割って入ってきた。

「おうディエゴ、可愛いの連れてんな。お前のイロか？」

「惚《ほ》れてるから口説《くど》いてるとこ」

ニヤッと笑ってそう言うと、ラスクがさあっと赤くなる。

こんな会話でも否定しない。ますます脈アリと見た。

話題を逸《そ》らすように店のオヤジと薬草酒の話で盛り上がるラスクを横目でニヤニヤと眺《なが》めながら、俺は店の奥へ入る。新しく入荷した酒をあれこれと見定めた。

「おっ、いいのが入ってるじゃねぇか」

俺の気に入りのキッツい火酒がある。その周りには見たことないのがいっぱい置いてあって、ちょっと匂いを嗅《か》ぐだけでも美味《うま》そうだと分かった。

今日は当たりだ。

マジックバッグにはまだまだ空きがある。たっぷり買っていってもいいだろう。

そう思って振り返ると、ラスクが両手にいっぱいの酒を抱えて、さらにまだ物色していた。

「大漁だな」

「お師匠様たちも興味があるだろうって思ったらつい。ディエゴのおかげで懐《ふところ》があったかいから、財布の紐が緩くなっちゃった」

ああ、グラスロの報奨金か。自分はさして贅沢《ぜいたく》しないくせに、本当にお人好しだ。

「オヤジ、金はギルドに預けてる。そっちに請求してくれ」

「あいよ」

言いながら自分の火酒とラスクの薬草酒をマジックバッグに入れようとすると、ラスクに止められた。

「自分の分は自分で払う」

「でも今は手持ちが少ないんじゃねぇか？　後で精算すりゃいいだろ」

あんまり精算する気はないが、こうでも言わないと食い下がりそうだ。

「そ、そりゃあそうだけど」

「とりあえず今は、品物の吟味《ぎんみ》に集中したほうがいい」

「……ありがとう」

しばらく迷った後、結局ラスクは納得してくれたらしい。またも真剣な顔で酒の品定めを始めた。真剣な顔も可愛い。

「やに下がった顔しやがって。お前がまさか男のほうが好みだとはなぁ」

「どっちでも関係ない。ラスクがいい」

「ベタ惚《ぼ》れじゃねぇか。こう見えてアッチがすげぇとか？」

「まだヤッてねぇよ。アイツがいいって言うまではオアズケだ」

「おいおい、すげぇな。お前ほどの奴がそこまで入れ込むとはなぁ。いったいぜんたい、どこにそんなに惚《ほ》れ込《こ》んだんだ？」

「どこにって……アイツすげぇお人好しでさ、命の恩人ってのもあるんだが、とにかく一緒にいて楽しくて気持ちいいんだ。俺もう一生ラスクの飼い犬でもいい」

俺が至極マジメな顔でそう言うと、オヤジは盛大に噴き出した。俺の背中をバンバン叩きながらヒィヒィ言って笑う。

笑われたってしょうがないことを口にした自覚はあるから、すました顔でやり過ごした。

「マジかよ、しょーがねぇな」

「マジだ。ベタ惚《ぼ》れもベタ惚《ぼ》れだ」

ラスクは向こうの棚を見上げて聞こえないふりをしているけど、耳が真っ赤だ。俺の思いの丈《たけ》を思い知るがいい。

「よし！　そこまで惚《ほ》れてんなら応援しねぇとなぁ。ほれ、コレやるよ」

そう言ってオヤジが手渡してくれたのは、可愛いピンク色した果実酒だ。

「中になんかまあるい木の実がコロコロ入ってんな。果実酒か？　あんま見たことねぇけど」

「おう、甘いから、彼でも飲めるだろ。あんま酒は強くねぇって言ってたから、お前が飲むようなガッチガチの火酒はキツいに違いない。これなら飲みやすくていいと思うぞ。水で半分くらいに割るといい」

「そりゃありがたい」

「いいってことよ。いっぱい買ってくれてるしな」

「ちなみにオヤジ、ラスクが興味持ちそうな面白い薬剤や薬草を使った店、他に知らねぇか？　アイツ薬師なんだ」

「そりゃまぁ知っちゃあいるが、オレが詳しいのは裏道の情報になるぜ」

「分かってる。せっかくだから、この時間帯じゃねぇと買えないレアなのがあるといいんだが」

「ふぅん、酒に関するならこの店に勝るもんはねぇからな。薬に使えそうなのを扱ってる中でそういう面白いもんがあるのは、色ごとに特化した店だろう。塗《ぬ》る、飲む、焚《た》く、使い方もとりどりのヤツが手に入るぜ」

「ああ、多分そういうのがいいらしい」

「そんじゃあ『メッサレッサ』だ。ほい、この紙を店主に渡しな。ベールで顔を隠した怪しい風体《ふうてい》だが、腕は確かだ。薬草の調合や種類に関しての知識はここら辺じゃアイツが一番だから、色々聞いてみりゃいい」

「ありがとう、助かる。ラスクもきっと喜ぶと思う」

「へっ、幸せそうな面《つら》しやがって。仲良くやんな」

「ああ！　また買いに来る！」

オヤジに礼を言ってラスクのもとに駆け寄る。彼はまた腕いっぱいに酒瓶を抱えていた。

俺でも飲まないような強烈な火酒もあれば、なんか魔物っぽいものが漬け込まれた得体の知れないものもある。ここはラスクにとっては宝箱みたいなんだろう。

「すげぇな」

俺が苦笑すると、ラスクは心底嬉しそうに破顔する。

「うん！　満足!!」

「ならちょうど良かった。それ買って、次の店に移ろうぜ。面白いもん売ってそうなとこ、聞いておいた」

「ほんと!?」

「おう。色ごと系の店らしいが、店主が凄腕《すごうで》で薬草の調合や種類に関しての知識はズバ抜けてるらしい」

「うわぁ、楽しみ！」

笑顔が眩《まぶ》しい。今日はラスクのキラキラが止まらない。よっぽど楽しいんだろう。

ラスクが嬉しいと俺も嬉しい。

完全にうかれている彼の腰をしっかり抱いて、教えられた店を目指しいくつかの店を冷やかしながら裏道を歩いていく。

小さな町から出たことがないらしいラスクにとって、見るもの全てが目新しく興味をそそられるらしい。精霊の光で明滅する変わった看板だの、客引き兼小銭稼ぎで妖艶な踊りを披露している踊り子だの、男たちがたむろしてゲームに興じる賭博場のボードゲームだのにいちいち反応しては「ディエゴ、あれ何?」って聞いてくる。

ついには幾種類もの鞭《むち》だのチェーンだのベルトだのがぶら下がっている、いかにも怪しげな看板を指さした。

「あれ何かな。武器屋?」

「あー、あれは……その、なんだ、ええと、特殊な性癖用の店の看板っつうか」

「あ、そっ……か」

説明が恥ずかしいものを聞かれて地味に困る。聞いたラスクも恥ずかしそうだが俺も気まずい。

でも、ラスクにそうやって聞かれることで、今までは気にも留めていなかったものが新鮮に見えてくるから不思議だ。

「ラスクといると今までどうでも良かったものが面白く思えてきて、なんか俺も楽しい。この町がこんなに楽しいって感じたことなかった」

「そうなの⁉　めっちゃ楽しいのに！」

「うん、ラスクといると楽しいな」

正直に言うと、ラスクが赤くなって俯《うつむ》く。

しばらくそのまま歩いているうちに、いつの間にか目的の店に着いていた。

「ラスク、ここだ。『メッサレッサ』って書いてある」

「あ、ほんとだ……入り口は普通だね」

「だな」

色ごと系の店だって聞いていたけど、店構えはラスクの言う通り至って普通だ。というか店先に何も置かれていないせいで、なんの店か分からない。中に入ってすぐには、薬屋かと思うくらいの変哲のないポーションだのローションだのが並べられていた。

店の中に客の姿はない。外の喧騒《けんそう》が嘘みたいな静かさだ。

「そういえばさっきの酒屋のオヤジが、この紙切れを店主に渡せって言ってた」

貰《もら》った紙切れをポケットから出して店の奥までどんどん進む。カウンターみたいな場所に、ベールで顔を隠した店主らしき人物が座っていた。

「多分あれが店主だ」

体の細さもラインも雰囲気も、男か女かさっぱり分からない。確かに得体の知れない感じだ。

「おや、いらっしゃい」

声からも男女の別どころか年齢の見当もつかない。

「酒屋のオヤジに紹介してもらった。ツレが薬師で薬の材料になりそうなもんや面白い調合があったらと思って来たんだ」

俺がそう説明する間に、店主は俺が渡した紙切れを読んで、ふふふと小さく笑う。

「君がディエゴか。これは面白い」

「俺を知ってるのか」

来たこともないのに、こんな所の店主にまで名が知られているとは思わず、ちょっとびっくりする。

「君を籠絡《ろうらく》したいってね、私の店で媚薬だの惚《ほ》れ薬《ぐすり》だのを買っていく客が結構いるのだよ」

「は……!?」

とんでもないことをさらっと言われた。

「けれど君はなかなか町にいない上に、誰の誘いも受けない。食事も外ではとらなくて、薬を盛る隙がないんだって嘆《なげ》いていたよ」

くすくすと笑いながら言われ、さすがに俺も鼻白《はなじろ》んだ。

誰だか知らないが、そもそも薬を盛ろうと企《たくら》まないでほしい。しかも、そんな話を面白そうに本人に教えるなんて何を考えているんだか。

「決まったお相手がいたんだねぇ、道理で隙がないはずだ」

当時は相手がいなかったはずだが、それをわざわざこの店主に言う必要もない。とりあえず黙る。

「それで？　今日はお相手と熱い夜を過ごすためのものをお探しかい？　色々と面白いのがあるよ」

「さっきちゃんとツレが薬師だってことも、薬の材料になりそうなもんや面白い調合を探してるってことも伝えたはずだが？」

「ああ、聞いたねぇ。けれどせっかく買っていくなら使って試せたほうがいいだろう？」

ベールから出ている紫色の目が、にんまりと細められた。

「見たところまだ懇《ねんご》ろにはなっていないようだ。けれど、お相手もまんざらでもなさそうだよ」

店主がふふふ、と笑う。ラスクが耳まで真っ赤になった。

「ほらね。私は人間のこうした機微にとても興味があるのだよ。長命な私たちとは違って短い命の中で生命力旺盛に生きているだろう？」

その言葉にラスクが反応する。

「長命なって……」

「私はエルフなのだよ。勿論《もちろん》薬草については詳しいつもりだ。ちなみに、私が作った薬はこれなんだけれどね」

「えっ、凄《すご》！　これもしかして、ラップル草ですか⁉　本でしか見たことない！」

「そう、よく勉強しているね。エキスを抽出するために酒に漬けているのだよ。ちなみにこっちはもうクリームに生成してしまったけれど、香りが独特だから分かるかな？」

「甘い匂い……だけど嗅《か》いだことないです」

「そうかい。ショユクルという木の樹液を混ぜ込んであるクリームでね」

「ショユクル……？　保湿と美肌効果は高いけれど、かゆみが出るケースがあると聞いたことが……クリームってことはどうやってかゆみを抑えたんですか？」

「抑えてなどいないさ。セックスの時にこれを交合部に塗《ぬ》ると、そのかゆみすらも愛を高めるエッセンスになるのだよ」

「あ……なるほど」

「短所も適した使い方をしてやれば長所に化ける。薬師には素材の個性を充分に理解して薬に精製する技量も大切だよ」

「確かに、仰《おっしゃ》る通《とお》りですね……！」

すげぇ。ラスクが凄《すご》く生き生きした顔で話を聞いている。

最初はなんかいけ好かねぇ奴だと思ったけど、ラスクが嬉しそうだからまぁいいかって思えてきた。

そもそもエルフなんて俺でもあんまり見たことがない。森の奥で暮らしているんだろうって思っていたけど、こんなとこでエログッズ店の店主に収まっているとはびっくりだ。

彼らは長命で博識ってことで有名だ。こんな近場でその知識を分けてもらえるなんて、だいぶラッキーなんじゃなかろうか。

「どうだろう、私の作るものは興味深いかな？」

「はい！　凄《すご》く!!」

ラスクが元気良く答える。あんまり嬉しそうで、俺まで嬉しくなった。

「嬉しいね。店にあるものは自由に見て良いよ。気になるものがあったら聞くといい。使い方を教えよう」

「使い方……」

「組成や材料は秘密も多いからね」

「確かに」

すっかりワクワクモードになったラスクと店内を回る。そんなに広い店じゃないが、売られているのは小物が多いから、品数が半端ない。

「あ、凄《すご》い。ここはお風呂関係のものがいっぱい置いてある」

「へぇ。石鹸《せっけん》とか入浴剤とか普通なもんも置いてるんだな」

「泡風呂とか……ローション、ゼリーみたいなのもある。うわぁトロトロとか、ねっとりとか、もこもこ泡とか、素材なんなんだろう」

「ゼリー……スライムっぽいのとかだったらめちゃくちゃイヤだ」

「あはは、確かに。こっちはお香かな」

「酒とかクリームとか、ほんとなんでもあるな。あっちには結構エグいエロいのもあるぞ。張型とか、いかにもってのが」

「そういうお店だもんね……僕、こういう系のお店、初めて入るから、実はかなりドキドキしてる」

「俺も初めてだ。今まで必要を感じなかったしなぁ」

散々ふたりで見回って、ちょくちょく店主に説明を受けつつ特に気になるのをピックアップしていく。恥ずかしがったり興味津々《しんしん》だったり、エロいもんを一生懸命に吟味《ぎんみ》するラスクの表情を間近で見られるの、率直に言って滾《たぎ》る。

「またあちゃくちゃ買っちゃったな……」

「いいじゃないか。満足できる買い物ができたなら何よりだ」

満足そうなラスクを見ていると、ここに連れてきて本当に良かったとこっちまで満ち足りた気持ちになった。

「ありがとうございました。凄《すご》くいい買い物ができました！」

ラスクが店主に元気良くお礼を言うと、嬉しそうに微笑《ほほえ》んだ店主が思わぬ提案をした。

「君がそんなに気に入ってくれて嬉しいよ。私も君が気に入った。せっかくの縁だ、もしも君が条件を呑んでくれるなら、薬について色々と教えてあげてもいいけれど？」

9、【ラスク視点】甘い時間

思いがけないエルフさんの提案に僕は大声をあげた。

「い、いいんですか⁉」

「勿論《もちろん》タダでというわけではないよ」

エルフさんがそう言って意味ありげに笑う。僕の喉《のど》はゴクリと音を立てた。

どんな対価が必要なんだろう。僕で払えるものなんだろうか。

「情熱的な獣人と人の組み合わせは私にとっても興味深いからねぇ。私が作った薬を君たちふたりで試してくれるなら、その報酬に私の知識を授《さず》けてあげよう」

「えっ……君たちふたりって、ディエゴも？」

「勿論《もちろん》。私が作っているのは愛を高める効果があるものが多いからね。ほら、開発中の試供品をいくつかあげよう。使った感想を教えてくれたら、その薬の組成と材料を教えてあげるよ」

困った。

薬の組成は喉《のど》から手が出るほど欲しい。でもさ、ディエゴとふたりで使う、ってつまり……

かぁっと顔に血が集まるのが分かる。今日一で恥ずかしい。

「ラスク、俺は別にいいぞ。せっかくだから貰《もら》って帰ろう」

「え、うん。えと、でも」

「こんな近場でエルフの教えを受けられるなんて幸運、滅多にない。俺もできる協力はする」

それはそうなんだけど〜!!

内心の葛藤《かっとう》を口に出せずに、困った顔しかできない。エルフさんはそんな僕をただ興味深そうに眺《なが》めて、目に笑みを浮かべた。

「良かったね、協力してくれるそうだよ。使い方も一緒に入れておいたから、ふたりでよく読んで、試してみるといい。また訪ねてくれるのを楽しみにしてるからね」

「ありがとう、また来る」

「ま、待って!」

ディエゴがさっさと会話を終了させようとするから、僕は焦《あせ》る。

試供品はともかく、今さらながらに必ず言っておかなきゃならないことを思い出したのだ。

僕は勢い込んでエルフさんに訴えた。

「あの! 僕、ルギーって町で駆け出しですけど薬師をしてて……師匠たちにもお土産買ったし……その、今日の話もすると思うんですけど」

「ふふ、心配しなくても君が買ったものは君のものだ。勿論《もちろん》渡して構わないし、私が話したことも共有していいよ。人には私が作るものの完全再現は無理だしね」

「ああ、そうなんですね。……安心したような、残念なような」

「君はなかなかに正直で素直な子だね。ますます気に入った」

「あ、ありがとうございます」

「またおいで。楽しみにしているよ」

「はい。ありがとうございました……！」

ふふふ、と笑ってエルフさんがひらひらと手を振ってくれる。

大人の余裕なのか種族としての余裕なのか分からないけど、なんか何があってもさして驚かなそうな人だなぁ。

ディエゴのおかげで、僕だけだったら絶対に出会えなかっただろう人と繋がりができて嬉しい。もしかしたらこのエルフさんならば、エリクサーのことも知っているだろうか。

ディエゴと共に店を出てしばらく歩いていたら、ディエゴが不意に足を止めた。そして腰を屈めて僕の顔を覗き込み、明るく笑う。

「ラスク、そんな深刻な顔しなくても、試供品なんだから深く考えずに貰《もら》っときゃいいんだって。使うか使わないかは後で決めればいいんだし」

「そんなわけにはいかないよ！」

全く見当違いなことを言われた上に内容が内容だったから、思わず即座に声が出た。

「丹精込めて作った薬を粗末に扱われたら、僕なら悲しいよ……！　しかもこれ、開発中って言ってた。そんな薬を同業者に渡すってかなり勇気がいるんだよ。そんな不誠実なことできない」

「う……それは……そうか。ごめん、失言だった」

すぐに理解して、謝ってくれるディエゴは素直で優しい。よく考えたら彼だって僕を心配してくれたのだ。しおしおと萎《しぼ》む耳としっぽが可哀想になって、僕もすぐに謝った。

「ごめん、ディエゴ。心配してくれたんだよな。でも今は全然別のことを考えてて……もしかしたら、あのエルフさんだったら、エリクサーのことも知ってるのかなって」

「確かに！」

ディエゴの耳が「ピン！」と勢い良く立つ。

「もしあの店主が知らなくても、仲間の中には知ってる奴もいるかもしれないもんな！　何も手掛かりがないより可能性が上がるだけでもいいじゃねぇか！」

「うん。ディエゴのおかげだな」

「俺？　俺、なんにもしてねぇけど」

「この店を紹介してもらえたのだってディエゴのおかげだよ。ありがとう、ディエゴ」

心からお礼を言うと、ディエゴのしっぽが「ビンッ!!」と跳ねて、直後もの凄《すご》い勢いでブンブンと揺れる。

「もう満足だろ、ラスク。帰ろう！　今すぐ帰ろう！」

なぜか急に帰りたいモードになったディエゴにせき立てられて、裏道のさらに裏みたいな人通りのないところに入った。同時に、ディエゴが一瞬で獣化する。

「わふ!!」

乗れ、と言われているのがそれだけで分かって、苦笑しながらまたがった。ディエゴは屋根の上に飛び上がってぐんぐんとスピードを増す。

どんだけ家に帰りたいんだよ。

面白くなった僕はディエゴにしがみついたまま、ひとりでくすくすと笑った。

ディエゴが本気を出せば、家に辿《たど》り着《つ》くのなんてあっという間だ。扉を開けてやると、僕を乗っけたまま家に駆け込む。

やけに急いでいるなぁと苦笑しつつディエゴの背から降りた途端——

「うわっ⁉」

くるっと振り返ったディエゴに思いっきりタックルされた。

「痛《い》ってぇ……うわっ、ちょ、わ、ま」

ディエゴはそのままのしかかってきて、僕の顔を一心不乱に舐《な》める。

待って、って言葉も言えないくらい顔をベロベロ舐《な》め回《まわ》されて、なんとか逃れようともがく。けれど、前脚で両肩を床に押し付けられて、びくともしない。

そもそも狼姿《おおかみすがた》のディエゴは立ち上がると僕よりずっとでっかい。力だってとんでもなく強い。なす術《すべ》なく舐《な》められて、ついには口の中に長い舌が入ってくる。

「ん、んぅ、んんっ！　んううーーーっ‼」

口の中までくまなくべろべろに舐《な》められた。足で蹴り上げようとジタバタしても、大きな体にはなんのダメージも受けないらしい。

「んぅ、ふ……っ」

恐ろしいことにだんだん気持ち良くなってきて、ディエゴの腹の辺りの毛を掴んだ僕はふるりと体を震わせる。

ヤバい。

そうこうするうちに、ディエゴの長い舌が喉《のど》の奥まで入ってきて、ぞわっと全身の毛が逆立った。

何、今の！　めちゃくちゃゾクッとした!!　そんなの、舐《な》めちゃダメなとこだろ……！

涙がボロボロ出てきて息も絶え絶えなのに、ディエゴが何度も奥を舐《な》める。こんなところがくすぐったいとか気持ちいいとか、そんなの考えたこともなかった。

ろくに息ができなくて、くったりと力が抜ける。

「ん……うぅ……」

なんとか合間に息をして、もう諦《あきら》めてなされるがままになり気持ち良さを享受していると、ようやくディエゴが落ち着いてきた。

……気持ち良くなってる場合じゃない！

ハッとして、意識を強く保つ。

ディエゴのべろが口の中から抜かれるのを見計らって、咄嗟《とっさ》に両手で口をガードして叫んだ。

「ま……待てっ!!　待て、待って！」

「わふっ」

不満そうにまだ舐《な》めてこようとするディエゴのマズルを軽く掴む。

「ダメ……！　落ち着いて、人型になって」

まっすぐに目を見て、できるだけ低い声を出す。ディエゴがハッとしたような顔をして急に大人しくなった。

あ、耳がシュンとなった。良かった、どうやら正気に戻ってくれたらしい。

やっと安心してマズルから手を離すと、ディエゴは人型に戻った。

「ごめんなさい……!!」

土下座される。

悪いことをした自覚はあるらしい。

「もう……なんなんだよ、急に」

「ラスクがありがとうって笑ってくれた顔があんまり可愛くて、大好きって気持ちがぐんぐん膨れ上がってきて……気が付いたら押し倒して舐《な》めてました……」

なんで敬語。

笑っちゃいけない、笑っちゃいけない、と自分に言い聞かせて一生懸命に厳しい顔を作る。

「あのなぁディエゴ」

「はい……」

でっかい図体でできるだけ小さくなろうとしているの、率直に言ってズルいと思う。

込み上げる笑いをぐっと堪《こら》えて、僕はゆっくりと話しかける。

「僕はさ、帰ったらディエゴに話したいことがいっぱいあったんだよ。明日どうするかとか、これからのこととか、たくさん」

「はい……ごめんなさい」

「顔上げてくれない？」

涙目……!!

撫《な》でそうになる右手をぐっと左手で押さえる。僕は膝をついてディエゴに目線を合わせた。

「でもさ、一番話したかったのは……僕もディエゴが好きだよ、ってことなんだよね」

オレンジの瞳がまん丸になる。

「ディエゴが僕を好きって言ってくれてさ、最初はびっくりしたけど……その、本気で言ってくれてることも分かったし」

「本気だ!!　こんなに大切だって思ったの、ラスクしかいない……！」

「うん、ありがと。それに、僕のこと大切にしてくれるし」

「もっともっと大切にする!!」

いちいち全力で反応するディエゴに、とうとう笑いが堪《こら》えきれなくなる。

「すぐに我を忘れて押し倒してくる上に、無理やりキスしてきたりするけどさ」

「ご、ごめんなさい……」

「そうやって反省してるの可愛いとか思っちゃうし」

ポカンと口を開けて、ディエゴが僕を凝視した。

「僕も充分にディエゴのこと可愛いって、大好きだなって思ってるって気が付いたんだよね」

「え……」

「なので、僕を恋人にしてください」

「ラスク……!!」

周りに一斉に花でも咲いたのかって言うくらいパァァァァッとディエゴの表情が晴れやかになって、彼は満面の笑みを作った。

「ホントに⁉　ホントに⁉　ホントに俺の恋人になってくれるのか⁉」

「うん……ディエゴとなら僕、毎日、傍《そば》にいて楽しいって感じると思う」

「ありがとうラスク!!　大好き！　愛してる!!　一生大事にする……！」

一生だなんて、気が長いなぁ。

そんな呑気《のんき》なことを思った瞬間に、またもや勢い良く押し倒される。

「痛《い》てっ！」

僕の後頭部はディエゴの手で守られたものの、体への衝撃全部を吸収できたわけじゃない。背中はそれなりに痛かった。

「ご、ごめん、ラスク……！」

「お前、押し倒してから反省するの、わざとじゃないだろうな……」

「わ、わざとじゃない……」

ちょっと目を逸《そ》らすの、アヤシイ。

……ま、いいか。それも込みで可愛いって思っちゃっているから、もういいや。

ディエゴの背中に手を回して、きゅ、と力を入れてみた。

「床は痛いからさ、できればベッドに連れてって」

ガバッと起き上がったディエゴのしっぽがブワッとでっかくなる。

「いいのか⁉」

「ディエゴの恋人になるなら、すぐそういうことになるだろうなって覚悟はできてたし」

「ラスク‼」

待てが利かない駄犬に惚《ほ》れちゃった以上、そこはもうしょうがない。

「さっきの試供品、使ってみる？」

照れ隠しにそう言うと、ディエゴは高速で何度も何度も頷《うなず》いた。ちなみにしっぽもめちゃくちゃ暴れている。もはや僕如《ごと》きでは視認できない速度だ。

そんなに嬉しいのか、と思うのと同時にもう笑っていた。

素早く立ち上がって僕を一気に抱き上げたディエゴが、恐るべき速さでベッドへ移動する。僕の気が変わらないうちに、とでも思っていそう。

予想外に優しくベッドに下ろされ、チュ、と可愛くキスされた。

「ラスク、好き……！」

さっきみたいに口の中、喉《のど》の奥まで蹂躙《じゅうりん》するようなキスじゃない、小鳥みたいな可愛いキスだ。

「僕も」

お返しにチュ、と鼻先にキスしてやると、「嬉しい〜〜‼」と悶《もだ》えていた。ますます可愛い。

ファサファサ揺れるしっぽをもふもふ撫《な》でた後は、気持ち良さそうに目を細める。

「ここも気持ちいいんだ」

「ん……しっぽも気持ちいいけど、付け根のとこはもっと気持ちいい」

「へぇ」

しっぽの付け根を撫《な》でると、確かにもじもじと気持ち良さそうに身を捩《よじ》り始《はじ》めた。

「ラスク、待って。それヤバい」

「うわぁ、めっちゃ勃《た》ったな」

「うう……ごめん」

「恋人になったんだから、いいよ。……する？」

「ラスク……！」

「僕は初めてでどうしたらいいかよく分かんないし、ディエゴの好きにしていいよ」

僕の言葉に、ディエゴの顔がパアッと明るくなる。だけど、すぐにハッとした顔をした。

「さっきの試供品……！」

「あ、そうだね。せっかく貰《もら》ったんだから、使ってみる？」

「おう！　そのほうがラスクもいいだろ」

「うん！」

早速、ディエゴがマジックバッグから次々と品物を取り出す。それぞれの瓶や容器に小さな紙片が貼られていたので、広げて確かめてみた。薬効と『正しい使い方』なるものが書かれている。

うわぁ、生々しい……

「へー、すげぇ！　便利だな！」

「うわ！」

紙片を読むのに夢中になって、ディエゴが紙を覗き込んでいるのに気が付かなかった。彼は僕が広げた紙片を次々に読んで、満面の笑みを浮かべる。

「ラスク、とりあえず色々試す前にさ、まずはこれからいこうぜ」

ディエゴが持ち上げたのは、エルフさんのお店の前に行った酒屋さんで貰《もら》った、可愛いピンク色の果実酒。

「それって、酒屋さんがくれた果実酒」

「おう！　甘いからラスクでも飲めるって言ってただろ？　オヤジがふたりで飲みなってくれたヤツだし」

「水で割って飲めとも言ってたよね」

「だな。ほれ」

彼はマジックバッグの中から無骨なグラスを取り出して、一つを僕に渡してくれる。そのままベッドの上でピンクの酒を注いだかと思うと、またもやマジックバッグの中から水筒を取り出して水で割ってくれた。

「ずぼらだなぁ」

「もうラスクの傍《そば》から離れたくない。さ、飲もう」

しょうがないなぁ。

苦笑してディエゴに促《うなが》されるままグラスの縁をコツンと合わせる。互いにグラスに口をつけた。

「うわ……美味《おい》しい」

「甘いな」

「うん！　トロッと甘い。熟した桃みたいな完熟した甘み……！」

「気に入ったか？」

「これなら僕もいくらでも飲めそう」

「そりゃ良かった。俺はちょっと物足りねぇな。こっちを試してみてぇ」

そう言ってディエゴが手に取ったのは、エルフさんのお店で買った、でっかい酒瓶。僕が両腕で抱えないといけないくらいの大きさの瓶に、どーんと一本ドラゴンの舌が漬け込まれた逸品だ。舌先が二つに割れているのがなんともエグい。

「ドラゴンの舌が漬けられてるとか、面白いよな！」

興味津々《しんしん》な顔で呷《あお》っているけど、めっちゃ強い精力剤だと瓶に書いてあるんだけど。

「うっわ、うま！　喉《のど》がやけるみてぇだ！」

「それって美味《おい》しいの？」

『喉《のど》がやける』と『美味《うま》い』がイコールにならなくて、僕は苦笑するしかない。

「美味《うま》いさ！　ああ今日は気分がいいなぁ。酒は美味《うま》いし、ラスクは恋人になってくれたし、人生最良の日だ」

「大袈裟《おおげさ》だよ……」

「大袈裟《おおげさ》なもんか」

ディエゴは今日使うかもしれない試供品をあれこれかき集めて、頑丈そうなベッドの背もたれにどかっと寄りかかった。

「ラスク、こっちに来て」

両手を広げて僕を呼ぶ。

え……まさか、ディエゴの膝の上に乗れって意味？　それはさすがに恥ずかしすぎる。

「いや、恥ずかしいからやめとく」

「え、なんで？　飯の後、いっつも俺の腹によりかかってくるだろ」

「それはディエゴがワンコだって思ってたから」

「それならいいのか？　狼《おおかみ》になろうか？」

「いやいやいや！　お前、絶対に理性がぶっ飛ぶからダメ！」

「ええ!?　あれ、あったかくて安心できて好きなのに。ラスクだっていっつも気持ち良さそうにしてただろ」

それは確かに。ディエゴのでっかい体に寄りかかると、温かくてモフモフで、僕も安心していた。暖炉の前でふたりで散々だらっとしていたっけ。僕がうとうとすると毛布代わりにしっぽをもふっとお腹《なか》に掛けてくれるのが優しいと感じていた。

「ラスク、来てほしい。暖炉もないし、腹が寂しい……」

誘うようにふぁさっとしっぽを揺らされて、僕はちょっと迷った後、結局はディエゴの腕の中にぽすっと収まる。

「おー！　来てくれた！」

困ったことに、背中にディエゴのあったかさを感じるとやっぱり安心する。さらにお腹《なか》にもふもふしっぽがポスンと落ちてくると、なんか凄《すご》く贅沢《ぜいたく》な気持ちになった。

「ハハハ！　やっぱ気持ちいいなー！」

「うん、ディエゴのしっぽ、気持ちいい」

「あー幸せ！　暖炉がなくてもあったかいなー！」

後ろからぎゅっと抱きしめられて、僕も幸せを感じる。抱きしめられているのに、しっぽの先がジタバタしているのも可愛い……なんか、こういうのいいかも。

「僕も幸せ」

「気持ちいいなぁ、お酒も美味《おい》しいし」

「ついでにコレも飲むかぁ？」

「えー、ドラゴンの舌酒、すっごい強い精力剤って書いてあったよね。遠慮しとく」

「だからか、ムラムラすると思った」

確かにお尻に硬くて熱いモノが当たっている。

お酒の効果か、すっかり楽しくなっていた僕は、くすくすと笑いながら周りに集めてあった試供品を手に取った。

「それは？」

「んー、ぬるぬるする、ローション？」

「ふぅん？　意外と普通だな」

「えっとね、軽い治癒効果と疲労回復効果があるって」

「いいな、それ使おう。すげぇ実用的。他にも面白いヤツある？」

手を伸ばしてきたディエゴに試供品のローションを渡しながら、僕は他の品々を物色する。興味をそそられるものがいくつかあった。

ただ――

「興味があるのは色々あるけど……僕、初めてだから、一気に色々使うのはちょっと怖いんだ。少しずつ、試してもいいかな」

後ろから覗き込んでくるディエゴを見上げてそう言う。彼は嬉しそうに微笑《ほほえ》んでくれた。

「勿論《もちろん》だ！」

肩越しにチュ、と可愛いバードキスをくれる彼に、体の力を抜いて身を預ける。

「脱がしてもいいか？」

「うん……ちょっと熱くなってきた。お酒のせいかな……」

「ラスク、普段は飲まないもんな」

会話をしながらも、ディエゴの指が器用に僕のシャツのボタンを外していく。なんだかぽわぽわと心地好くなって、僕はその作業をぼんやりと眺《なが》めた。

「あ……っ」

ディエゴの指が乳首をかすると、びくん、と体が揺れる。その途端、ディエゴのでっかいアレが僕のお尻の割れ目をぐぐっと押し上げた。

「ラスク、もう一個だけ、試したいヤツあるんだけど、使ってみてもいいか？」

「うん……いいけど、どれ？」

「これ」

「これってショユクルのクリーム？」

「おう。普通にやるよりは気持ち良くなれそうだからな。初めてだから、少しでも痛みが少ないほうがいいと思う」

こんなに昂《たかぶ》っているのに気を遣ってくれるのが嬉しくて、僕は素直に頷《うなず》く。ドキドキする。これからどうなってしまうのか。

初めてのことに、どうしたらいいのか分からない。でも、ちゃんと僕を気遣ってくれるつもりらしいし、ディエゴになら信頼して身を預けていい気がしていた。

はだけられたシャツの隙間から大きな手のひらが入ってきて、僕の肌に触れる。

胸の辺りを撫《な》でられ、しっとりと湿った感触がしてふわりと甘い香りが鼻腔《びこう》をくすぐった。

「ショユクルの香りだ。甘くて良い匂い……」

「俺はもう少し匂いが少ないほうが良い」

「え、そう？　そんなにきつい香りじゃないけど」

「俺は鼻が利くから。……他の匂いがあると、ラスクの匂いを感じにくくなってちょっと寂しい」

後ろから首筋に肌が当たる感覚がして、すんすんと匂いを嗅《か》がれる。

自分がこのクリームを使いたいって言ったのに。

「やっぱり絶対にラスクのほうがいい匂いだ」

すんすん、すんすん、とディエゴはしつこく匂いを嗅《か》ぐ。ついにはクリームを塗《ぬ》る手が止まって、いきなりうなじをベロリと舐《な》めた。

「うわ、あ」

熱くて長い舌がゆっくりと僕の首を辿《たど》り、鎖骨までくる。

さっき口の中を舐《な》め回《まわ》された時よりもゆっくりとした、ずっといやらしい動きだ。

僕の体はふるりと震えた。

息をつく暇もないほど熱く耳の後ろまで舐《な》められ乳首をふにふにと指先で揉《も》まれて、急激に恥ずかしさが増す。

ちょっと待ってと言おうとした瞬間、後ろからぐんと持ち上げられて、そのままのしかかられた。

四《よ》つん這《ば》いになった僕の上に、ディエゴが覆《おお》い被《かぶ》さってくる。はぐはぐと首や肩を甘噛みして、背骨を舐《な》めた後、いきなりずるっと僕のズボンを引き下ろした。

「うわぁ、ちょ、ディエゴ」

これから『する』って分かっていても、下半身を露《あら》わにされると恥ずかしい。ディエゴが少し体を離してくれたから咄嗟《とっさ》に起き上がろうとした。

ところが、お尻にディエゴの手がかかって割《わ》り拓《ひら》かれる。

「ダ、ダ、ダ、ダ、ダメ!!」

慌てて身を捩《よじ》って無理やり仰向《あおむ》けになった。

だってあんな……あんな。いきなりお尻の穴まで見えちゃいそうなコトされたら。初心者なんだから、もうちょっと手加減してほしい。

「なんで……」

気が付くと、ディエゴがふーっ、ふーっ、と荒い息をはきながら泣きそうな目で僕を見ていた。

「嫌か？」

「い、嫌じゃないけど、初めてだから……急にそんなとこ見られるの、恥ずかしいっていうか」

「ごめん、本能で、つい」

さっきめちゃくちゃバッキバキに勃《た》ってたもんな……

今もズボンを突き破りそうな勢いの怒張がチラリと見えて申し訳なくなる。ディエゴも一生懸命我慢しているのだろう。

「できるだけゆっくりやる……」

はむ、と口づけられて、ディエゴの言葉が僕の口の中に消えていった。

狼獣人《おおかみじゅうじん》の犬歯は鋭い。深く口づけられると、その硬くて大きい犬歯が唇をかすめる。

柔らかな唇と、厚くて長い舌、そして硬くて鋭利な牙。

舐《な》めたり吸ったり甘噛みしたりと、色々な感触が僕の唇を翻弄《ほんろう》する。気持ち良くて薄く唇を開くと、隙間から長い舌が口の中に押し入ってきた。

「んっ、ぅ……」

うわ、さっきと全く違う。

ゆっくりやる、と約束してくれたその言葉の通り、ディエゴは丁寧に僕の口の中をゆっくりと探っていった。ぬるぬる、とろとろ、腰が砕けそうなほどに気持ちいい。

「んんっ……ん、ふ……んぅ」

いつの間にか胸もまさぐられ、クリームをたっぷり塗《ぬ》り付《つ》けられていた。先に塗《ぬ》られた分が浸透してきたのか、じわじわとかゆくなってくる。僕の薄い胸を揉《も》んでいるディエゴの手に体を擦《こす》り付《つ》けたくなって困った。

かゆみが出ると聞いていたけれど、これはもっと触ってほしい気持ちになるものでもあるらしい。無意識にえっちな動きになるのは確かだ。

「ラスクが積極的で嬉しい」

「うう……ちょっと、かゆくなって。ディエゴに触られると気持ちいいから、つい」

「そっか！」

え、なんで嬉しそうなんだ。そう思った途端——

ディエゴがクリームを両手にたっぷり取って、僕の全身にくまなく塗《ぬ》り込《こ》み始《はじ》めた。

「うわ、あ、そんな全身に塗《ぬ》ったらヤバいって！」

「でもこれ塗《ぬ》ったら、俺に触ってほしくなるんだろ？　全身に塗《ぬ》るに決まってる」

嬉しそうにしっぽをぶんぶん振りながら、僕の太ももから内股にまで塗《ぬ》り込《こ》む。そしてディエゴは、再びクリームをたっぷりと足して、僕のチンコをむんずと掴んだ。

「ひああっ！」

「ははっ、ラスクのチンポ、触っちゃったなぁ。嬉しい」

「あ、ああっ、ヤバ、ディエゴ、ふああっ」

誰にも触られたことのない僕の大切なところに、ディエゴがくにゅくにゅとクリームを塗《ぬ》り込《こ》むものだから、もうたまらなくて僕は悶《もだ》えた。

凄《すご》い……！　人にチンコを触られるのがこんなに気持ちいいなんて。

「うわ、すげぇ……！　めっちゃ硬くなってきた。ラスク、気持ちいいんだ」

「気持ちいい。気持ちいいけど……！　ヤバい。どうしよ、凄《すご》い、あ、ああっ」

「やべ、楽しい！　ラスクが気持ち良さそうなの、すげぇ嬉しいな！」

ぬるぬるの手で何度も何度もチンコを擦《こす》り上《あ》げられると、腰が跳ねてしょうがない。

「やめて、出ちゃう……！　ああ、あ、もう」

「ああすげぇ、ラスクの匂いが強くなってきた」

「ふああっ」

くにゅ、とチンコの先っぽを強く擦《こす》られて「イク……！」と思った直後、ディエゴは僕のチンコの根元をきゅっとキツく握った。イクにイけない。

なんでだよ……！

睨《にら》むと、ベロリと舌舐《したな》めずりしているのが見えて、背筋にゾクリと戦慄《せんりつ》が走る。

ヤバい。

なんかヤバい。

「あー……たまんねぇ」

その喉《のど》から出る声はいつもよりもずっとくぐもり、いやらしくて、ちょっと怖かった。

いつものバカ可愛さはどこに行ったんだ。

涙目で見上げながら、僕は快感に震えるしかなかった。

10、【ディエゴ視点】俺の大切な番《つがい》

本当にたまんない。ラスクの白くてきめ細かい肌がクリームでてらてらと光っている。ラスクが浅く息をする、その僅《わず》かな動きすら強く視覚に訴えかけてきた。

使い込んでいない感じの可愛いチンポにたっぷりクリームをつけて擦《こす》ってやる。ラスクの体が面白いくらい跳ねて、案の定チンポがむくむくと育ってくる。

クリームの匂いに邪魔されてよく分からなくなっていたラスクの匂いが、精の匂いを伴って強まった。それだけで興奮する。

「ふああっ」

ラスクの上擦《うわず》った声が耳を打つ。

涙目で見上げながらプルプル震えているのが、最高に可愛い。

待って、やめてと囀《さえず》っているものの、気持ち良さそうに身を捩《よじ》っているんだから問題ないだろう。

そもそも大胆に足を開いて、腹も乳首も喉《のど》も、全てを俺に晒《さら》け出《だ》す体勢じゃねぇか。こんなの好きに食ってくれって言っているようなもんだ。

この体をめちゃくちゃ気持ち良くしてやりたい。

舌舐《したな》めずりして、手始めにラスクのビンビンに育ったチンポをべろりと舐《な》める。

「うああっ、ひ、ディエゴ、ちょっと……ああっ、んぅう」

初めて他人のこんなトコ舐《な》めた。

思ったほど嫌じゃない。つうかマジで興奮する。お風呂が好きでいつも石鹸《せっけん》の匂いばっかりさせているラスクから、こんなにエロい匂いがするなんて。立ちのぼる濃厚な精の匂いに、頭がバカになりそうだ。

「ひうっ……!!」

不意にラスクがひきつった声をあげた。

しまった。夢中になってべろべろ舐《な》めていたせいで、犬歯がちょっぴりかすめてしまった。敏感なところを硬い歯で刺激されて、よほど感じ入ったのだろう。ラスクは息を呑んで、耐えがたいとでも言うようにぴんと足を伸ばした。細いそれが所在なさげに空を切る。

なだめるように優しくラスクのモノを舐《な》めながら、俺はその白くて華奢《きゃしゃ》な足を持ち上げた。ラスクの慎《つつ》ましい穴が丸見えになり、アドレナリンがぶわっと出る。

「うひゃあ!?　ちょ、やだやだやだ!!　やぁっ、ディエゴ、やだ……!」

気が付くと、ラスクのケツの穴にむしゃぶりついてべろっべろに舐《な》めていた。

中まで舐《な》めたいのに、蕾《つぼみ》が硬すぎて舌が入っていかない。

「やだ、やだってばディエゴ」

足をじたばたと忙《せわ》しなく動かしてなんとか俺を止めようとするラスクは最高に可愛かった。

言葉とはうらはらに、ラスクの匂いも体も嫌だとは言ってない。

この硬く閉じた穴も恥ずかしがっているだけで、俺を嫌っているわけじゃなかった。

ギンギンに勃《た》ってダラダラとよだれを垂らしているチンポごしにラスクの顔を見ると、真っ赤な顔でぽろぽろ涙を流している。

可愛い。

ラスク、好き。

もっと気持ち良くしてやりたい。

最初は指で慣らしたほうがいいのかな。そう思ってクリームをたっぷり指ですくって穴に丁寧に塗《ぬ》り付《つ》ける。

「も、むり……勘弁して……」

「俺も無理。早くラスクの中に入りたい」

ハッとしたように俺を見る目が可愛くて、しっぽがふりふりと勝手に揺れる。それを見たラスクの体からふ、と力が抜けた。

その瞬間、俺の指が吸い込まれるみたいにラスクの穴の中に入る。

「あああ……っっっ」

細い悲鳴が心地好い。

ナカは熱くて柔らかくて、押すとふにふにと優しく俺の指を包んでくれる。受け入れようとしてくれるその感触が気持ち良すぎて、俺は指をぐりゅぐりゅと回し入れて、ナカにもまんべんなくクリームを塗《ぬ》っていった。

「あ、うあ、ひ、ディエゴ、待って……」

待てるはずがない。

だってラスクのナカは俺の指を求めている。きゅうきゅうと締め付けてくれているのに。

このナカに突っ込んで思いっきり擦《こす》ったらどんなに気持ちいいんだろう。

楽しみでワクワクするけど、ラスクを気持ち良くするほうが先だ。

どんどん滑りが良くなって、くちゅくちゅと音も水っぽくなってきた。それに気を良くしてぐりゅん、と強く指を回し入れる。するとふっくらと柔らかい瘤《こぶ》みたいなものに触れた。

「ふああっっっ!!」

「お?」

電気が走ったみたいにびくうっとラスクの体がのけぞる。

もしかしてココ、めっちゃ気持ちいいのか……?

「あっ!」

くにゅ、と押し続けると、ラスクの体が衝撃を逃がすみたいにうねった。

「あ、あ、ディエゴ、そこダメ……!」

「無理」

だって凄《すご》く気持ち良さそう。

コスコスコス、と強く擦《こす》るたびに、ラスクは蕩《とろ》けたみたいな細い悲鳴を上げる。

「あ……いや……ディエゴ……」

その指が俺の髪をくしゃ、と掻《か》き混《ま》ぜた。

俺を押しのけたいのかもしれないけど、全く力が入っておらず、むしろ愛撫《あいぶ》しているみたいだ。

ピンと立った耳の付け根を擦《こす》られ、気持ち良い。

これは、褒められている……!!

口では嫌とか言っているけど、それは照れ隠しで、ホントはもっとやってほしいんだな!

元々まんまんだった俺のやる気は最高潮に達した。

指を足してぐりゅっと穴を広げる。とろりと蜜が溢《あふ》れてきて一気に滑りが良くなった。はふ、はふ、と熱い息を浅く吐くラスクは甘く蕩《とろ》けた表情で、自分で胸をもどかしそうに撫《な》でている。

うわぁ……エロ……!

あまりのエロさに耳としっぽの毛が逆立った。

「ふああっ!? あっ、ディエゴ、ああっ、待って……!!」

ナカを穿《うが》つように指を突き入れ、ふくらみを挟んでくにゅくにゅコスコスとつまみ上げる。気が付くと指は四本になっていた。もう俺の剛直だって入りそうだ。

ただ、指が入る深さなんてたかが知れている。もっと奥も慣らしてからでないと、俺のでっかいのを入れたらラスクが壊れちゃいそうで怖い。

指を抜くと、ほかほかと湯気が上がるくらいにあったかいソコはぬかるんでいて、心底美味《おい》しそう。舌先を尖らせて突き入れる。さっきとは別物みたいにすんなりと招き入れられて、俺はすっかり嬉しくなった。

「ああ……ん、ふ、ぅ……」

ラスクの声もすっかり蕩《とろ》けている。

ナカからはとろとろとした蜜が絶え間なく溢《あふ》れてきて、それを味わいながら奥の奥を目指して舌を伸ばした。ナカを掻《か》き回《まわ》すと、とろりと新たな蜜が湧き出てくる。

そこでラスクがもじもじと体をくねらせた。快楽が全身を駆け巡っているのだろう。

「んん……や、あ……凄《すご》い……」

指では到達できなかった狭い部分を舌先でこじ開けるのが楽しい。

存分に奥を舐《な》めて満足した俺は、ついに自分のでかいチンポをラスクの白い尻にあてがった。

てらてらと濡れてエロさ爆発のアナにぴたりと先をくっつけて、ラスクを見る。

これから何が起こるのか分かっていない様子の彼に微笑《ほほえ》みかけてから、ゆっくりと怒張をナカへ押し込んだ。

「くぅっ、ああっ」

「ぐ」

さすがにキツい。

「ごめんな、俺の、でっかいから苦しいよな……ゆっくり入れるから」

ぎゅっとラスクを抱きしめて、苦しげな頬を労《いたわ》るように撫《な》でる。ラスクはうっすらと目を開けて俺を涙目で見つめた。

「ん……ぅう」

スリ……と擦《こす》り付《つ》けるようにラスクの体が蠢《うごめ》くものだから、さらに俺の剛直がナカに潜《もぐ》り込《こ》んだ。

「んあ……っ」

目尻からぽろぽろと涙を零《こぼ》しながらも、ラスクは俺を求めるように艶《なま》めかしく体を押し付ける。

甘い声を聞かされ、理性がぶっ飛びそうだ。

「くうっ……！」

「ああっ！」

無意識に腰が動いて、ぐぷり、半分くらいナカに押し入ってしまう。柔らかな内壁がきゅう、としまって、ラスクの体が弓なりにのけぞった。

ハッとして、まだ奥に入りたがるバカ息子をなんとか押し留める。

「んあぁ……っ」

「ごめん！　大丈夫か⁉」

「うう……苦しい、けど……どうしよ、気持ちいい……うっあ……なんでっ……」

俺のがナカでグンと大きくなったせいで、ラスクが苦しそうに喘《あえ》ぐ。

でも今のはラスクが悪い……！

「ちょっと動いてもいいか？」

「動いて……ナカも、外も、もっと擦《こす》ってほしい……！」

胸を俺の胸に擦《こす》り付《つ》けようと悶《もだ》えるラスクがエロすぎて、もう我慢できない。

「ああぁっ、ひっ、あぁっ、んぅ」

ぎゅうぎゅうに抱きしめて、全身を使ってゆっくりと穿《うが》つ。

奥の奥まで暴きたい、押し入ってガツガツと尽きまくってしまいたい。そんな気持ちをなだめながら、耐えるように奥をゆるゆると突いた。

ラスクの足が俺の腰に絡み付く。

少しでも身を寄せようとしがみつくラスクは可愛い。

ひっきりなしに鼻にかかったような甘い声を漏らされ、俺の理性なんてもう糸一本くらいの細さしか残っていない。

「ラスク……ラスク……好きだ」

許しを請《こ》うように愛しい名前を呼んで、小さな耳たぶを舐《な》める。耳の穴の中まで舌先で味わってから、首筋を熱い舌で舐《な》めて少しだけ甘噛みした。

その瞬間、俺のチンポをラスクの内壁がきゅうっと強く締め上げる。思わず息を詰めた。

「ディエゴ、ディエゴ……俺も、好き……‼」

その言葉で、完全に頭のネジが飛ぶ。

「あーーーーっ、ひあぁっ、あふっ、あ、ああっ」

「ラスク！　ラスク！　好き……っ！　めちゃくちゃ好き……っ」

気が付くと、必死で腰を振っていた。

長いストロークで入り口から奥まで、ラスクのナカ全てを味わい尽くすように何度も穿《うが》つ。そのたびにラスクの奥でどちゅ、ぐりゅ、といやらしい音が響き、俺の耳を震わせた。

はぁはぁと上がる息も、喘《あえ》ぎながらうわごとみたいに俺の名前を呼んでくれるのも、全部全部、嬉しくて、俺は激しく抽挿《ちゅうそう》を繰り返す。

「ひあぁぁあっ、あっ、やあっ、あんっ」

ラスクのナカで蕩《とろ》けて消えちまいそうだ。

もっとこの熱い肉の中に溺《おぼ》れたくて、ラスクの腰をグッと持ち上げ、上から叩き付けるように熱杭を突き入れた。奥は歓迎するように俺のに吸い付き、水音がさらに粘度を増す。

「凄《すご》い……凄《すご》い……あうぅ、入って、くる……おく、まで……っ」

「ラスク！　ラスク！　好き……っ」

バカみたいにそれしか言えない。

ラスクが好きで好きで、一つになりたい。その一心で一際強く腰を叩き付けた。

その時、ぐぽっ、と扉をこじ開けたような感覚がして、体中に電流が走る。

「うああっ!!　ああんっ、ああんっ、ああっ、ああっ、あっ」

こじ開けた奥が激しくうねった。ナカがきゅうきゅうと蠢《うごめ》いて、俺をきつく締め付ける。

ラスクが愛しくて、俺は何度も際限なく奥を抉《えぐ》った。

頭が真っ白になるほどの強烈な快感に、一気に絶頂へ追い上げられる。もう何も考えられない。

噛み付くように口づけて舌をじゅうじゅうと吸い上げ、乳首をこすこすと擦《こす》り、熱杭を思いっきり突き入れる。

「む、ふ、うあ、んぅ、んんぅ〜〜〜〜〜!!」

ラスクの肉筒がぎゅううぅっっと収縮した。堪《こら》えられず、震えながら俺も射精する。

最高に気持ちいい。

俺のラスクへの感情と同じくらい熱いものが、どくどくとラスクのナカに注ぎ込まれていく。

俺のものだ。

俺の大切な番《つがい》。

俺の半身。

「ラスク……ラスク……！　俺、最高に幸せだ」

ラスクに子種を塗《ぬ》り込《こ》めたくて、俺は未だ萎《な》えない熱杭で再び奥をにちゅにちゅとこねた。

それだけで、ねだるような甘い声がラスクから漏れ出る。なんとも言えずエロい。

「ああ……ん、あ、あぁ……っ」

「可愛い……ラスク、好き……！」

「ディエゴ……」

その時、ぼろぼろっとラスクの目から大粒の涙が零《こぼ》れ落ちた。突然の涙に俺は焦《あせ》る。

「ラスク!?　泣いてる？　ごめん、俺、ラスクが好きすぎてつい酷《ひど》くした……っ」

「僕、初めてなのに……こんな……」

ぽろぽろぽろぽろと涙が次から次に零《こぼ》れ、俺は必死でそれを舐《な》めとる。

「ごめん、ごめん、俺」

「ちが……ちがくて、初めてなのに僕、気持ち、よくて……」

「えっ」

「ナカ、ごりごり擦《こす》られるの気持ち良くて、なんか満たされて……」

待て、つまりそれって。

「もっと体をくっつけて、全身もっと擦《こす》ってほしくて……どうしよ、僕おかしい」

困ったように歪《ゆが》んだ眉。真っ赤な頬と腫《は》れた目尻が最高にいやらしい。

「恥ずかしい……」

消え入るように言いながらも、ラスクはぎゅうっと抱き付いて自身の薄い胸や腹を俺の胸筋や割れた腹筋に擦《こす》り付《つ》け、甘い声をあげる。

当然、そんなふうに動くと、挿《い》れたままの俺のチンポがナカで擦《こす》られるわけで……

ラスクは自分で動いてはどんどん気持ち良さそうな顔になっていく。

……あのクリームだ。

俺もラスクと肌を擦《こす》り合《あ》わせているからか、ちょっとむずがゆいと感じてきた。擦《こす》れば擦《こす》るほど気持ちが良い。

トロトロに蕩《とろ》けた顔で俺に縋《すが》り付《つ》くラスクは最高に可愛いけど、これが薬の作用かと思うとちょっと悔《くや》しい気もする。

「ディエゴにめちゃくちゃ突かれるの、死んじゃいそうって思うのに……どうしよう、もっとしてほしいって思う自分が信じられない……」

はう……と切ないため息を吐《つ》いて、ラスクが俺の口にぢゅうっと吸い付いた。ちゅ、ちゅ、と何度もキスをしてくれる。熱い吐息が俺の頬と喉《のど》をくすぐった。

誘うようなそのキスに、俺も俄然《がぜん》高まってくる。

「ラスク……！」

もう薬の効果でもなんでもいい。ラスクが俺とのセックスを楽しんで幸せな気持ちでいてくれるんだったら、最高じゃねぇか。

「ああっ、あ、ディエゴ、あ、あ……っ」

ラスクをぎゅっと抱きしめたまま全身を擦《こす》り付《つ》けるように律動を再開する。

ラスクが俺の腰に足を絡みつけてきた。それがなんともいじらしくて、しっぽを揺らしてさわさわとその足を撫《な》でる。そのまま優しく奥を突いてやると、気持ち良さそうな声をあげてラスクはシーツをぎゅっと握りしめた。

空気を求めて伸びた喉《のど》が白くて美味《おい》しそうだ。思わずチロチロと舐《な》める。それが気持ちいいのか、ラスクの喉《のど》から細い悲鳴のような声が漏れた。その可愛い声をもっと聞きたくて俺の耳がぴくぴくと震える。

どんどん速くなっていく鼓動が肌に感じられるのも凄《すご》くイイ。

「ん……っ」

しばらくゆるゆると繋がって心音を楽しんでいると、ラスクが焦《じ》れたように身じろいだ。

「ああ、あ、ディエゴ……っ、あうぅ、気持ちいい……」

「俺も……」

波に揺られるみたいに穏やかで、酒に酔ったみたいに気分がいい。俺はそのまま腰をゆらゆらと揺らした。

「……もっと……」

「好きなだけ擦《こす》ってやる」

「あ、あ、んんっ……ふ、あ……っイ、きた……イキ、た、い……っ」

俺はただ繋がってゆっくり体を擦《こす》り合《あ》わせているだけでも気持ち良いけど、ラスクはもっと激しいほうがいいらしい。俺は身を捩《よじ》って腰を浮かせ、繰り返し突き上げた。

「すげぇ積極的だな」

「だって……お尻の中が熱くて、腰が勝手に動くんだ……っ」

なんだそれ。最高にエロくて可愛い。

ご希望に沿うべく、俺は思いっきりチンポを突き入れる。

「あああっっっ、ああっ、ああんっ、もっと……もっと……!!」

ラスクの嬌声《きょうせい》が耳に心地好い。

最高に気持ち良くて、夢みたいに楽しい夜だった。

11、【ラスク視点】きっとディエゴと一緒なら

「うーーーー……」

くぐもった呻《うめ》き声《ごえ》を漏らして僕は目を覚ました。

「い、た……い……」

「ラスク？」

声はガラガラ、動きもとんでもなく緩慢《かんまん》。ギギギ……と軋《きし》みが聞こえそうなくらい、動作がぎこちなくなる。

「大丈夫か？」

ディエゴが顔を覗き込んでくる。目が合った途端に、僕の顔は熱を持った。

「最高の夜だったな！」

「は、恥ずかしい……！」

「すっごくエロくて可愛かったのに」

「あんな……あんな……!!」

背中を向けて両手で顔を隠す。するとディエゴは後ろからぎゅっと僕を抱きしめて、うなじにすりすりと頬擦りをした。

「あのエルフの店で買った薬、使ってみて良かったな！　気持ち良かったんだろ？　最高じゃねぇか。俺はラスクが気持ち良くなってくれてすげぇ嬉しかった」

「や、あんまり顔擦《こす》り付《つ》けるの、やめて」

「ラスクの匂い好き。俺の番《つがい》。一生大事にする……！」

頬を擦《こす》り付《つ》けるなって言っているのに、ディエゴは容赦《ようしゃ》なくスリスリを続ける。昨日のエッチな夜を思い出して死ぬほど恥ずかしい。

でも、ぴったりとくっついてくるこの温かさが幸せでもあって、胸の奥がじんわりと満たされた。

『番《つがい》』かぁ。

こいつと、一生一緒にいるってことか。

僕の首筋に後ろから鼻先を埋めて満足そうにしている顔を見ると、凄《すご》く幸せな気持ちになる。

なおもスリスリしてくるのがなんともバカ犬っぽくて、しょうがないなぁって笑いが込み上げてもきた。

でもこれ以上スリスリされたら兆《きざ》してきそうでちょっと怖い。

「ディエゴ……ポーション、取ってきて」

ガラガラの声で頼むと、彼は即座に取りに行ってくれた。背中に感じていたぬくもりがなくなって寂しくなる。

それにしても、綺麗な筋肉がついた後ろ姿はかっこいいのに、ピンと立った犬耳とふりふりと揺れるしっぽのせいで可愛いのほうが勝るよな。

僕の荷物からポーションを探し出し、得意そうな顔で持ってくるのも面白い。

「持ってきた！」

「うん、ありがとう」

頭をよしよしと撫《な》でるのに合わせて、しっぽがめちゃくちゃに暴れている。

「ははは、お前ってホント可愛いなぁ。僕もディエゴのこと、一生大事にするよ」

「ラスク!!」

今度は前からディエゴが飛びかかってきた。こんなでかい体、僕みたいに貧弱な体じゃ支えきれない。僕たちは一緒にベッドに倒れ込んだ。

「いててて……」

ただでさえ、昨日の夜のせいで体中が痛いのに。

「ごめん!!」

ハッとしたように起き上がって、ディエゴはポーションを手ずから飲ませてくれた。死にかけていたディエゴですら回復したポーションだ。あっという間にだるさも痛さも飛んで、喉《のど》の不調も解消した。

「ありがと。全快！」

「おー！　さすがにラスクのポーションは効きがいいな」

「僕、ポーション作りには適性があるみたいなんだよね」

「薬によって適性が違うのか？」

「うん、昨日行ったメッサレッサってお店さ、液体も固体もクリームもお香もお酒も……他にも色々あったよね？　あんなふうになんでも作れる薬師なんて滅多にいないよ。僕のお師匠さんは液体系が得意だから、僕も液体系が得意だなぁ」

「へー知らなかった。そんな違いがあるのか」

「あっ」

「どうした」

「昨日、肝心の試作品使うの、忘れてた……」

貰《もら》ったものの感想を伝えられないと気付き、僕はがっくりと肩を落とす。

「いいじゃねぇか。今日も明日も明後日も、それから先もずーーーーっと、これからいくらだって時間はあるんだから、毎日一個ずつ試せばいい」

「今日も明日も明後日もって……毎日あんなにエロいことされたら、僕、死んじゃうと思うんだけど……」

「死なない死なない。ラスクのポーションで完全回復するって分かったしな！」

「お前……」

僕の体がギシギシになって声もガラガラになるくらいめちゃくちゃしたくせに、ディエゴはにっこにこで機嫌がいい。「わふっ‼」とでも言いたそうにまた耳がぴょこんと元気に立って、嬉しそうにしっぽが揺れる。

その態度に癒《い》やされて怒る気にならないのだから、僕もどうしようもない。

「ラスク、明日も仕事なんだろ？　飯食ってさっさと帰ろう！」

「え？　荷物は？　持って帰るものが色々あるんじゃないの？　荷造りしないと」

「ラスクが気絶した後に必要なもんはマジックバッグに詰めた」

「元気だな、お前……」

「ラスクの寝顔見てたら謎の元気が溢《あふ》れてきて、三日くらい寝なくても大丈夫そう」

「何言ってんの」

笑いながら、ディエゴと一緒に朝ご飯を食べる。

昨日市場で買っておいた僕にとっては珍しい、薄いクレープみたいな生地に巻かれた肉、野菜たっぷりのチーシェという食べ物とフルーツ、そしてコーヒー。

誰かと一緒に朝ご飯を食べるのって穏やかな気持ちになれて、凄《すご》く幸せだ。ディエゴも嬉しいのか、時々僕の顔を見つめてはニマニマしている。

食後のコーヒーをゆっくり飲んでふたりで洗い物をしている時に、ディエゴが突然、「あ」と声をあげた。

「どうした？」

「忘れてた。そういやマジックバッグの中にギルドに渡してねぇ魔物が結構あってさ、もしかしたら薬の素材になるんじゃねぇかと思うんだけど」

「えっ」

「ちょっと見てみるか？」

手についた泡を洗い流しながらそう言ったディエゴは、マジックバッグを取りに行ってくれる。僕も慌てて彼の傍《そば》に行った。

ディエゴはエッヘンとでも言いたげな顔でマジックバッグから次々に魔物を取り出す。

「え……」

「これとか、これとか、Aランクの魔物だから結構いい素材になったりしねぇかな」

事《こと》もなげに言うけど、出てくる魔物出てくる魔物、僕は本でしか見たことがなかった、とんでもない魔物ばっかりだ。

「待って！　待って待って、もういい！　充分‼」

「え？　まだまだあるぞ？」

「なんでこんなにマジックバッグに突っ込んでるの⁉」

「まだ金あるし、旅先で金が必要になることもあるかなって」

「ディエゴって……ホントにホントに凄《すご》いんだな……」

「惚《ほ》れ直《なお》したか⁉」

惚《ほ》れ直《なお》したっていうか、しっぽがめっちゃブンブンだから単純に可愛いけど。

「ぼ、僕だけじゃ素材の知識が薄いから、明日、お師匠様に見せてもいいかな」

「おう！」

「一緒に来てくれる……？」

「いいぞ！　結婚の挨拶《あいさつ》もしないとな！」

「け、結婚はまだ早いだろ……」

にかっと笑われて、顔が火照《ほて》る。なのに、ディエゴはきょとんとした顔で言い放った。

「なんで？　狼《おおかみ》の番《つがい》は一生だ。お互いに好きだって言って、セックスの相性も抜群で、俺はラスクを飢えさせるようなヘマはしない。番《つがい》になるのに、なんの問題もない」

「そ……そう、だけど」

「ラスクは俺の番《つがい》になるのは嫌か？」

そんな悲しそうな顔で、耳としっぽをペションとさせるのは反則だと思う……！

「い……嫌ってわけじゃなくて、早すぎるっていうか」

「嫌じゃないならどうせ将来結婚するんだから、今でいいだろ？　俺、早くラスクを俺の番《つがい》だってはっきりさせたい」

「うう〜……」

「好き。ラスク、結婚するって、番《つがい》になるって言って」

しょんぼり顔にうっかりほだされそうになるから目を閉じる。するとペロッと唇を舐《な》められた。

びっくりして目を開けると、ディエゴが僕の顔を覗き込んでいる。

「ラスク、俺の家族になって」

もうダメだ。

両親を流行病《はやりやまい》で亡くして孤児になってから、ずっと孤独だった。本当は、一緒にいられる家族が欲しいって……

「お前、本当にずっと僕と一緒にいてくれるの……？」

「一生、ずっと一緒だ」

「モテるくせに……ずっと、僕のこと、好きでいてくれる？」

女々《めめ》しいことを言っているのは分かっているのに、言葉を止められない。

重い気持ちを押し付けられたディエゴは、むしろ嬉しそうに……っていうか、急にデレッとした顔になった。

「ラスク以外はどうでもいい！　狼《おおかみ》の愛情は一生もんだから、安心して家族になってくれ！」

満面の笑みで、しっぽは高速で揺れている。

この感情表現豊かな可愛い奴を信じないで、いったい誰を信じるというのか。

「……家族に、なる……！」

「ホントか⁉　結婚してくれるんだな⁉」

「する。ディエゴの番《つがい》になる」

「やったぁぁぁぁぁぁ！」

両手を振り上げてガッツポーズしたディエゴは、即座に俺を抱き上げぎゅうぎゅうに抱きしめる。

そのままベッドに運ばれそうになって僕は慌てた。

「待った！　ディエゴ、今日のうちに帰るんだろ⁉　今はマズい……！」

「あ、そっか。今すぐ帰ろう。で、思いっきりイチャイチャしよう」

言うが早いか、ディエゴは狼《おおかみ》の姿に戻る。

「わふっ」

乗れとでも言いたげに背中を向けられて、僕は苦笑しながらその大きな黒い頭をよしよしと撫《な》でる。見慣れた真っ黒ワンコの姿になられると、もう可愛がることしかできない。

「しょうがないな、帰ろうか」

「わふっ!!」

マジックバッグを身につけてディエゴと一緒に家に帰る。

勿論《もちろん》その夜は、昨日の夜よりもさらに激しく抱かれるハメになったわけだけど、嬉しそうなおねだりを断れない僕も悪い。

ふたりで一緒にお風呂に入って、体中丹念に舐《な》められて、奥の奥まで一つになって、ぎゅうっと抱き込まれて眠る。心も体も満たされて、純粋に幸せだった。


そして翌朝。

僕はどきどきしながらディエゴと一緒に出勤した。

「おっ、来た来た。……ていうか、連れてきちゃったの？」

兄弟子のヤクルさんがディエゴを見てびっくりしている。

「はい。あの、ヤクルさんとファーマ師匠に報告があるのと、あと……見てほしいものもあって」

「おや、まぁ。一緒に来たってことはもしかして、番《つがい》になるの、了承しちゃったの？」

「はい……その、結婚することになりまして」

「あはは、急だなぁ！　もうそこまで話が進んじゃったんだ。ディエゴ君、押しが強そうだもんね」

ヤクルさんは困った子だなぁ、と言いたげな顔で笑っている。

「まぁ、獣人は愛情深いって言うし、ラスクが決めたんなら応援するけど……ディエゴ君、この子頑張り屋で責任感が強いけど、寂しがり屋さんなところもあるんだ。大切にしてやってね」

そんなふうに言われて、ジーンとする。本当に、お兄ちゃんみたいだ。

「一生、大切にする」

真面目な顔で言ったディエゴに「うん、よろしくね」と笑って、ヤクルさんは奥に戻った。そして、すぐにファーマ師匠を連れてくる。

「ファーマ師匠！」

「おおラスク……まさかお前がヤクルよりも早く結婚の報《しら》せを持ってくるとはのぅ」

「父さん、一言多いよ」

「まさか、その御仁とかね？」

仕事以外にはすこぶる穏やかで優しい師匠が、ディエゴを見上げながら言う。

「はい」

「ディエゴです。今はルコサの町を拠点に冒険者として身を立てていますが、今後はこの町でラスクと一緒に暮らす予定ですのでよろしくお願いします」

またもやしっかりと挨拶《あいさつ》するディエゴにびっくりした。

「おお、よろしくの。ワシはファーマ。この町で古くから薬屋を営《いとな》んでおる。ラスクは真面目でよく働いてくれる子でのぅ、このままこの町にいてくれるなら嬉しい限りじゃ」

握手をするファーマ師匠とディエゴ。

いつもはわふわふ言っている駄犬なのに、こんな時は急にビシッとするから、照れくさい。

「わざわざ顔見せに来てくれるのものぅ、嬉しいものじゃ」

「あ、あの、実はディエゴが薬の素材に使えるかもしれない魔物をたくさん持ってる、必要なものはないかって言ってくれて……」

「へぇ！　それはありがたいな。師匠、あのドラゴンを倒したのはディエゴ君なんですよ。あと、この前ラスクがグラスロの鬣《たてがみ》を持ってきたでしょう？　あれも彼が倒したそうで」

「おお、それは凄《すご》い」

「Aランク冒険者だそうですよ。面白い素材があるかもですね」

「それは楽しみじゃ」

ふたりとも嬉しそうで良かった。僕はディエゴと微笑《ほほえ》み合《あ》う。

「もう出してもいいか？」

「あ、ちょっと待って。ファーマ師匠、ヤクルさん、魔物の骸《むくろ》が大量に出てくるので、場所を移したほうがいいかも」

「ああ、なるほど。作業場に移ろうか」

作業場にヤクルさんが浄化魔法をかけた空間を作ると、ディエゴがそこに魔物を並べていく。

ここは広いから、魔物が次々出てきても並べられる。出し終わると、ため息が出るような光景が広がっていた。

「おお……これほど上質な魔物ばかりを目にしたのは初めてじゃ……！」

「壮観だねぇ」

ファーマ師匠とヤクルさんが呆気《あっけ》にとられている横で、僕も小さく呟《つぶや》く。

「これ全部、ディエゴが倒したのかぁ」

「惚《ほ》れ直《なお》したか？」

「毎回それ聞くの、どうなの？」

小さく言い返したのを聞かれ、ヤクルさんに笑われた。

「いや、本当に凄《すご》いよ、ディエゴ君。師匠もびっくりしてる」

「役に立つものがあるだろうか」

「めちゃくちゃあるよ！　ただものが良すぎて全部買うには予算が足りないからね。今は師匠が厳選中だ」

「金は別にいらねぇけど」

「そんなわけにはいかないよ！」

ヤクルさんがびっくりして叫ぶ。

うん、分かる。ディエゴの感覚ってちょっとズレているんだよね。どう考えてもタダで貰《もら》えるレベルのものじゃない……

「ラスクが世話になってるから、なんつーかその……ありがとう代？」

「ありがとう代って」

「マジで金はいらねぇんだよな。素材にならねぇのは売ればいいし、足りないならもっと狩ってくることもできるし」

「ふむ、それはありがたいのぅ」

ファーマ師匠がフォフォフォ、と嬉しげに笑う。

「どうかの、それならワシらが作る薬を、いつでも好きなだけ持っていってもらうというのはどうじゃ？」

「あっ、そりゃあ助かる」

「ハイポーションも毒消しの類《たぐ》いも栄養剤も、冒険者が使いそうなものがたくさん置いてあるでな、気に入ってもらえるといいが」

「ありがとう！　俺、ラスクのポーションで命拾いしたし、よく効くから嬉しい！」

ディエゴのしっぽがパタパタと揺れて、一気に口調が崩れた。それを見たファーマ師匠とヤクルさんも微笑《ほほえ》んでくれて、空気が優しくなる。

「ふふ、畏《かしこ》まらないで今みたいに気楽に話すほうがいいね。ラスクの伴侶になるなら、おれたちにとっても家族のようなものだからね」

「ヤクルさん……！」

「そっか！　俺もそのほうが助かる」

感動する僕の横で、ディエゴも破顔した。一瞬で敬語じゃなくなったのが、なんとも彼らしい。

「あ、そうだ。選ぶのが難しいなら今必要なだけとってくれれば、残りはマジックバッグで保管するけど」

そんなことまで言い出す。ファーマ師匠とヤクルさんはすぐに必要な素材を選び始めた。

普通ならなかなか手に入らない素材、それも質のいいものを手に入れられて凄《すご》く嬉しそうだ。

「ありがとう、ディエゴ」

「ラスクが大切な人たちだって言ってたからな！　俺にとっても大切な人たちだ」

お礼を言うと、ディエゴはニカッと笑った。

「それよりラスク、土産はいいのか？」

「あ、忘れてた」

「土産？　どこかに行ったのか？」

「あ、実は昨日ディエゴがルコサの町まで連れていってくれて」

きょとんとするヤクルさんに答えると、彼は分かりやすく目を丸くした。

「ルコサって……え？　一昨日はふたりともこの町にいたよね？」

「はい。でもディエゴが狼《おおかみ》になって乗せていってくれて。すっごく速くてビックリでした」

「獣人ってそんなこともできるのか」

驚愕《きょうがく》の表情でヤクルさんに見つめられて、ディエゴは鼻高々だ。誇らしげにしっぽがファサッと動く。

「しかもディエゴのおかげでエルフの薬屋さんと知り合いになったので、そこの薬をお土産でたくさん買ってきました！」

「エルフ⁉」

「町にエルフがいるのか……！？」

ふたりとも凄《すご》くびっくりしている。気持ちは分かる。

僕がお土産を並べると、ファーマ師匠もヤクルさんも興味津々《しんしん》でこちらの薬も検分し始めた。

「薬効が丁寧に書いてあるね」

「こりゃあ凄《すご》い」

「試作品を俺らで試したら、レシピも教えてくれるって言ってたよな。頑張ろうな、ラスク」

悪気《わるぎ》なくディエゴが暴露したので、僕はひとりで焦《あせ》る。

「レシピを⁉　それは本当かい⁉」

「はい、その……僕とディエゴに興味があるって……その、言ってくれて」

歯切れ悪く言う僕を見て、ヤクルさんがほうっとため息を吐《つ》いた。

「ディエゴ君と一緒にいたら、ラスクは本当にいつかエリクサーのレシピに辿《たど》り着《つ》けるかもしれないね」

「エリクサー？」

「ああ、ラスクはいつかエリクサーを作るのが夢なんだって」

「ラスクの準備が整ったら、俺が情報を探す旅に同行しようと思ってるんだ」

さらっとヤクルさんとラスクが僕の夢を師匠に話してしまった。僕はさらに焦《あせ》る。

「ほう、そうか……ラスクは両親を流行病《はやりやまい》で亡くしておるからのぅ。無理からぬ願いじゃ」

「あの！　いつかできたらいいなってだけで！　まだ全然実力が足りないのなんて分かってるんで、その……！」

「恥ずかしがらんでいいのじゃよ。夢はおおいに語るべきじゃ。そうすればチャンスは向こうからやってくる」

「え……？」

「情報は求める者のもとに来るもの。ラスクがエリクサーの情報を求めていると知れば、手助けしてくれる者も現れるということじゃ。知らなければ助けてやることもできんでな」

ファーマ師匠にそう言われて、確かにと思い当たった。

「そう……かも」

「だねぇ。ディエゴ君だって、エリクサーを作れるようになりたいっていうラスクの夢を知ったから、一緒に旅に出て情報を探そうと誘ってくれてるんだろう？」

「はい……」

「で、エルフの薬師とも知り合わせてくれたんだから、師匠が言う通り、ラスクは恥ずかしがらずにエリクサーの情報を求めたほうがいいかもね」

「うむ、エリクサーともなると時間がいくらあっても足りんからのぅ」

「ファーマ師匠……ヤクルさん……」

思いがけない言葉を貰《もら》って、僕は『目から鱗《うろこ》が落ちた』ような気持ちになる。

「ラスク、お前たちはこの町で暮らすと言っていたが、ディエゴ君が言う通り、旅をしながら情報を探したほうがいいかもしれんな」

「お師匠様!?　でも僕まだ薬師としての技量もまだまだだし」

「薬師は生涯研鑽《けんさん》じゃが、旅をしながらでも学問は深められる。旅に必要なレシピはワシがこれからまとめて教えてやろう」

「師匠、それはちょっと急じゃない？」

「エリクサーは伝説級の薬じゃ。精製してみたいと追究した者も多いはず。それでも作ったという話は流れておらん。本気で探すならば早いほうが良いじゃろう。ある程度腕を磨いて金を貯めてからなんて思うと、年を取りすぎるのじゃよ」

「いきなり現実的だな」

ヤクルさんが苦笑する。ファーマ師匠はフォフォフォ、と寂しげに笑った。

「ワシもな、いつかはエリクサーを……と思っていたこともあったのじゃ。じゃが、今のラスクと同じじゃ。まだおこがましい、もっと腕を上げてから、もっと金を貯めてから、もっと情報を得てから……そんなことを思うておる間に体が旅に堪えられんようになった」

「ファーマ師匠……」

知らなかった。ファーマ師匠もエリクサーを目指していたことがあったんだ……

駆け出しの僕がエリクサーだなんて遠すぎる夢で、師匠に知られたら恥ずかしい、おこがましいと思っていた。でも、勇気を出して言っていたら、こんなふうに応援してもらえたんだな。

「エリクサーの話題を出すことで徐々に情報を得るようになったが、素材を探しに行きたくてももう体がよう動かん。今のラスクの年で、ディエゴ君のような理解ある伴侶もおるのなら、旅をしながら腕を上げたほうが夢に近づけると思うがの」

ファーマ師匠の実感のこもった言葉に、あと二、三年は師匠のもとで修業しようと考えていた気持ちが一気にぐらつく。もしかしたら、夢があると言いながら本気で踏み出す勇気がなかっただけなのかも。

僕は思わずディエゴを見上げた。

「ん？」

「どう思う……？」

「どうって、師匠が言ってることはその通りだと思うが、ラスクにはラスクの考えがあるだろうから好きにしたらいいんじゃないか？　俺はラスクが一緒ならこの町でも旅に出るのでも、どっちでもいい。元々冒険者だしな」

「そっか……」

「別に旅に出ても、戻ってきたいならちょくちょく戻ればいいじゃねぇか。俺が本気出せば、そこそこ遠いとこでも割とすぐに戻ってこられる」

なんてことないように言われて、一気に気が楽になった。

「あはは、ディエゴは簡単に言うなぁ」

「簡単だろ。師匠だって応援してくれてんだ、行ってみて違うなって思ったら帰ってくればいいんだし、旅に出るほうが情報が集まるなって思えばあちこち回ってみればいい。俺が一緒ならどこにだって行けるし、いつだって帰ってこられるしな」

「すっごい自信」

「実績がある」

「あはははは、行っておいでよ、ラスク！」

僕とディエゴのやり取りを黙って見ていたヤクルさんが、ついに笑い出した。

「こんなに頼りになる護衛はなかなかいないよ。店のことは心配しなくていいから、行ってみたらいい。寂しくなったら戻っておいで」

僕もなんだかおかしくなって、ちょっと笑った。

「はい！　僕もそう思いました。うだうだしてないで、一回まずは行ってみます！」

「それがいい。最初は胡散臭《うさんくさ》いと思ってたけど、ラスクがこんな短期間で結婚まで決めるくらいだ、いい奴なんだろう？」

「はい、信頼してます」

エロくて駄犬だけど、と心の中で付け加える。

それでも僕を大切にしてくれる気持ちは本当だって信じられる。きっとディエゴと一緒なら、なんにでも、どんな場所にでも、チャレンジできるだろう。

僕の「信頼」という言葉に反応して、ディエゴのしっぽが嬉しそうに揺れた。

押しかけてきたワガママ真っ黒ワンコが、まさかこんなに頼りになるパートナーになるなんて。

嬉しそうに耳をピンと立てて笑いかけてくれるディエゴを見上げながら、僕はこれから始まる楽しい旅を思い描いていた。


ファーマ師匠から必要な知識やレシピを習ったら旅に出る、と決めた後。

皆でエルフさんのお店で買ったお土産を開封し、ひとしきり組成がどうの、効能がどうの、配合がどうのとわいわい騒いだ。

満足した僕らはようやく帰途につく。ところが、歩き始めてほどなく。

「おうラスク！　今帰りか？」

「あ、ハイ」

「この前はありがとうな！」

薬屋を出て市場へ歩く途中で、僕とディエゴは色んな人から話しかけられて目を白黒させることになった。

「ドラゴンの肉なんて食ったの、初めてだったぜ」

「な、意外と美味《うま》いんだな」

「もしかしてその方が、ドラゴンを倒したっていう、獣人さん？」

「A級冒険者なんだろ？　すげぇよなぁ！」

「町の皆にふるまうなんざ、気前もいい」

ひとりに話しかけられているうちに次々に人が加わって、人だかりができる。

そうか……ディエゴが狩ったドラゴンの肉を、ギルドを通じて町の皆に配ったんだった。一昨日の話だっていうのに、色々ありすぎて遠い昔のことみたいだ。

「ありがとな！」「美味《おい》しかった」「これからよろしくな」と口々に言われて、ディエゴのしっぽがフリフリと嬉しげに揺れた。

「喜んでもらえて、俺も嬉しい……！」

彼の満面の笑みに、周囲からはきゃあと黄色い声があがる。

頬を染めたお嬢さん方を見て、やっぱディエゴってモテるんだな、そりゃそうかと思う。

そこに、こんな質問が飛んできた。

「つーかラスクにこんな知り合いがいたなんてなぁ、いったいどういった繋がりなんだ？」

「昨日、結婚した」

ディエゴが即答する。

正確に言うと教会に届けも出していないし、正式に結婚したわけじゃないけど……まぁ、互いに気持ちが決まっているわけだからあえて訂正することもないか。

「え……ケッコンって、まさか結婚か？」

「は？」

「聞き間違いか？」

「誰と誰が？」

「俺と、ラスクが」

「ええええ!?」

皆の視線が一斉に僕に注がれる。僕は照れながらも、しっかりと頷《うなず》いた。

「ええ～……マ、マジかぁ」

「え、いつの間に!?」

「せっかくのイケメンがぁ～～～」

「こりゃめでてぇ！」

「おめでとう！」

「そんじゃ結婚祝いにこれやるわ。家に帰って一緒に食いな！」

「えっ……あ、ありがとうございます」

ケーキ屋のサルバさんが可愛らしいケーキをくれたのを皮切りに、俺も私もと次々に持っていたものを祝い品として渡される。

「ありがとう！　この町の人は優しいな！」

満面の笑みでディエゴがお礼を言った。しっぽフリフリでご機嫌なのがアホっぽくて可愛い。

町の人たちも嬉しそうに揺れるしっぽを見て笑顔になっている。

ルコサの町にいる時には真顔の時間が長かったのに、こんなに愛想がいいのが不思議だ。とはいえ、町の人たちに好印象を持ってもらえたみたいで、僕も嬉しい。

「お礼に、またでっかい獲物が狩れたら、皆に持ってくる！」

「ははは、期待してるよ！」

「ラスク、すげぇのと結婚したなぁ」

「どうやって知り合うんだよ」

顔見知りの屋台のおじちゃんたちに小突かれて、僕は困った。

別に特に変わったことはしていない。薬草採取に行っただけなんだよね……

「どうやってって、湖に薬草を採集に行った時に偶然出会ったっていうか」

同意を求めるようにディエゴを見上げると、彼は嬉しそうに笑い返してくれる。そして、なぜか自慢げにこう言った。

「魔獣にやられて死にかけてた俺をラスクが自作のポーションで助けてくれたんだよな！ ラスクのポーションがなかったら、俺、多分、死んでた」

「へぇ、命の恩人ってヤツか」

「そうだ。それに俺がただの狼《おおかみ》だと思ってた時もラスクはずっと優しかった！ 拝み倒して番《つがい》になってもらったんだ」

あっちこっちから「ほぉ」という感嘆とか口笛だとか、色々聞こえてきていたたまれない。

ディエゴの奴、ルコサの町ではクールで無口キャラを貫《つらぬ》いていたのに、なんだってこんなにフレンドリーに喋《しゃべ》るんだよ。恥ずかしすぎる……！

「お前めちゃくちゃ喋《しゃべ》るじゃん……無口キャラじゃなかったのかよ」

思わずぽそっと零《こぼ》した言葉に、ディエゴはきょとんとした顔になった。

「だってこの町の人はラスクの友だちとか知り合いとかなんだろ？　嫌われたくない」

「こりゃあ惚《ほ》れられたもんだなぁ！」

「いい旦那じゃねぇか」

そんな声に見送られ、僕は頬を火照《ほて》らせたままディエゴと共に我が家へ帰る。僕らの結婚は、明日の朝には町中に知られていそうだ。

「めっちゃ色々貰《もら》ったな！　ラスクの町の人たちはみんな優しくて大好きだ！」

一緒に風呂に入って、貰《もら》いまくった屋台飯とケーキを食べた後、暖炉の前でふたり、まったりくつろぐ。

「ディエゴがいい奴だから皆も優しかったんだよ」

「そうかな」

嬉しそうなしっぽがパタ、パタ、と俺のお腹《なか》に当たる。床置きのソファに座るディエゴに抱え込まれるように座っているのに、もふっとしたしっぽが回り込んでいた。それがぽふっと当たるのがなんとも幸せだ。

「ディエゴのしっぽ、もふもふで気持ちいいな」

「ん？　狼《おおかみ》になろうか？」

魅力的な提案にちょっとぐらっとくる。

ただ、人型のディエゴに後ろからすりすりされながら抱きしめられているのも幸せだ。ドキドキして落ち着かないけれど。

そして、狼型《おおかみがた》のディエゴなら、そのお腹《なか》にゆったりと身を預けられるから、もふもふに包まれて凄《すご》く癒《い》やされる。

ただなぁ……

「んー……やっぱこのままでいい」

「そうか？」

「うん。狼《おおかみ》になったらお前、節操なくエロいことしてくるからな」

「そりゃ仕方ないだろ。せっかく番《つがい》になったんだ。ふたりっきりになったら色々したいに決まってる。今だって我慢してるだけで、いつでもベッドに行けるけど」

ディエゴの腰が僕の腰にぴったりとつけられ、ゴリッと硬いものが押し当てられる。

「～～～っ！　お前……!!」

めっちゃ普通に会話していたくせに、ゴリゴリに勃起してるじゃないか……！

「節操なくはしないからさ、ベッドに行こ？」

僕のお腹《なか》に左腕を回してがっちりとホールドしたかと思うと、後ろから耳の中を舐《な》めた。

「うわ、あ、ちょっと……！」

「旅に出ちゃったら、いつでもこうしていちゃいちゃできるわけじゃないかもしれないし」

「な、なんだよ、急に！」

「さっきからずっと隙を狙ってた」

「お前な！　んぅ……っ」

乳首をきゅ、と摘まれて僕の体が一瞬固まる。その瞬間、ふわっと体が浮いた。

「よし！　これからは番《つがい》の時間だ。今日こそ試作品、試してみような！」

姫抱きで運ばれて、ベッドに下ろされる。同時にのしかかられ、両腕をしっかりホールドされた。

この野郎と思って見上げると、目が合う。全力で破顔され、怒る気が失せてしまった。

ちくしょう、期待で「ピン！」って立った犬耳、可愛すぎるだろ……っ！

「ああ～～ラスク可愛いなぁ」

幸せそうにチュ、チュ、とキスされると、こちらもしみじみと幸せだ。

「お前のほうが可愛いよ」

手を伸ばして大きな耳を手のひらで包み込むように撫《な》でてやると、くすぐったそうに耳がピルピルと動く。

「やっぱりラスクに撫《な》でられるの気持ちいいな」

嬉しそうにしっぽが揺れて、ディエゴががばっと起き上がる。ベッドサイドに置いてあったエルフさんの試作品を手に取って、僕に見せた。

「今日こそ使おうぜ！」

「うん……」

僕は歯切れ悪く答える。

ていうか、なんでディエゴはそんなに恥ずかしさゼロで満面の笑顔ができるんだ。

僕が照れている間に袋の中から取り出されたのは、柔らかな容器に入った白っぽい液体だ。ディエゴが手の中でふにふにと形を変える不思議な容器。それ自体が珍しい。

「容器も中身も見たことない感じだよね。説明書見せてくれる？」

ディエゴが読んでいる説明書に手を伸ばすと、ひらっと華麗に避けられた。

「ローションって書いてある。使い方もめっちゃ色々書いてあるけど、俺が読むから大丈夫」

「なんで？　僕も効能知りたいんだけど」

「へー！　直接肌に塗《ぬ》ってても風呂に溶かしてもいいんだってさ。効能は……あ、すげぇ。殺菌効果、保湿効果、抗炎症作用が高く、持続性がある回復効果を付与、ってコレむしろ普通にポーションとしても優秀なんじゃねぇのか」

「だね。うわ、何が素材なのか凄《すご》い気になる！　僕も読みたい」

「明日な。あと、ヌルヌルねっとりと粘度が高く、肌に潤《うるお》いを与えて乾きにくいため、長時間の愛の時間に耐えられますってさ。ショユクルのクリームと使い比べてほしいって書いてあるけど、ショユクルのクリームって昨日使ったヤツか？」

「うん、そうだね」

「そっか！　じゃあちょうど良かったな！」

ディエゴはローションの蓋《ふた》を開けて、柔らかそうな容器をぎゅっと絞る。ぶにゅっと音を立てて押し出されたそれは、普通の液体より粘度が高そうなのに、クリームよりは断然柔らかそうだ。

「普通のローションってさらさらだけど、コレは結構粘度があるね」

「しかも美味《うま》いんだって」

「美味《うま》い？」

ディエゴが指先でローションを掬《すく》って僕の唇に塗《ぬ》り込《こ》む。

「あ……桃？　みたいな香りと味が……」

「正解！　とりあえず使ってみようぜ」

そう言った途端にディエゴが僕の唇に噛み付いてくる。

「んうっ……ふ……ぁ」

唇をねっとりと舐《な》められて、気持ちの良さについ唇が開く。すかさずディエゴの分厚い舌が口内に割り込んできた。

あっという間に口内を蹂躙《じゅうりん》されて、息をするのも難しい。

さっきまで真面目な顔で説明書を読んでいたくせに、急にこんなエロいキス、ずるい。

しごくように舌を舐《な》められ、じゅうじゅうと音を立てて吸われるうちに、頭がぼうっとなる。気持ち良くて身を任せていると、今度はディエゴの不埒《ふらち》な手のひらが体中を撫《な》で回《まわ》し始《はじ》めた。

途端、桃の香りが鼻腔《びこう》を満たす。

甘いのに爽《さわ》やかな桃の香りの中で、覚えたばかりの快感に体を震わせる。

しばらくして、ふとディエゴの舌から力が抜けた。一瞬気を緩めた瞬間に上顎《うわあご》をそっと舌先で舐《な》められて、再び震える。

舌をしごき上げるような力強さから一転、今度は上顎《うわあご》から歯列を辿《たど》り、舌裏までをそろそろと優しく舌先でさすられて、体の奥を痺《しび》れるような快感が支配した。

一方で、ディエゴの手はローションを塗《ぬ》り込《こ》むように優しく体中を這《は》い、立ち込める芳香に脳みそが蕩《とろ》けそうだ。

やっと唇が解放されて大きく息を吸い込んだ拍子に、僕は立ち込める香りの変化に気が付いた。

「凄《すご》い……香りが変わった……？」

もはや若桃の爽《さわ》やかさは消えて、熟した桃の芳醇《ほうじゅん》な甘い香りが鼻腔《びこう》を満たしている。

「ん。肌を擦《こす》り合《あ》わせれば合わせるほど、甘さが増すらしい。ラスクはこの匂い、好きか？」

「うん……甘くて、幸せな匂い……」

「そっか、なら良かった。俺はちょっと、匂いが強いのはヤダな。せっかくのラスクのいい匂いが邪魔される」

ポス、と僕の胸元に顔を埋めてちょっと悔《くや》しそうに呟《つぶや》くのがおかしくて、僕はディエゴの手触りのいい耳を優しく撫《な》で上《あ》げてやった。

「やっぱりラスクのほうがいい匂いだ」

耳をぴるぴると動かしながら嬉しそうに言われると、可愛いやらおかしいやらで、こっちまで笑顔になる。

ディエゴは僕の首元にグリグリと鼻を押し付けて、すぅはぁと息を吸った。せっかく桃の芳醇《ほうじゅん》な香りが立ち込めているのに、僕の匂いのほうがいいだなんて。

「せっかく甘くていい匂いなのになぁ」

「絶対にラスクのほうがいい匂いだ」

キッパリと言い切って、今度はやわやわと僕の首元を甘噛みし始めた。くすぐったいしゾクゾクする。そのうちディエゴは僕の体中に塗《ぬ》り込《こ》んだ桃のローションを舐《な》めとるように舌を這《は》わせながら、新たに掬《すく》い取《と》ったローションを僕の秘所へ丹念に塗《ぬ》り込《こ》み始《はじ》めた。

昨夜受け入れたばかりのそこは簡単に指を受け入れ、もたらされた快感に僕はすぐに身を捩《よじ》る。

「どうだ？　昨日のローションと違う感じ、する？」

「わ、かんない……」

香りや味は勿論《もちろん》昨日のとは違うけど、ディエゴの舌や指が気持ち良すぎて何も考えられない。

昨日……昨日は、どうだったっけ……？

「やっぱ考えなくていい。俺に集中して」

「んあっ……」

ディエゴの指が僕のナカの特に感じるところをグリュンと強く抉《えぐ》る。

「あ、待って、あ、うう……」

感じるところばかりをグリグリと押し込まれて、体がビクビクと跳ねるのを止められない。あまりにも強い快感に涙目でディエゴを見上げると、彼はフッ……と笑みを零《こぼ》した。

その顔があまりにも優しくてかっこ良くて、胸がきゅうんと締め付けられる。

オレンジ色の瞳に一心に甘く見つめられて、その瞳に吸い込まれそうだ。

「ラスクのナカに入っていい……？」

ねだるみたいに言われて、僕は夢心地で頷《うなず》いた。

あれからたっぷりと可愛がられて、気が付いたら朝だった。

体中にキスマークがついているし、声はガラガラ。全身だるいけど、ポーションと疲労回復薬のおかげで今日もちゃんと仕事には行けそうだ。

少し時間に余裕があったから、ディエゴと一緒に風呂に入って全身を清める。ふたりで湯船に浸《つ》かると、ディエゴが後ろから僕を抱きしめたまま耳元で囁《ささや》いた。

「ゆうべは楽しかったな」

「僕は死ぬかと思った」

いくら気持ち良くて幸せでも、すぎた快感は命に関わる。

だってコイツ、やめてって言ってもやめてくれないし。

「あんなに何度も……ちょっとは我慢しろよ」

「ごめん。だってラスク、めちゃくちゃ可愛かったから」

ずるい。そんなシュンとした声出されたら強く叱《しか》れないじゃないか。

「……怒ってる？」

ぽす、と僕の肩にディエゴの顔が埋められる。チラ、と視線を向けると、狼耳《おおかみみみ》が小刻みに震えていて、なんだかこっちが悪いことをしている気分になった。

「しょうがないなぁ」

ため息吐《つ》きつつ頭を撫《な》でてやる。狼耳《おおかみみみ》が「ぴるん！」と嬉しそうに跳ねて、しゃんと立った。

ついでに僕を抱きしめる腕にぎゅうっと力が入って、明らかにご機嫌になったのが分かる。

この素直さがなんとも憎めない。

「……うわ」

ディエゴのご子息も嬉しかったのか、元気に勃《た》ち上《あ》がり、僕のお尻の割れ目に硬くて熱いモノが当たった。

「お前～」

「ごめん」

「これから仕事だからダメだぞ」

「さすがに分かってる。このままじゃヤバいからもう風呂から出よう」

思いがけない聞き分けの良さを発揮して、ディエゴが僕を抱えてお風呂から出た。さすが獣人、びっくりするくらい力が強い。

「体は俺が拭《ふ》く！」

髪の毛を拭《ふ》いていると、彼は満面の笑みでふかふかのバスタオルを掲げる。

「うわ」

わしゃわしゃと、僕がディエゴを拭《ふ》く時みたいに拭《ふ》かれた。

めちゃくちゃ嬉しそうな顔をされたので、なんかもう好きにさせてやるか……と思う。

「うん！　綺麗になった！」

くす、と笑う僕に、ディエゴは両手を広げて期待に満ちた目を向ける。

「拭《ふ》かないのか？」

小首を傾《かし》げて子どもみたいに待っているけど、その実、僕よりもずっと上背があって筋肉もかっこいいイケメンなんだよなぁ。まぁ、本人的にはワンコの時みたいに僕に拭《ふ》かれるのが当たり前なんだろうけど。

苦笑しつつふわふわバスタオルで包んでやると、嬉しそうに笑み崩れた。

一緒にお風呂に入ってお互いに体を拭《ふ》き合《あ》うだけで、こんなに幸せになれるんだ。それが凄《すご》く嬉しい。

続いて一緒に手早く朝食を作って、ふたりしてもりもり食べつつ話す。話題は昨日試したばかりのローションのことだ。朝っぱらから話すにはちょっと相応《ふさわ》しくない気もするけど、頭がはっきりしている時に意見を交換しておきたい。

「俺はもっと普通のローションがいい」

「そうなの？」

ディエゴの言葉に、僕は目を丸くする。あんなに楽しそうに使っていたのに。

「どっちがいいかって言われたら、ショユクルのほうがラスクも積極的になってくれるからいいけど、ベロがムズムズするしあちこちかゆいし、なんか集中できない」

舌がムズムズするのはローションをべろべろ舐《な》めるからじゃないかな。

「僕はどっちも途中から訳分かんなくなっちゃったけど……そうか、そうかもね」

「うん。なんも邪魔されずに、ラスクをそのまま感じられるほうがずっと幸せな気がする」

そんなふうに言われると、妙に恥ずかしい。

照れて思わず俯《うつむ》く僕の気持ちも知らず、ディエゴは僕の手をがばっと掴んだ。

「そうだラスク、今夜はさ、ラスクが作った普通のローションを試そう！」

も、もう今夜の話!? ていうか、やっぱ今日もするんだ……

「そもそもまだ普通のローション使ってヤってねぇから基準が分かんねぇんだよ」

「ま、まぁ確かに……基準は大事だけど」

「それにやっぱ俺はラスクが作った薬のほうが好きだし」

「そこは誰のだって変わらないでしょ」

「変わる！ なんか違うんだよ。なんでかなって思ってたけど、もしかしたら魔力を感じてるのかもしれねぇな」

「へぇ」

それは興味深い。お師匠様に聞いてみようかな。

「ラスクのナカに入って、ぎゅうって抱き付いてくるラスクを抱きしめてるとさ、ラスクの魔力に全身包まれてる感じですんげぇ気持ちいいんだよ。そんで、あ、ラスクが使ってくれたポーションにもちょっとこんな感覚あったなって思って」

気付き方が恥ずかしすぎる……！

「な、ラスクのローションがいい！ 絶対に作ってくれよ!?」

嬉しそうに耳をぴるぴると動かして、しっぽもわさわさ揺らしているのを見ると、なんだかもうしょうがないかって気持ちになってくる。我ながら絆《ほだ》されてるよな。

「分かった。そろそろ在庫が少なくなったところだし、腕によりをかけて作ってやるよ」

請《う》け負《お》うと、ディエゴのオレンジ色の瞳がキラキラと輝く。

「やった!! ありがとう、ラスク！」

立ち上がって、テーブル越しに抱き付いてきた。

ワンコの姿でも人間の姿でも、嬉しい時には素直に行動に出るのが可愛いところだ。

ディエゴが喜んでくれる質のいいローションを作ろう。

フリフリしっぽを眺《なが》めながら、そう決意した。

いつも通りに出勤して、旅に必要なものや旅先で作れてお金になりそうな薬のレシピをファーマ師匠に教えてもらいつつ店番をこなす。これまでは一つ一つ丁寧に教えてもらっていたけれど、今日は数種類のレシピを一気に、しかもコツも含めて習った。

「旅の中で作りながら上達していけばいい」

ファーマ師匠がそう言いながら深い笑《わら》い皺《じわ》を刻む。その隣でヤクルさんも笑顔だ。

「店で出すなら同じ品質と効能で作る必要があるけど、旅先のギルドで売るなら品質を鑑定して引き取ってくれるからねぇ」

「そうよのぅ、そこら辺は店で売るものよりも気軽に作れるしの」

「しばらくは新しいレシピをたくさん教えてくれるらしいよ。良かったね、ラスク」

「お師匠様、ヤクルさん、本当にありがとうございます……！」

ふたりが優しすぎて泣きそう。

「ただいまー!!」

感動に打ち震えているところに、とんでもなく元気な声と共に「バーン！」と大きな音を立てて扉が開いた。振り返ると、得意満面なディエゴが駆け寄ってくる。

「ディエゴ」

「爺ちゃんが言ってた魔物、倒せたぞ！　素材も金もたんまりゲットした！」

「ほう、そりゃあ凄《すご》い。見せてもらってもいいかの」

「おう！」

自信があるのか、しっぽがご機嫌に揺れている。

そうして作業台の上に並べられた素材は、びっくりするくらいの量があった。

「え、待って、こんなに……？」

「ついでに狩った獲物の中にも薬に使える素材があるって、ギルドの髭《ひげ》の奴が言ってたから、貰《もら》ってきた。必要ないならこれも換金する」

「換金するなんてとんでもない！」

ヤクルさんが慌ててディエゴを止める。

「滅多に手に入らない素材だよ。しかも状態が良い」

「獲ってきたばっかだからな！」

その賛辞に、ディエゴがふふんと得意げに鼻を鳴らした。そんな彼を微笑《ほほえ》ましげに眺《なが》めながら、ファーマ師匠が嬉しそうに素材を吟味《ぎんみ》している。

「獣人ならではじゃろうなぁ。獲ってからギルドに持ち込むまでが格段に早いからこその、この新鮮さなのじゃろうて」

ファーマ師匠にも褒められて、ディエゴのしっぽがファサファサとますます揺れる。

「ギルドの髭《ひげ》もすげぇ手際良かったしな。アイツ気に食わないけど、腕は認める」

「ああ、アンドルーか。確かに彼は腕が立つよね」

なぜか不満そうに言うディエゴに、ヤクルさんがくすくすと笑いながら同意した。

「しかしまぁ、カリオルのとさかにホラスのしっぽと髭《ひげ》、モウドンの蹄《ひずめ》と舌……たったの一日でよくもこんなに稀少素材ばかり集めたものじゃ」

「爺ちゃんがいるって言ってたからな。探して獲ってきた」

「ホラスはAランクの魔物だよね？　ディエゴは本当に優秀な冒険者なんだな」

「もっと褒めてもいいぞ」

そんなほのぼのした空気を嬉しく感じながら、僕もじっくりとディエゴの戦果に目を通していく。

たくさんの魔物の稀少素材の端っこに、ひっそりと置かれた薬草に気が付いた。

「ディエゴ、これ……薬草まで採取してきてくれたの？」

「おう！　ここにとか、あのエルフの店で嗅《か》いだ匂いのヤツがあったから、ついでに採ってきた。どこが役に立つのか分かんなかったから、とりあえず全部持ってきたけど」

「だからどの薬草も根っこまであるのか」

どれも土がついたままの根や種子までまるごと採取されている。

「だって根っこを使う時もあるんだろ？　いらないとこは後で捨てりゃあいいんだし」

「英断だね」

ヤクルさんが言葉少なに褒めた。

「そっか、ありがとうディエゴ」

ディエゴなりに凄《すご》く考えて採取してきてくれたんだと思うと、本当にありがたくて僕は思わずその頭に手を伸ばした。すかさず頭を僕の手の下に持ってくるのがなんとも可愛い。

わしゃわしゃと頭を撫《な》でてやると、真っ黒なしっぽが右に左にブンブンと思いっきり揺れる。

「どこの部分が必要だって教えてくれたら、次からその部分だけ持ってくるぞ！」

そう言ってくれるのも嬉しい。

「ヤバい奴かと思ったら、頼もしい伴侶じゃないか。これだけラスクを大事にしてくれるなら安心して任せられるな」

「そうじゃの。ラスクを一心に想ってくれとるっちゅうのは間違いないのぅ」

「当たり前だ。大切な番《つがい》だからな！」

えっへんと胸を張ったディエゴは、かっこいいのになぜかとても可愛かった。

それからは帰るまでの数時間、店番をヤクルさんに頼んで薬の製作に集中する。今日習ったレシピは勿論《もちろん》、ディエゴご所望のローションもたくさん作ってみた。

「……ふう」

「わふ」

集中力が必要な作業を終えて一息吐《つ》くと、狼姿《おおかみすがた》になって僕の傍《そば》で丸くなっていたディエゴが労《ねぎら》うようにしっぽでぽふ、と撫《な》でてくれる。

なんだか凄《すご》く癒《い》やされる。こんな穏やかな時間もいいもんだな。

嬉しく思いながら、僕は就業時間まで黙々と作業を続けた。

その後、ファーマ師匠とヤクルさんに挨拶《あいさつ》をして、人型に戻ったディエゴと一緒に市場を歩く。

ふたりでゆっくり買い物をしていると、市場の人たちにたくさん声をかけられた。

この町では獣人を滅多に見ないし、ドラゴンの肉を配ったこともあってディエゴはすっかり有名人だ。しかもこんなにかっこ良いのに気取らなくて愛想良く返事するものだから、皆にこにこ、何か買えばおまけだってしてくれる。

以前から市場の人たちは僕にも優しかったけど、ディエゴが来てからますます可愛がってくれるようになったんじゃないかな。

家に帰って一緒にお風呂に入るのも、ふたりでご飯を作るのも、お喋《しゃべ》りしながら食べるのも、全てが楽しくて僕は終始笑顔になる。

ああ、幸せだなぁ。

ベッドに入っても胸がぽかぽかしていて、顔がニヤけるのを止められない。

「ラスク、ご機嫌だな」

「ん、こんなふうにディエゴと暮らすの、楽しいなって思ってさ。ディエゴがワンコだと思ってた時も楽しかったけど、お喋《しゃべ》りしたり一緒に買い物したりするの、凄《すご》い楽しい」

「ラスク～！　俺も！　俺もめっちゃ楽しい!!」

しっぽが高速でブブブブブと振られ、すっごく喜んでいるのが分かる。目もキラキラしていて、いちいち可愛い。

「あと俺的にはラスクといちゃいちゃできるようになったのが、やっぱすげえ嬉しいんだよな」

そう言ってこれ幸いと僕に覆《おお》い被《かぶ》さってくるのも可愛かった。

「そうだラスク！　ローション作ってくれてたよな」

「うん。結構いい出来だと思うよ」

「さっそく使ってみようぜ」

あっという間に僕のバッグからローションを取り出して嬉々として手に垂らし、それをまじまじと見つめた。

「やっぱラスクの魔力を感じる」

「ほんとに？」

「ホントに！」

元気良く返事をしてローションをさらにたっぷりと出し、ディエゴは僕の体に塗《ぬ》り込《こ》み始《はじ》める。

「あー……やっぱ、これがいい」

「何か違うかな。凄《すご》く気合を入れて作ったから、エルフさんが作ったのと品質値はあんまり変わらないと思うけど」

「ん、さすが俺のラスク。エルフレベルの高品質ローション作れるの、凄《すご》いな」

ディエゴがさらりと褒めてくれる。

「あー……このローション塗《ぬ》ってると、ラスクの魔力がいつもより強く感じられて、すげぇいい。肌がさらになめらかになって手のひらに吸い付くみたいだし、変な匂いもなくてラスクをそのまま感じられるのが何よりいい」

ディエゴはうっとりした表情で、僕の肌に丹念にローションを塗《ぬ》り込《こ》んでいった。

12、【ディエゴ視点】エリクサーを探して

感覚を研ぎ澄ましているからか、ラスクが作ったローションを使うと、手のひらにその魔力をビンビンに感じた。

昨日みたいに匂いを邪魔するものはなく、ただひたすらにラスクを感じられるのが幸せだ。

視界もラスクで埋め尽くされ、耳に入るのもラスクの密《ひそ》やかな吐息と時々漏れる抑えた喘《あえ》ぎ声《ごえ》だけ。俺が肌を撫《な》でるごとに手のひらに伝わる小さな震えと身じろぎは健《けな》げで、凄《すご》く可愛い。

ラスクの眦《まなじり》に涙がにじんでいるのが見えて、思わず舐《な》めると、ちょっと甘かった。

「ラスクの涙、なんか甘い……」

「そんなわけ……」

「いや、甘い」

涙なんてしょっぱいに決まっているのに、甘さを感じるのは確かだ。

ちゅ、ちゅ、と涙を吸って、柔らかなほっぺたや小ぶりな鼻の頭、しっとりした吐息を漏らす唇にキスしていく。

うっすらと開かれた唇の隙間に舌を差し込んでラスクのそれを舐《な》めると、ヒュ、と息を呑んで一瞬で逃げた。

そんなの、追っかけるに決まっている。

「んぅ……！　ふ、ん、んぅう……っ」

狩猟本能が刺激されて、ついつい逃げ回る舌をどこまでも追いかける。ついに捉《とら》えて、逃げられないようにぢゅうぢゅうと吸い付くと、諦《あきら》めたみたいに力が弱まった。それをいいことに付け根や先を丁寧に舐《な》める。

「ん……はぁ、……」

どんどんラスクの舌から力が抜けていく。俺に体を委《ゆだ》ねてくれるのが嬉しくて、散々愛《め》でてドロドロに溶かしてから、上顎《うわあご》を辿《たど》って喉《のど》ちんこまでチロチロと舐《な》めた。

「……っ！」

ああ、やっぱりだ。

ラスク、喉《のど》の奥を舐《な》められるのが好きなんだな。

だってラスクの喉《のど》がきゅうっと締まって、体がびくびくと震えている。すでに勃《た》っていたラスクのチンポが俺の腹に擦《こす》り付《つ》けられ、ぬるぬるの我慢汁が腹を濡らした。

ラスクにマーキングされているみたいで嬉しい。

息をする暇を与えながら何度も喉《のど》ちんこやその奥をこそぐように舐《な》めているうちに、堪《たま》らないとでも言いたげにラスクの足が俺の腰に巻き付いた。はひゅ、はひゅ、と苦しそうに息を吐《つ》きながら悶《もだ》えるラスクの喉奥《のど》を舐《な》めながら、尻肉をやわやわと揉《も》みしだく。

ラスクお手製のローションをたっぷり揉《も》み込《こ》んだ尻肉はもちもちしてめちゃくちゃ気持ちいい。

その柔らかな尻肉を割《わ》り拓《ひら》いて慎《つつ》ましい穴に指を入れると、ラスクの喉《のど》がまた締まり、体が大きくしなった。

その反応に気を良くしつつ、穴をくちゅくちゅと広げていく。

昨日も一昨日もたくさん愛し合ったから、ラスクのココも俺の指をすぐに受け入れてくれる。ナカがうねるように動いて、俺の指を奥に招き入れているみたいだ。

しかもたっぷりとローションを注いだからか、昨日より、一昨日より、ずっと心地好い。

このぬかるんだところに俺のを突き入れたらどんなに気持ちいいだろう。

早く一つになりたくて、俺のチンポもビンビンに勃《た》ち上《あ》がっている。

「は……ふ……っ」

しばらく堪能《たんのう》した後、とりあえずは満足して口を解放すると、ラスクが大きく息を吐いた。

とろとろに蕩《とろ》けたその顔、可愛い。

「ラスク、可愛い……」

「ああっ、ディエゴ……あ、あ」

もっともっと気持ち良くしてあげたくて、小さくキスを降らせながらナカをぐりゅぐりゅと抉《えぐ》り、ぷっくりと膨れてきた前立腺を擦《こす》り上《あ》げる。

気持ち良さそうに身を捩《よじ》るラスクを見ているうち、また堪《たま》らなくなってきた。

「ラスク、もう入ってもいいか……？」

熱い息を漏らしながら尋ねる。ラスクが俺を見上げて頬を染めたまま微笑《ほほえ》んだ。

「……うん、おいで」

その言葉を聞いた途端、理性が飛んだ。

「ラスク……っ」

「あああっっっっっ」

ナカに勢い良く押し入る。けれど、ラスクの声にハッとして、奥まで入り込む前になんとか自制した。

「ごめんラスク！　痛くないか⁉」

「大丈夫……幸せ……」

優しく微笑《ほほえ》まれてホッとする。

今度は慎重に、ゆっくりとナカに入っていく。これはこれでじっくりと味わえて幸せだ。ぐ、ぐ、ぐ、と慎重にチンコを押し込んでいきながら、ラスクの汗ばんだ首元に鼻をくっつけた。

すう、と息を吸い込むと、ラスクの匂いが鼻腔《びこう》に充満して酔っ払ったみたいな心地になる。

鎖骨の辺りをちゅうっと吸うたび、ラスクがぎゅうぎゅうに俺のチンポを締め付けた。あまりの心地好さに震える。

ラスク自身とその魔力に包み込まれ、体も心も満たされた感じ。すげぇ気持ちいい。

「ふ……あ、ディエゴ」

「ん？」

「今日……ゆっくりだね」

はぁ、と悩ましい息を吐きながらラスクが問う。今日はラスクもまだ余裕があるらしい。

「今日はゆっくりがいい」

そう囁《ささや》いて、俺はその体をぎゅう、と抱きしめた。

「んあ……っ」

その拍子に少し奥まで穿《うが》ってしまい、ラスクが甘い声をあげる。

その声が可愛すぎて、俺は焦《じ》らすようにゆるゆると腰を揺らす。

「ふあ……あ……気持ちいい……」

「俺もすげぇ気持ちいい。なんかラスクが作ってくれたローション使ってるせいかさ、昨日よりも一昨日よりもずっと強く、ラスクと繋がってるって感じがするんだよな。だから余計に今日は時間をかけてたっぷりとラスクを深く感じたいっつうか」

目を閉じて感覚を研ぎ澄ますと、ラスクのナカは凄《すご》く柔らかかった。その呼吸に合わせて俺のチンコを優しく揉《も》むようにうねる。

強い快楽じゃないけど、幸福感で満たされる。

ちゅくちゅくと小刻みに腰を動かしながら、俺はローションをたっぷり塗《ぬ》り込《こ》んだ胸を丹念に弄《いじ》る。ラスクのローションは肌をなめらかにする効果が強いみたいで、俺の手に彼の肌がしっとりと吸い付く。おかげで撫《な》でるのがめちゃくちゃ楽しい。

俺の手が胸をなぞり乳首をそっと触れるたびに、ラスクは火照《ほて》った顔でいちいち可愛く反応する。

その愛らしい表情を見つめていると、それに気付いたラスクが恥ずかしそうに両手で顔を覆《おお》った。

「ラスク、顔見せて」

手を退《ど》かすと、きゅっと目を閉じて顔を背《そむ》ける。

恥じらうその仕草までが愛しくて、全てをこの目に焼き付けたいと願った。

「やだ……なんか、なんかいつもより恥ずかしい……」

「なんで？」

「だっていつもはすぐ、訳が分かんなくなるからアレだけど、こんなに意識がはっきりしたままゆっくり抱かれると」

「意識がはっきりしてるから、余計に恥ずかしい？」

目を合わせないままコクコクと頷《うなず》くラスクは、もう首まで真っ赤だ。

俺に丁寧に触られてナカを穿《うが》たれ、それをはっきりと感じ取れるからこそ恥ずかしい、とか。めちゃくちゃ嬉しい。

「そっか、こんなふうにゆっくり繋がるのもいいもんだな！」

今日はもう、ラスクの意識が飛ばないように丁寧に丁寧に優しくゆっくりと愛撫《あいぶ》して、俺がどれだけ愛しているかを刻み込んでしまいたい。

ラスクのローションには特別な成分は含まれていない。

でもだからこそ、ありのままのラスクを丁寧に愛せる。

そんな幸せを感じることができた夜だった。

それから一ヶ月くらいの間、俺は毎日ラスクやラスクの大切な人たちのために、たくさん狩りをした。

周りにいるのが嫌な奴らならさっさとラスクを攫《さら》っちまおうと思っていたけど、爺ちゃんは優しいしヤクルだっていい奴だ。ラスクの夢をバカにしないで、応援やアドバイスをしてくれる。

何より、ラスクがふたりや町の人たちを大事にしているのが伝わってくるから、俺も大切にしたい、役に立ちたい、って思うようになった。

俺が狩りをしている間、ラスクは旅先で必要になりそうな薬について勉強しているらしい。

すっかり俺の体に馴染《なじ》んでしまったラスクの魔力。その魔力をたっぷり含んだポーションは、他の誰が作ったものよりずっと効き目が良い。だから、ラスクが色んな薬を学ぶのは、俺にとってもいいことずくめだ。

ラスク自身も、いつかエリクサーを作るために知識が増えるのが嬉しいと楽しそうに言っている。応援したい。

夜はたっぷりラスクといちゃいちゃできるし、たくさん笑って喋《しゃべ》って、毎日が充実していてすっごく楽しい。こんなの、ラスクと出会うまでは想像もしていなかった。

そんなある日。

俺が採ってきた薬草を見て、爺ちゃんが「おお……！」と声をあげた。

「これはまた面白いものを採ってきたのぅ」

「昔、依頼で採取したことがあるんだ。見つけたから採ってきた」

「さすがにAランク冒険者といったところか、偉いもんじゃ」

にっこり笑って頭を撫《な》でてくれる。質のいい薬草や素材を持ってきたらこうやって褒めて美味《おい》しい肉をくれるから、爺ちゃんは好きだ。

「ラスク、ヤクル、ちょっと来なさい」

呼ばれたふたりが出てくると、爺ちゃんは俺が採ってきた薬草を指してこう言った。

「これが何か分かるかな？」

「おっ、珍しい。ショータルページか？　根も葉も全部あるの、初めて見た」

「ショータルページ……僕、本でしか見たことない」

「さすがにヤクルは分かるか。これはのぅ、根は薬の素材としてかなり有用じゃが、実は葉が毒でのぅ」

「たま～に毒の素材として売ってるんだよね。一本まるまるなんて滅多にないよ」

ヤクルが手袋をつけて、興味深そうにショータルページを調べ始める。

「花なんて初めて見たなぁ」

「たしか本には花にも毒があるって書いてあったと思うけど……」

「ラスク、よう勉強しとるのぅ。そう、花にも毒がある。ところがじゃ、なんとエルフたちはこのショータルページの葉や花を煎《せん》じ、好んで飲むと聞く」

「ええっ」

「それは初耳だ」

「わしも本からの受け売りじゃが、人には毒になるものを好んで飲むとは不思議なもんじゃの。じゃがエルフにとっては珍味のようなものらしいで、持っていけば喜ぶかもしれんのぅ」

「あ……」

「そっか、あの店主、エルフだったもんな」

俺はラスクと顔を見合わせた。

「あの、師匠……師匠が読んだ本って」

「ああ、わしの書庫の右から三つめの棚辺りに入っておったと思うが、好きに読んでいいからの」

「ありがとうございます！」

目をキラキラさせて喜ぶラスクを、爺ちゃんは孫でも見るみたいな優しい顔で眺《なが》めている。ラスクは本当にいい師匠に恵まれたんだな。

そんな話をした夜、俺に体を預けたまま借りた本を熱心に読んでいたラスクが、ふと顔を上げて俺を見た。

上目遣い可愛い。

「ディエゴ、お願いがあるんだけど」

「なんだ？」

嬉しくなって、俺の耳が「ビン！」と立つ。

ラスクがお願い、なんて言ってくることは珍しい。なんとしても叶えてやりたい。

「あのさ、ショータルページをたくさん採取することってできるかな」

「できる！　俺、群生地知ってる！」

「そっか、良かった。あのさ、僕、お茶を作りたいんだ。この本に煎《せん》じ方《かた》まで掲載されてたから、せっかくならお茶にしてから持っていきたくて。……悪いんだけど、二十本くらい採取お願いしてもいいかな」

「もっともっと採ってこれるぞ」

「ありがとう。でも、希少な薬草なんだろう？　群生地がなくなると困るから」

「あの場所は人じゃ簡単には入れねぇ場所だし、めちゃくちゃわんさか生えてるから大丈夫」

「そっか。じゃあ、作ってみて店主さんがもし気に入ってくれたら、改めて追加の採取をお願いしようかな」

「任せとけ！」

ラスクが頼ってくれるのが嬉しくて、俺はめちゃくちゃやる気になった。


それからさらに二週間くらい経った天気のいい日のことだ。

今日は久々に俺が以前拠点にしていた町、ルコサに来ている。

ラスクが作っていたショータルページの茶葉も出来上がったし、あのエルフの店『メッサレッサ』で買ったエログッズもあらかた使い終わったから、感想の報告がてらエリクサーの情報を何か知らないか、聞いてみようという話になったのだ。

「ラスク、それってラスクが作ったヤツ？」

メッサレッサへ歩く道すがら、俺はラスクの手を覗き込んで聞いてみた。彼が手にした小さな紙袋から馴染《なじ》みの香りがしている。

「うん。ディエゴのおかげで結構いい感じにできたと思うんだよね」

「頑張ってたもんな」

「ディエゴがせっかく質の良いショータルページをたくさん採ってきてくれたからね、できるだけ質を落とさないように頑張ったんだけど」

「喜んでくれるといいな」

そんなことを話しているうちに、あっという間にメッサレッサへ辿《たど》り着《つ》いた。

扉の向こうには前回同様、薬屋に来たのかと思うくらいにポーションやローションが並んでいる。っていうか、雪崩《なだれ》が起きそうなくらい積み上がっているから、この前よりも品数が増えたみたいだ。

「おや、しばらくぶりだね」

奥から店主の声が聞こえる。

俺たちからは見えないのに、あっちからは見えているのだろうか。ラスクと顔を見合わせて小首を傾《かし》げつつ、俺たちは奥へ進む。

店の奥にはこれまた前回同様、ベールで顔の下半分を隠した謎めいた店主が座っていた。

「お久しぶりです」

「待ちくたびれたよ。いくら私が時間の概念にうといエルフだからって放置しすぎではないかな？

薬の感想はすぐにだって聞きたいというのに」

片眉を上げて店主が俺たちを睨《にら》む。ラスクはびっくりしつつ謝った。

「す、すみません……！」

俺もびっくりした。次はいつ来る、なんて約束はしていなかったのに、まさかそんなに俺たちの感想を待っていたとは。

「まぁいいよ。使ってくれたのだろう？」

「はい……！」

「感想を聞かせてくれるかな？」

すぐに表情を和《やわ》らげて、店主が身を乗り出す。

それからは貰《もら》った薬の感想を報告する時間だ。ラスクが感じたこと、俺が感じたこと、それぞれを丁寧に報告していく。

俺が言うことなんて本当に『感想』くらいしかないんだけど、ラスクはさすがだ。使った時の感覚は勿論《もちろん》、薬草の効能から導かれる見解とか、似たようなものとどう違うとか、なんかこう専門的な話もいっぱいしていて、店主は至極真面目な顔で聞いていた。俺のラスクは凄《すご》い。

一通り俺たちから話を聞いた店主は満足そうににっこり笑い、なぜか店の奥にひっこむ。俺とラスクが顔を見合わせていると、トレイを持って戻ってきた。

「ありがとう、とても参考になったよ。お礼に珍しいお茶をふるまおうと思ってね」

「うわ、凄《すご》いいい香り」

「王室御用達《ごようたし》の高級茶葉なのだよ。人間はこういうの、好きだろう？」

「お、王室御用達《ごようたし》……！　僕らなんかじゃ手が届かない高級品だ」

「ふうん。ラスクのほうが良い匂いだけどな」

ラスクは恥ずかしそうに赤くなって俺を睨《にら》むけど、本当なんだからしょうがない。

「ははは、獣人とは本当に熱烈なものだねぇ。どんなに良い香りも番《つがい》には敵わないということか」

楽しそうに笑う店主を見て、ラスクがはっとした顔で紙袋を差し出す。

そうだった。土産を持ってきたのに、すっかり忘れていた。

「あの、これ、お土産なんですけど」

「この香り、まさか」

店主が目を見開く。

「実はショータルページの花と葉で、お茶を作ってみたんです。師匠から、エルフはこの葉を煎《せん》じて飲むと聞いたもので」

ラスクから小さな紙袋を受け取った店主は嬉々として袋を開けて、茶葉を一摘み取り出す。

「おお、本当にショータルページの茶葉だ。人間はエルフが好む飲み物なんて知らないものだが、ラスクの師匠とやらは随分と博識なのだね。いや、これは嬉しい土産だねぇ」

「ディエゴが採ってきたショータルページが凄《すご》く品質が良くて。できるだけその品質を保持したまま茶葉にしたつもりなんですが」

「そうかそうか。それは僥倖《ぎょうこう》」

さっきまで人を食ったような表情で泰然《たいぜん》としていたのに、まるで子どもみたいに喜ぶ。その様子が素直に嬉しくて、俺のしっぽもついついふぁさっと軽く揺れた。

「これはまた、本当に上手《うま》く煎《せん》じてあるじゃないか。これは蒸す、煎《い》る、揉《も》む、の手間暇をかけたのが分かる、素晴らしい茶葉だよ。ラスクはなかなかに腕が良い」

「良かった。初めて作ったんで、ちゃんと作れていると良いんですけど」

「どれ、さっそくお相伴《しょうばん》にあずかろうかな」

うきうきした様子で奥へ引っ込んだ店主は、ほかほかのお茶を持って戻ってきた。

「へぇ、独特な匂いだな。お湯を入れる前とはまたちょっと香りが違う」

雨上がりの葉っぱの匂いだ。

「瑞々《みずみず》しい香りだろう？　……ああ、この味。香り。久しぶりだ」

店主は目を閉じて、香りと味を楽しんでいるのだろう。そこだけ優雅な空間になっている。

「それにしても、本当にショータルページのお茶を飲むんですね。ちょっと驚きました」

ラスクがそう言うと、店主は小さく笑う。

「人間は毒があると言って葉は捨てると聞くものな、まったくもったいないことをするものだねぇ」

「今回はディエゴが採ってきてくれたので葉も根もありましたけど、通常は根だけ売っているんだそうです。葉と花はごく稀《まれ》に毒の材料として売っていることがあるけれど……圧倒的に少ないって聞いていています。確かに、捨てられることのほうが多いのかも」

「私たちエルフにはちょっとした刺激にしか感じないけれど、人間にとってはかなり強い毒になるらしいから仕方がないか。人間とエルフ、姿は似ていてもやはり違う生物なのだと実感するねぇ」

「確かに」

「獣人にとってはどうなんだろうね」

「試す気にはならないからすすめるなよ？」

「残念」

そう言いつつも楽しそうに笑っているから、からかわれただけなんだろう。

「ああ、気分がいいねぇ」

店主は香りを楽しみながらうっとりした表情になる。故郷の森でも思い出しているのかもしれない。ラスクが作った茶葉は、本当に良い出来だったのだろう。さすが俺の番《つがい》。

「そうだ」

ふ、と店主が顔を上げた。

「素晴らしい贈り物を貰《もら》ったお礼に私からも何かプレゼントしよう。この店にあるものの中から一つ、なんでもいいから選んでごらん。ものすごく稀少な品もあるから、目利きが問われるよ」

ふふ、と笑う店主を尻目に、俺はラスクの腕をつんつんと突《つつ》く。

「ラスク、ものを貰《もら》うより、情報貰《もら》ったほうが良くないか？」

「いいの？　凄《すご》いものが貰《もら》えるかもしれないのに」

「俺はラスクの夢のほうが大事だ」

片眉を上げる店主に、ラスクは緊張した面持《おもも》ちで話し出す。

「実は僕、夢があって……いつかエリクサーを作りたいんです」

「エリクサー……！」

「まだまだ実力が足りないので口に出すのも恥ずかしいんですけど、本気なんです。一生かかってでも作り出したい。何か、エリクサーのレシピに関する情報を知りませんか？」

「うーん……」

店主は微妙な顔で唸《うな》り始《はじ》めた。

「さすがにエルフでもエリクサーの情報は知らないのか……」

思わずそう呟《つぶや》くと、困ったように笑う。

「うーん、困ったねぇ。知ってると言えば知ってるし、知らないと言えば知らないのだよ」

「どういう意味だ？」

「世の中で言われている『エリクサー』にはあまりにも様々な噂が出回っているだろう？　不老長寿の秘薬と言われることもあれば、傷や病《やまい》を治すと言われることもある。瀕死の者が完全回復するだの、果ては死人を生き返らせることができるだのというものまであるからね。さすがにそんな神の妙薬は私とて知らないよ」

「あー、確かに色々聞くなぁ」

どの噂が本当なのか、色々ありすぎて、もはや誰にも分からないんじゃなかろうか。

「あの、ホンモノの『エリクサー』はどんな効能があるんですか？」

ラスクの真剣な眼差《まなざ》しに、店主は優しい微笑《ほほえ》みを浮かべる。

「本物のエリクサーなんてものが実際にあるのかどうか、私にも分からない。もしかしたらばらばらの地域に伝わるそれぞれの秘薬が、『あれがエリクサーだったのでは？』なんて憶測でごちゃまぜになって広まったのかもしれないね」

「エルフのように長命なお方でも、分からないんですね……」

あ、ラスクが残念そうだ。

そりゃそうだよな。エリクサーなんて幻《まぼろし》だって言われたようなもんだ。

ラスクが俺を慰《なぐさ》める時にいつもやってくれるみたいに頭をそっと撫《な》でてやる。ラスクは俺を見上げて、いつもよりちょっとだけ元気のない笑みを見せてくれた。

でも、顔を見れば分かる。ラスクは諦《あきら》めてないんだって。

その証拠に一瞬きゅっと唇を引き結んで気合を入れてから、改めて店主のほうに体を向ける。

「あの……実は僕が子どもの時に、両親が流行病《はやりやまい》で相次いで死んじゃって……僕、どんな病《やまい》も治せるような、そんな薬を作り出したいんです」

まっすぐに店主を見つめて、自分の夢を正直に話した。

ラスクはいつだって正直だ。こんなところも惚《ほ》れた理由だなぁなんて関係ないことを考えながら、俺はただ黙って見守る。

「エリクサーじゃなくても、エルフならではの効果が高いお薬の情報があれば、教えていただきたいんですが……やっぱり、無理でしょうか」

「……どうして無理だと思うんだい？」

不安げに尋ねるラスクに、店主はやさしく微笑《ほほえ》みかけた。

「自分が時間をかけて開発した薬のレシピは、おいそれと他人に公開できるものではないですし……それが古《いにしえ》から守られてきた秘伝のものだったりしたら、教えられないのは当たり前なんで」

「なるほど、ちなみにもしそういう薬のレシピを知ることができたらどうするつもり？」

「勿論《もちろん》薬を作りますし、売ります」

「では、教えられないね」

「ですよね……多分、そう仰《おっしゃ》るとは思っていたんですけど、でも……」

しゅんとするラスクを見て、俺はなんかモヤモヤし、ついでに腹も立った。

「なんでだよ！　学者じゃないんだから、レシピが分かりゃあ作って売るのは当たり前だろ。病気の奴の手に渡らなきゃ、どんなにいい薬だってないのと一緒じゃねぇか」

「だから短命な者は浅はかだと言うのだよ」

思わず文句をぶつけると、店主は呆れたみたいにため息を吐《つ》く。

「あまりにも効果が高い薬は、人の命を救うよりもずっと多く、人を殺し、不幸にするものだ」

「薬が人を殺すって……薬もすぎると毒になるのか？」

意外なことを言われて、俺は目を丸くして店主を見つめた。

「そういう話じゃなくて……たとえばね、彼が良心的な価格で薬を売ったとしても、買い占めて大もうけしようとする輩《やから》は必ず出てくる」

「そりゃ……そうだろうな」

「本当に必要な者には行き渡らず、詐欺や脅し、薬を巡《めぐ》っての諍《いさか》いが起こるのが容易に想像できるってことさ。彼の『病《やまい》の人を助けたい』という至極まっとうな夢も、一つ間違えれば災厄《さいやく》のもとになる」

「災厄《さいやく》って大袈裟《おおげさ》な。ちゃんと酷《ひど》い病《やまい》の奴にだけ売れば良いんだろ？」

「大袈裟《おおげさ》なものか。貴重な薬を作れるという噂がたったばっかりに、エルフの村は人間たちに度々襲われ、私の仲間も随分と攫《さら》われていったものだ」

俺もラスクも、さすがに言葉を失った。

「君も番《つがい》が危険な目に遭《あ》うのは嫌だろう？　人の身にすぎたる知恵を得るのは寿命を縮めると理解したほうがいい」

ラスクの身に危険が迫るとなれば話は別だ。

確かに知らないヤツの病《やまい》より、笑って喋《しゃべ》って時々撫《な》でてくれるラスクとのなんでもない日常のほうが俺にとっては数倍大事なわけで。

思わずラスクを後ろから抱き込んで、ぎゅうっと力を入れて囲い込む。見上げてくるラスクを心配でいっぱいな顔で見下ろすと、彼は困ったように微笑《ほほえ》んだ。


結局その日、ラスクは店主からエリクサーのレシピを聞き出さなかった。

人間がエルフの村にした悪行を詫《わ》びていたから、きっと悲しい思いをした店主から無理にエリクサーのことを聞き出すのは嫌だったのだろう。

俺もラスクが危険な目に遭《あ》うのは避けたいから、ちょっぴり安心する。

ただ、やっぱり夢の応援をしたくもあって、なかなか複雑な心境だ。

「ラスク、店主にエリクサーの話、ちゃんと聞かなくて良かったのか？」

俺たちの家に帰る道すがらそう聞いてみると、ラスクは目を伏せて小さな声でこう答えた。

「だって聞けないよ。エルフの人たちは人間に酷《ひど》い目に遭《あ》わされてきたってことだよね。あの話しぶりだと、店主さんはそれを実体験してるってことでしょ」

「ま、だろうな。でもどんな経緯かは知らねえけど、今もエルフの村に帰らずにこんなとこで人間相手に商売して人間に興味があるって言ってるんだから、遠慮することはねぇと思うけど」

「うん……でも、もう少し自分で色々あがいてみて、どうしても他に手がかりがなかったら、改めてお願いすることにするよ」

「そっか、ラスクがそれでいいなら俺はそれでいい。ラスクが危険に晒《さら》されるのは嫌だしな」

「うん……」

「色々あがいてみるってことは、諦《あきら》めるつもりもないんだろ？　どうする気なんだ？」

「しばらくは近隣の町や村で、聞き込みをしてみようと思ってる。あてもなく旅に出るよりは少しでも手がかりがあるほうに行きたいし。これまでは僕みたいなぺーぺーがエリクサーの情報を求めるなんておこがましいって思ってたけど、師匠の話を聞いてできるだけ早いほうがいいって思い直したから」

「そっか。俺が走れば、結構遠くまで情報収集に行けると思うぜ。店が休みの日にはふたりであちこち行ってみようか」

「ありがとう、ディエゴ……！」

「ラスクと遠出できるなら俺も嬉しいしな！　せっかくだからあちこちで美味《うま》いもん食おうぜ！」

「あはは、それも楽しそうだ」

ちょっと悲しげな顔だったラスクが楽しそうに笑ってくれたので、俺はそれだけで満足だった。


それからは店が休みになるたびにふたりして様々な町を回った。

ラスクが働くファーマ薬店があるルギーの町を中心に、北へ南へ東へ西へと駆け回る。爺ちゃんが仕入れていた真偽が定かじゃない情報を一つ一つ確かめていくけれど、残念ながら正しいと言えるものにはまだ辿《たど》り着《つ》けていない。

それでもその過程で色んな人と知り合いになったし、美味《うま》いもんをたくさん食った。行く先々で珍しい魔獣も狩ったし、有用な薬草もやまほど採取した。

そんなこんなで、三ケ月くらいの間に俺とラスクは冒険者のコンビとして近隣で名を知られるようになる。

そもそも俺が冒険者としてはそれなりに有名だったってこともあるけど、ふたりでギルドに提出する素材がめちゃくちゃいいって評判なのが主な原因だ。信用もついてきたと思う。

それでも、有益な情報は見つからない。

「本物のエリクサーの情報ってなかなか見つからねぇもんなんだな」

そうぼやいた俺に、港町ドライルのギルドマスターは豪快に笑った。

「当ったり前だろ！　そうじゃなきゃ『幻《まぼろし》』なんて言われるわけがねぇ」

「そりゃそっか」

「ですよねぇ」

ラスクが残念そうに同意する。

そんなラスクを見てギルドマスターがちょっと眉を下げた。

「兄ちゃんは薬師だっつってたな」

「はい」

「やっぱ薬師からしたら『エリクサー』は夢だよなぁ」

ラスクを気遣っているのが分かって、俺は密《ひそ》かにこのギルドマスターの依頼なら優先してもいいと思った。

「僕、両親を流行病《はやりやまい》で亡くしてて……やっぱり、いつかはエリクサーが作りたいって思っちゃうんですよね」

自分の夢を語ることに抵抗がなくなったらしいラスクが笑いながらそう言った途端、ギルドマスターがすこぶる真面目な顔になる。

「流行病《はやりやまい》か」

「はい、黒ルゲア病でした」

「黒ルゲア病……！」

目を見開いて、ギルドマスターが息を呑む。

「そりゃあキツかったなぁ。あれは流行《はや》り始めたら足が速い。感染力が高い上に致死率がべらぼうに高いからな。よく生き残ってくれた」

労《いたわ》るように肩を叩き、ラスクを優しい目で見つめる。うん、ギルドマスターはいい奴だ。

そう思ってにこにこ見守っていたってのに――

「黒ルゲア病と言えば、海の向こうでまた流行《はや》り出《だ》したらしい」

ギルドマスターがそう口にした途端、ラスクがさあっと真っ青になった。

「まだこっちにゃ渡ってきてないが、お前たちも気を付けろよ。本当に、エリクサーなんちゅうもんがありゃあいいんだが」

ため息を吐《つ》くギルドマスターに礼を言って、俺はラスクを連れて早々にギルドを後にした。

ラスクは青くなってガタガタと震えている。

「大丈夫か？　どうした急に。もしかしてギルドマスターが黒ルゲア病が流行《はや》り始《はじ》めたって言ったせいか？」

俺の言葉を聞いた瞬間、貧血を起こしたみたいに座り込んでしまう。

「ごめん！」

やっぱりそれが原因か。

慌ててラスクを姫抱きにして宿屋に飛び込み、ベッドに寝かせてやった。

ラスクはいつだってほんわか幸せなあったかさなのに、今は指の先まで冷たくなっているのが可哀想で、俺は一生懸命にほっぺたを両手であっためたり、腕をさすったりしてみる。

「大丈夫か？」

「ごめん……あの恐ろしい病《やまい》がまた流行《はや》り始《はじ》めたって聞いたら、急に怖くなっちゃって」

真っ青な顔のまま、ラスクが謝る。

親を亡くした恐怖を急に思い出したってことか。無理もない。

「俺こそごめん。でも海の向こうの話だろ？　大丈夫だ」

そう慰《なぐさ》めたのに、ラスクがぽろぽろと涙を零《こぼ》し始《はじ》めた。

「だって、父さんも母さんも、最初はそう言ってたんだ。なのに、半年もしないうちにふたりともあっという間に死んじゃって……」

「そう……だったのか……」

「怖い。あの病《やまい》は、すぐに海なんて越えてくる」

震えながらラスクが泣く。ひっく、ひっく、と堪《こら》えきれないみたいにしゃくりあげて、こんなラスク、初めて見た。

その恐怖を薄っぺらい言葉でなんとかできる気がしない。

何も言えなくて、俺はラスクに覆《おお》い被《かぶ》さってただ抱きしめた。

どれくらいそのまま抱きしめていたんだろう。ラスクが、ぽつりと呟《つぶや》く。

「ディエゴ……僕、エルフさんに会いに行きたい」

急にそんなことを言い出すから、さすがに俺も驚いて起き上がる。

「エルフさんって、あのエログッズの店主のことか？」

「エログッズって……でも、そう」

笑いを含んだ声。ラスクはさっきよりもずっと血が通った顔色に戻っていた。

「黒ルゲア病には未だに有効な薬が見つかってないんだ。今この国にあれが入ってきたら、またとんでもない被害になる」

さっきまで死にそうだったのに、急に勇ましい顔つきになっているのでホッとする。でも、その口から零《こぼ》れた言葉には純粋にぎょっとした。

「特効薬とかないのか？　ラスクがガキの頃に流行《はや》った病気なんだろ？」

「うん、ないね。あの病気のことは特に詳しく調べたから断言できる。現時点では特効薬はまだない。それに、特に薬師や治癒師が危ないんだ。病人がまず頼るのはそこだから」

「えっ⁉　ラスクが危ないってことか⁉」

「うん。この国に病《やまい》が入ってきたら、僕やお師匠様、ヤクルさんは真っ先に危険に晒《さら》されるだろうね」

「ヤバいじゃねーか‼」

「うん。僕はもう、大切な人をこの病《やまい》で失いたくない」

「当たり前だ！　そんなこと許せるわけがねぇ！」

「今のところ劇的な効能を持つかもしれない薬の情報は、あのエルフさんの話だけだ。なんとか説得して、薬の情報を貰《もら》いたい」

「ラスク……」

え、待って。ラスクがかっこいい。

「悪いけど、僕を乗せてルコサまで走って。……いいかな？」

あ、やっぱ可愛い。上目遣い可愛い。

「ディエゴ？」

「おう！　任せとけ！」

勿論《もちろん》、二つ返事で請《う》け負《お》った。


「おや、また来たのかい？　君たちも飽きないね」

俺たちの顔を見た途端、店主は笑み崩れた。

ルコサにある俺の家に帰るついでにこの店にもちょいちょい顔を出していて、薬の感想を報告したり、新たに薬を買い足したりしているから、今ではすっかり顔馴染《かおなじ》みだ。

「今日は折り入ってお願いがあって来ました」

「おや、確かに今日はいつもと様子が違うようだ。……どうした？」

すぐに違和感を覚えたらしい店主は、表情を引き締めて俺たちをまっすぐに見つめた。ラスクが真剣な顔で話を切り出す。

「実は、エルフの森に伝わる秘薬について、改めてお伺いしたくて……ヒントでもいいんです。どうか……どうか、教えてはいただけないでしょうか」

「何があった？」

「まだ海の向こうの話ですが、黒ルゲア病が流行《はや》っていると」

「黒ルゲア病か、厄介な」

「はい。僕の両親も黒ルゲア病で命を落としました。その時も、海の向こうの話だって言ってたのに半年後にはこの国でもどうしようもなく蔓延《まんえん》してて、たくさんの人が命を落とした」

「ああ、覚えているよ。あれは酷《ひど》かった」

「エルフの秘薬が黒ルゲア病に効くかは分からない。けれど、少しでも望みがあるなら、僕はその薬のレシピが知りたいんです」

あまりに力強い声に驚いてラスクの顔を覗き込む。目がマジだ。決意した顔だってはっきり分かる。

俺が狼《おおかみ》の姿で家に入り込んだ時も、好きだ好きだって言って受け入れてもらった時も、どっちかって言うと「しょうがないな」って感じだった。

でも、今のラスクは違う。

ダメだって言われても貫《つらぬ》き通《とお》すっていう、なんかこう……覚悟を感じる顔つきだ。

「薬のレシピを知っている方についての情報でもいいので、教えていただけないでしょうか？」

きっぱりと言うラスクの顔をじっと見ていた店主は、やがて大きなため息を吐《つ》いた。

「確かに可能性はある。けれど、あの薬を作れたとしても、嫌なことがいっぱい起こるよ。人間なんて勝手なもんでさ、金もないのに薬を欲しがったあげくに、渡さなきゃ悪魔だなんだのって罵《ののし》るなんてしょっちゅうだ」

そんなふうに話す店主は、傷ついたような顔をしていた。きっと、過去に『嫌なこと』をたくさん体験したってことなのだろう。

「はい。僕も両親が死んだ時に理不尽な怒りを抱いたから、病気になった人やその周囲の人に理不尽に恨まれることがあるのは分かってます。それでも……病《やまい》で亡くなる人それぞれに、その死を悼《いた》む人がいるはずだ。僕は、僕みたいに悲しむ人をひとりでも減らしたい」

「……本当に、人間というのは厄介だねぇ」

店主はまたまた深いため息を吐《つ》く。

「短命で、勝手で、弱くて、浅はかなくせに、自分の実力もわきまえずに他人を救おうとするんだから。まったくもう、自分の命さえろくに守れないくせに」

その声には心配といらだちが同じくらい含まれている。

顔見知り程度の関係だってのに、ラスクを心配するなんて、この店主だって随分とお人好しだ。

なんだか嬉しくなって、俺は店主に宣言した。

「ラスクの命は俺が守るから大丈夫だ」

店主は目をすがめて俺を見て、眉間に皺《しわ》を寄せた。まるで実力を測られているようだ。

「……まぁ、お前なら大丈夫か」

そう言われてちょっとホッとする。

「任せてくれ。ラスクのためならまだまだ強くなるつもりだ。そんじょそこらの奴には絶対に負けねぇ」

「その言葉を信じよう。私がレシピを教えたばかりに命を落とす若者をもう作りたくないのだよ。不思議なことにね、人間は善人ほど死にやすいんだ」

店主が凄《すご》く寂しそうに笑う。『嫌なこと』が、思ったよりも悲しく重たい出来事だったのだと分かってしまった。

「……肝に銘《めい》じる」

「頼んだよ。……では、レシピの一部を教えよう」

「本当ですか!!」

ラスクが目を輝かせて喜ぶ。俺はぶっちゃけ、ちょっと不満だ。

「なんだよ。あんなに勿体《もったい》ぶったくせに、一部かよ」

「ディエゴ！　それでももの凄《すご》く貴重な情報なんだよ。失礼なこと言わないで」

ラスクに怒られてしまった。

「ごめん……」

しゅんとする俺を見て、店主が楽しそうに笑い出した。

「やれやれ。大きな形《なり》して尻に敷かれているのか。そんなにしょぼくれたしっぽをされると、こっちが落ち着かない」

笑われたのは不本意だが、さっきまで悲しげだった店主がちょっと楽しげな雰囲気になったから、まぁいいか。

「故郷から離れた者はね、レシピの一部しか話せないのさ。そういう掟《おきて》があるのだよ」

「掟《おきて》か。なんかエルフっぽいな」

「エルフっぽいってどういう印象なんだか」

「なんか長く生きてる種族って、気難しくて決まり事が多そうだ」

「違いないねぇ。私が教えてあげられるのはレシピの一部とエルフの森のありかだけ。そこに辿《たど》り着《つ》けたなら、レシピの残りと一番大切な素材が手に入る、かもしれない」

「そんな重要な情報を教えていただけるんですか……？」

「信頼に足る者になら、教えて良いことになっているのさ。お前たちは悪用しないと信じるよ」

「あ……！　ありがとう、ございます……!!」

店主もなかなか目が高い。

そして、感動したような顔で目に涙を浮かべるラスクは可愛い。

「私の故郷はここからは随分遠い場所にある。人が普通に歩けば一年は軽くかかるだろう。間に合わないよ。それでも知りたいかい？」

「勿論《もちろん》です……！」

「大丈夫だ。それなら俺がラスクを乗せて走れば、二ヶ月もかからねぇ」

「辿《たど》り着《つ》いたとしても、私の仲間に気に入られないと、森には入れないかもしれないよ？」

「はい……！　覚悟の上です」

「待て待て待て！　森に入れないかも、ってどういうことだ」

「私たちの故郷はならず者に何度も襲撃されたからね。結界があって普通には入れないのだよ。村のエルフは森に入ったお前たちの動向を監視して、村に入れて良いものか判断するだろう。その許しがなければ延々と森で迷うだけだ」

「マジかよ」

「仕方ないことだと思うよ。それでも僕は、可能性があるなら賭けてみたいんだ」

「ラスク……」

「ワガママ言ってごめん。でも、黒ルゲア病に効く薬が作れる可能性があるのなら……僕はどうしても知りたい」

そんな真剣な目で見上げてくるのはずるい。俺だってラスクの望みはなんだって叶えてやりたいんだ。そんな目で見られて言えることなんて、一つだけ。

「分かった。俺はラスクがいいならそれでいい。一緒に行こうぜ」

「……！　ありがとう、ディエゴ……！」

「ラスクと一緒なら、森で一生迷っても別にいいしな」

俺がそう言うと、ラスクは困ったように笑う。

「さすがに何年も迷う時間はないよ。その場合は他の手段を探す」

「ま、そりゃそうだろうけど、つまり今後どうなったって俺は問題ないってこと。だってラスクと一緒なら、多分どこにいても俺は幸せだ」

彼は目を丸くした後、嬉しそうに笑ってくれた。

「……うん、僕も」

俺を見上げてにこにこするから、めちゃくちゃ嬉しくなる。

「でも、師匠やヤクルさんのためにも、町の皆のためにも、なんとか秘薬を手に入れたいんだ」

「そうだな！　皆生きてて、笑ってくれるほうが絶対にいいもんな！」

爺ちゃんたちの優しい笑顔を思い出して、俺のしっぽもついつい揺れる。ラスクはそれをじっと見つめ続け、やがて決然と顔を上げた。

「僕もディエゴも、最終的に辿《たど》り着《つ》けなくても決して後悔しません。どうかレシピの一部とエルフの森のありかを教えてください」

きっぱりと言ったラスクににっこりと笑ってみせた店主は、なぜか店の奥へ入る。

「実は私はね、もう思い出せないくらい昔にエルフの森を飛び出してきたんだ。せっかくだから、いいものをあげる。この守り石を大切に持っていくといいよ」

「……はい！」

「ついでにお土産も持っていってもらおうかな」

「いいぜ、ついでだしな」

「ありがとう。私の名はミーフェン。里の者に会ったらこの名を告げて私の守り石を見せてやってくれ。少しは信用してもらえるだろう」

どうやら家出小僧だったらしい店主はいたずらっぽくそう言って、ついに秘密の情報を教えてくれたのだった。

13、【ラスク】エルフの森を探して

ミーフェンさんからエリクサーの情報を入手した翌日。

僕とディエゴは急遽《きゅうきょ》エルフの森に向けて旅立とうとしていた。

これまでに師匠からもたくさんレシピを学んだし、長旅に耐えられるように頑張って体を鍛えた。以前の僕からは考えられないくらい頑丈になったと思う。

背だってちょっと伸びたし、筋肉も結構ついて基礎体力も増えた。ひょろひょろのもやしっ子だった僕も、冒険者を名乗っても笑われないくらいには鍛えられたはずだ。自分で言うのもなんだけど、今の僕は頼りになる。

ところが——

「ラスク、これも持っていったほうがいい。かなりの距離を歩くから、足を守るのは大事だよ」

「ありがとうヤクルさん」

「あと、えーっとアレはどこに置いたかな」

旅立ちの挨拶《あいさつ》に行った僕たちに、ヤクルさんが次々と色々なものを渡してくる。かれこれ二時間くらいこのやり取りを続けていた。

「ヤクル、ラスクももういい大人なんじゃ、大概にせい」

「でも……」

お師匠さんが呆れた顔で止めてくれるけど、それでもヤクルさんは心配そうに僕を見る。

ヤクルさんや師匠とは僕がまだ子どもだった頃からの知り合いで、孤児院にもよく顔を出してくれていたのだ。ひ弱だった僕を知っているから、どうしても心配になるのだろう。

ありがたくて、なんだかあったかい気持ちになる。

「ヤクルさん、僕、ヤクルさんが作ってくれた薬草セットも、師匠がくれた図鑑とレシピ集もちゃんと持ったよ。たくさん心配してくれてありがとう」

「ラスク……！」

「大丈夫だ。俺がちゃんと守るし、ちゃんと無事に連れて帰ってくる」

「……うん、本当に頼んだよ」

ヤクルさんはまだ心配そうな顔をしていたが、ついに送り出してくれるようだ。

「やれやれ、ヤクルがこんなに心配性だとは思っておらなんだな」

師匠が苦笑するが、僕も同じ思いだ。いざ出発するとなったらヤクルさんがこんなに不安そうにするなんて予想もしなかった。

「ヤクルさん、僕……本当に無茶はしないように気を付けるから」

そう言ってみたけど、やっぱりヤクルさんの目には心配の色が濃く浮かんでいる。

「じゃあ、行ってきます！」

少しでも安心してもらおうと思って元気良く言うと、彼はハッとしたように僕を見た。

「……そうだラスク、口開けて」

言われるままにぱかっと口を開けたところに、何かを放り込まれる。

それは、とっても大きなアメだった。かなり大きくてほっぺがぷくっと膨れる。ほんのり甘くて清涼感があって美味《おい》しい。

「これはね、体力をじわじわ回復してくれるアメだよ。旅路がつらくなったら口に含むといい」

「ありがとう、ヤクルさん」

まだ一歩も旅に出ていないのに、さっそく一個食べちゃってるのがおかしくて、ついつい笑顔になる。僕が笑うとヤクルさんも表情を和《やわ》らげて、アメをたくさんくれた。そして慈《いつく》しむみたいな優しい顔で微笑《ほほえ》む。その目尻にちょっと光るものがあって、ジーンと僕の胸がうずいた。

本当に僕を大切に思ってくれているんだな……僕まで涙が込み上げてくる。

「絶対に薬のレシピを持って戻ってきます。師匠、ヤクルさん、本当にありがとうございます」

「ああ、行っておいで」

「頑張って。でも無理だと思ったら後退するのも勇気だよ」

「はい……！　行ってきます」

「ふたりとも、ありがとな！」

そうして師匠とヤクルさんに見送られ、僕とディエゴは旅立った。

僕が住んでいた町の周辺は強い魔物は少ない。のどかな草原をてくてくと歩きながら、僕はちょっとしんみりしていた。

ヤクルさんの心配そうな顔を思い出すとなんだか込み上げてくるものがある。くすんと鼻をすりつつ隣をちらっと見ると、ディエゴはご機嫌にしっぽをフリフリと揺らしていた。

「ディエゴ……ご機嫌だな」

「んー？　ああ、さっきのヤクルを思い出してたんだ。まるで口うるせぇ母ちゃんみたいで面白かったよな！」

にかっと笑ってそんなことを言うので、僕まで笑ってしまう。

「そんなこと言ったらヤクルさん泣いちゃうよ？　心配してくれてるんだ」

「ん、分かってる。エルフの店主も色々持たせてくれたし、町の皆も色々くれたし、俺たち恵まれてるよな」

ディエゴのしっぽがさらにフリフリと元気良く揺れる。

そう、僕たちは店主さんや町の人たちからもたくさんの餞別《せんべつ》を持たされていた。

店主さんがくれたのは、途中の旅路で役立ちそうなものと、エルフの森に辿《たど》り着《つ》けた場合のエルフさんたちへの手土産など、珍しいものばっかり。

そして旅に出ることとしか伝えていない町の人たちからは、「寂しくなるねぇ」「道中で食べな」「そんな装備じゃすぐに死ぬぞ」という言葉と共に食べ物や防具を貰《もら》った。

ディエゴのマジックバッグすらパンパンになるくらいで、僕たちは新たにマジックバッグを買い込んで町を出たのだった。

「ラスク、もう涙、止まったか？　天気もいいしもうちょいこのまま歩いてもいいけど、先を急ぐんだ、涙が止まったなら狼《おおかみ》になって走ったほうがいい」

「そりゃそのほうが速いのは知ってるけどさ、僕を乗せて走るの、大変じゃない？　まだ旅に出たばっかりだし、あんまり無理させるのもな、って思うんだけど」

申し出はありがたいものの、ディエゴにばかり無理させたくはない。

だいたい僕なんて戦うこともできないし、ディエゴにおんぶに抱っこなのが正直、申し訳なかった。そもそもディエゴは僕のワガママに付き合っているだけなわけだし。

ところが、ディエゴは小首を傾《かし》げてこう言った。

「どっちかって言うとちんたら歩くほうがダルい」

「え……」

「走ったら二十倍くらい速いし、人が普通に歩けば一年は軽くかかるって言ってたけど、俺が本気で走れば二ヶ月かかからねぇどころか、もしかしたら一ヶ月くらいで辿《たど》り着《つ》くかもしんねぇぞ」

「僕が乗ってても？」

「前も言ったけど、むしろやる気出るから全然平気。このところラスクも乗るのが上手《うま》くなってるしな。ラスクが嫌じゃないなら走りたい」

「じゃあお願いします」

「おう！」

一瞬で獣化したディエゴは、ぶるぶるっと体を震わせる。

「わふ！」

嬉しそうに僕を見上げて、すりすりと頭を擦《こす》り付《つ》けてくるのは、やっぱり可愛い。

頭をよしよしと撫《な》でてから、しゃがんで首に抱き付き、背中やら腹やらもわしわし撫《な》でてやる。

ディエゴのしっぽがめちゃくちゃに暴れ出した。

「じゃあ、よろしく頼むな」

「わふ！」

任せておけ、と言いたげなディエゴの声に、こっちまで楽しくなる。

実はここ数ケ月で装備も結構補充した。毎日のように魔物と戦っているディエゴの分は勿論《もちろん》、手に入る最高のものを揃えてあるし、僕の分の防具も結構買い足したんだよね。

通常はディエゴの背に乗っているだけだといっても、風の抵抗や冷たさに堪《た》えるためには僕の防具も大事だ。ゴーグルで目を保護するのを始め、革の手袋で手を、マントで体を、帽子で頭を守れば、かなりスピードを出しても堪《た》えられる。

ディエゴの背中に使い慣れてきた柔らかな鞍《くら》をセットした僕は、その背中にひらりと飛び乗った。

ふさふさの胸部には動きを邪魔しない胸懸《むながい》を取り付けている。もう無駄に毛を引っ張ることもない。太くてふさふさの首にぎゅうっと抱き付いて、ディエゴの耳にそっと囁《ささや》いた。

「ディエゴが走りやすい速さで走っていいからね」

「わふっ‼」

嬉しそうに一声吠《ほ》えて、ディエゴが風を切って走り始める。

さっきまでは柔らかな日差しの中で、のどかな草原をてくてく歩いていたのに、一気に景色が流れ始めた。いつもながら凄《すご》いスピードだ。

ゴーグルをつけたおかげで、どんなに風が強くても流れゆく景色がはっきりと見える。

「ラスク、乗るの上手《うま》くなった！　ひとりで走るのといっしょ」

「良かった。いつもディエゴが僕を乗せてあちこち行ってくれるおかげだな」

いつの間にか僕もディエゴもこうして一緒に走るのに慣れ、全速力で走りながらでもちょっとした会話ができるほどになっていた。

今や最初にディエゴと走った時とは比べものにならないくらい速く走れる。あの時は随分とディエゴが気を使って手加減していたんだと思い知った。

流行病《はやりやまい》がこの国に上陸する前になんとか薬を間に合わせたいという僕の気持ちを汲《く》んで、その脚力を存分に発揮してくれているんだと思うと、ディエゴの優しさが胸にしみる。

僕は本当に、優しくて頼りになる伴侶を得たんだと実感した。

あれだけ出がけにもたついたのに、昼になる前にはディエゴが拠点にしていたルコサの町を通り抜け、森も川も飛び越えて、夜になる頃には三つくらいの町を通り過ぎている。

ディエゴ、凄《すご》い。

日がすっかり落ちて周囲に何があるのか人間の僕の目には見えないくらい真っ暗になると、ディエゴはさすがに上がってきた息の合間に言った。

ちなみにディエゴは獣化したまま話すのに随分慣れてきたらしい。

「ラスク、この先、また町がある」

「そう、なんだ……」

さすがに僕も疲れ切っている。声に元気がなくなっていた。

「つい走りすぎた。ごめん」

「ううん、凄《すご》く頑張ってくれてありがとう。町で宿を取ろう」

もうあんまり入らなくなった手に頑張って力を込めて、ぎゅうっと彼を抱きしめる。

森を抜けると、遠くに煌々《こうこう》とした明かりが見えた。

「町だ……」

「おう、アクエガロって町だ」

そう言っている間に町に着く。

門に近づく前に人型に戻ったディエゴがうーん、と大きく伸びをした。

「お疲れ様！　ディエゴ、凄《すご》い距離走ったね」

「ラスク、大丈夫か？」

「さすがに手がしびれてるけど、僕は乗ってるだけだから」

「馬に乗るのだって疲れるのに、一日走りっぱなしはきつかったよな。明日は気を付けるから、ごめんな」

僕を背に乗せて一日走っていたディエゴのほうが絶対に疲れているはずなのに労《いた》わってくれるのが、本当に優しいと思う。

「この町はさ、飯が結構美味《うま》いんだ。確か薬屋も多いはずだから、飯食って店回ってから宿屋でゆっくり寝ようぜ！」

「ディエゴ……」

なんでディエゴが頑張ってこの町まで走ってくれたのか、はっきり分かった。少しでも僕が効率よく情報を入手できるように考えてくれたんだ。

「どうした？」

僕がじっと見上げていたからか、ディエゴが小首を傾《かし》げる。

「いや、ディエゴのこと、ほんと好きだなって改めて思った」

「え⁉　ラスク、ほんと⁉」

耳がピンッッッと立って、忙《せわ》しなくしっぽが動き始めた。

「あはは、可愛い。大好き」

「ラスク～～～っ‼」

思いっきりしっぽを振って抱き付いてくるおっきなワンコを見ていると、疲れていたはずなのに体の奥から元気が溢《あふ》れ出《で》てくる。

「ディエゴのおすすめの店、教えて。すっごい楽しみ」

「任せとけ‼」

ディエゴおすすめのお店で美味《おい》しいご飯を食べて、いくつもの店で情報収集をしつつ買い物をした後、宿屋のお風呂でディエゴを丸洗いしてから抱き合って眠る。

強行軍で結構大変なはずの旅は、思っていたよりもずっと楽しくて幸せなものになった。

ディエゴのおかげで大変ながらも楽しい旅は、すこぶる順調に進んでいる。

流行病《はやりやまい》とのスピード勝負なこともあって、ディエゴは毎日早朝から日が暮れるまで走り続けてくれていた。本人は全然問題ないと言っているものの、背中に乗っているだけの僕だってかなり疲れているのだから、平気なわけがない。

それでも僕お手製のポーションと疲労回復薬とで回復しつつの強行軍だ。

本当に一ヶ月も経たないうちに、エルフの森のほど近くにあるという村に辿《たど》り着《つ》いた。

ディエゴは本当に凄《すご》い。

全力で褒めた僕に、ディエゴはきょとんとした顔で「別にたいしたことじゃないぞ？」と言うばかり。そして、「ラスクが嬉しいなら俺も嬉しい！」と、しっぽをパタパタしてニカッと笑ってくれるのだから、本当に男前だ。

ただ、残念なことにエリクサーの情報はこれまでさほど入手できていない。

「この薬草は初めて見ました……！」

それでもさすがエルフの森に一番近い村。僕が見たこともない薬草をいくつも売っていた。

この近辺の村には、近くにエルフの森があるらしいという言い伝えもある。いよいよ森に近づいているという実感が湧いていた。

「ラスク、良かったな！」

「もしかして、むかしむかしにエルフから知識を得たのかもしれないね」

「あっはっは、お客さん！　そんな噂、まだ信じてるのかい？」

思わず呟《つぶや》いた僕を、薬屋の店主のおじさんが豪快に笑い飛ばす。

「もしかしてエルフの森でも探しに来たんかね？　ないない、そんなのぁ、おとぎ話だ」

「そうなんですか？　ここに来るまでにいくつかの村でエルフの森の噂を聞いたんで、もしかしてこの辺にあるのかな、って話してたんですけど」

当のエルフから情報を聞いたなんてことは、おくびにも出さない。

「あー、この辺にもそんな言い伝えはあるけどなぁ、見つけた、なんて話は俺のひい爺ちゃんのひい爺ちゃんの代まで遡《さかのぼ》ったって聞いたことがねぇ。あんなんガセだぁ」

「そっか、残念だな。でもこの辺りって珍しくて質の高い薬や変わった薬草がたくさんあって、凄《すご》く楽しいです」

「おっ、お客さん、その仕事道具……薬師かい？」

「はい。僕はいつか伝説の薬、エリクサーを作れる薬師になるのが夢なんです。この辺りは面白い薬草がたくさんあるので、夢に一歩近づいたような気分になるんですよね」

「エリクサーか！　エルフとおんなじくらい眉唾《まゆつば》だと思うがねぇ」

「よくそう言われます。でも僕、両親を流行病《はやりやまい》で亡くしてるんで、どうしても諦《あきら》められなくて。せっかくならエルフさんに会えれば、もっと色んな薬の話が聞けるかと思ったんですけど」

「あー、そりゃあ会いたくなる気持ちも分かるがね。それにしてもまさかお客さん、エリクサーを探して旅をしてるのかい？　そんな大層な護衛までつけて……よもや高名な薬師とか、べらぼうな金持ちとかなのかい？」

真面目な顔でそう聞かれて、僕は笑ってしまった。

「俺は護衛じゃなくてラスクの番《つがい》だ」

「えっへん！」とでも言いたげにディエゴが胸を張って言う。僕はますます笑った。

「僕はまだまだ駆け出しの薬師なんですけど、ディエゴはA級冒険者なんで、こんなふうにあちこち連れていってくれるんです」

そう正直に話すと、店主のおじさんがまたも豪快に笑う。

「おおーA級か！　頼りになる旦那で良かったなぁ」

「はい、本当に頼りになるんです」

僕の横でディエゴのしっぽが「ブブブブブブブ！」と高速で揺れているためイマイチ格好がつかないけど、店主のおじさんがいっぱいオマケしてくれたから良しとする。

「ありがとうございます！　お礼にこれ、貰《もら》ってください」

あんまりにたくさんオマケしてもらったので、お礼にこの辺りでは見かけない薬を渡した。

「おっ？　なんだこりゃ」

「疲労回復薬なんですけど、保湿効果もあるしお風呂に入れたら全身ぽかぽかになって眠りが深くなるんです。こういうのは、この辺りでは売ってないみたいだから」

「へぇ、どんな素材を使ってるか、聞いてもいいか？」

「はい。割と普通の薬草ですけどね。ラップル草三、クマークの枝一、ズシの実二、ロサル粉四で主に乾物を使います」

「なるほど、面白い」

一気に真面目な顔になった店主のおじさんは、僕が渡した粉薬を真剣に見つめる。混ぜ合わされた粉の粒子まで見極めようとしているようだ。

「……駆け出しなんて言ってたが、いい腕だ」

「本当ですか！　ありがとうございます」

「ちょっと待ってろ」

なぜか店の奥に入っていったおじさんは、しばらくすると、神妙な顔で戻ってきて太い腕をズイッと僕のほうに突き出した。

「やる」

チリン、チリン、と涼やかな音を奏でる可愛らしい鈴が、僕の手のひらに転がり落ちる。

「鈴……？　可愛い」

「そいつぁ『エルフの呼鈴』って言ってな、むかーしむかし、エルフに会いたい時に使ったって言い伝えがあるんだよ」

「えっ、そんな貴重なもの……！」

「言い伝えがあるってだけだ、ヨタ話さ。俺も何回か使ったこたぁあるけどよ、エルフなんざ会えた試しがねぇ」

試したんだ。ちょっとびっくり。

むくつけき大男のおじさんが、エルフに会いたくてこの可愛らしい鈴を持って歩いたのかと思うとなんだか微笑《ほほえ》ましい。

「昔はエルフを探して相当森が荒らされたらしいからな、もしいたとしても、人間になんか会いたくねぇんだろうとも思うんだが……もしかしたらってことがあるからな」

「ありがとうございます！」

「言い伝えじゃ、あっちに見えるあの森、ちょっと木が盛り上がったあの辺りにエルフの村があるんだとさ。ま、辿《たど》り着《つ》いた奴なんざいないがな……会えるといいな」

「ありがとうございます！　行ってみます！」

「魔物も多い。死ぬなよ」

「大丈夫だ、俺が守る」

ディエゴが力強く請け負《うお》ってくれて、僕たちは店主のおじさんに見送られて村をあとにした。

14、【シュレル視点】森に訪れた珍客

その日。

森を巡回するボクの耳が、随分と久しぶりに涼やかな音を捉《とら》えた。

「珍しいな。あの音、呼鈴じゃないか？」

「また人間か。呼ばれたって行くわけないのに、まったく懲《こ》りないな」

一緒に巡回していたルフが、嫌そうに眉をひそめる。ボクも完全に同意だ。

「だよね。行くわけないし、絶対にボクらの里には入れないっていうのにさ、まったくご苦労なことだよ」

ボクらの里に辿《たど》り着《つ》けないように、この森には迷いの魔法と結界があちこちに張《は》り巡《めぐ》らされている。人間がいくら探したって、ボクらの村には入れないようになっているのだ。

この森にエルフの里があるという伝承は未だに人間たちに語り継がれているようだけれど、散々迷って結局は諦《あきら》めて帰っていく人間たちによって、そんな里なんてないとやっと浸透してきたみたいだ。

おかげで訪ねてくる人間が減ってきたなと思っていた矢先なのに、人間はなかなかにしぶとい。

「ほっとこうぜ」

「いや、待て。なんか違う……」

「何がだよ」

「ミーフェンの魔力を感じる」

「ミーフェン？」

随分と久しぶりに聞く名前だったため、思わず聞き返した。二百年も前にこの森を飛び出していった同胞の名前だ。

「ミーフェンってあの……人間の町に行くって出てったアイツか？」

生きていたのか、という言葉は呑み込む。

人間はボクらの森を荒らして幾人かの同胞を連れ去ってしまった。ボクや多くの同胞にとっては忌《い》むべき存在だ。

なのにミーフェンはそんな人間に興味を持って、この森から出ていったのだ。

弱いくせに妙に知恵の回る、狡猾《こうかつ》で欲深い人間という種族。

そのただ中にひとり飛び込むなんて、命を捨てるようなものだ。搾取《さくしゅ》され、いいように扱われて命を落としたのだろうと思っていた。今になってその名前を聞くだなんて。

「そうだ。そのミーフェンの魔力だ……！」

ルフがそう言いつつ木々の枝を素早く渡る。あまりにも速くて、ボクですらついていくのがやっとだ。

「まさか、ミーフェンが来ているのか……？　いや、それにしては魔力が弱すぎる」

焦《あせ》るように呟《つぶや》きながら駆けていくルフの背中を追いながら思い出す。

そうだ、ルフとミーフェンは親友だった。

そのルフにさえ別れを告げず、突然出ていったミーフェン。彼がいなくなった後、ルフはかなり憔悴《しょうすい》していた。しばらく人里に降りてその消息を尋ねていたが、結局その行方を知ることはできなかったと聞いたことがある。彼が焦《あせ》るのは無理からぬことだろう。

「いた……！」

ルフの視線の先にいたのは、人間と……獣人？

「やっぱりミーフェンじゃない……！」

「どういうことだ？」

ルフの隣で見下ろすと、人間と獣人からエルフ特有の魔力が感じられる。これがミーフェンの魔力なんだろう。不安がボクの胸をよぎった。

目をすがめてじっとふたりを睨《にら》んでいたルフが、ぽつりと言う。

「あいつ、ミーフェンの守り石を持ってる」

「守り石を……？」

守り石は、エルフが生まれた時に両親から授《さず》けられ、生涯持ち続ける大切なものだ。ずっと身につけているからこそ本人の魔力を取り込み、力を強めていく……そうやすやすと他人に貸すものじゃない。

つまりは……

嫌な想像に、胸の中心がキュと絞られたような気分になった。

「シュレル、お前は里に戻って長老に報告してくれ」

言うが早いか、ルフが一瞬で目の前から消える。

「あっ！　おい！」

なんと、枝から飛び下りてあの人間たちの前に飛び出した。

「バカ！」

思わずボクもルフのあとを追う。

「貴様ら！　その守り石はどこで手に入れた！　ミーフェンをどうした！」

「うわ！」

「おーエルフだ。すげえ」

「あ、こんにちわ」

「ミーフェンをどうしたと聞いている！」

なんだこれ、カオスだ。

ルフは今にも殴りかかりそうなくらいにビリビリしているのに、対する人間と獣人は平和そうな雰囲気だ。

「ミーフェンって言ってるよ。もしかして店主さんの知り合いなのかな」

「じゃねえか？」

「貴様ら……！」

「待て、ルフ」

これまでエルフの里を襲おうとした人間たちとは違う、穏やかな空気。ボクたちエルフを見ても、興奮はおろか、驚いてすらいない。

しかもミーフェンと知り合いであるかのようだ。

ボクは彼らに興味を持った。

「落ち着け、ルフ」

「落ち着いていられるか！」

「あ、お土産渡してくれって頼まれたんだけど、アンタたちでいいのか？」

すでに怒りの空気をまとっているルフにはお構いなしで、獣人がマジックバッグから次々に何かを取り出す。その途端、ルフの顔色が明らかに変わる。

「それは……！　貴様、それをどこで……！」

眉毛をつり上げて獣人に詰め寄るルフ。だが、獣人はなぜか楽しそうに笑った。

「おんなじエルフでもアンタは表情豊かだな！　店主とは全然違う」

「店主？」

「ディエゴ、ちゃんと説明しなきゃダメだろ。すみません、僕たち、ミーフェンさんが営《いとな》んでいる薬局の常連で……ミーフェンさんからここを教えていただいたんです」

「ミーフェンが？」

「ミーフェンって名前を言って、これを見せたら信用してもらえるって聞いたんですけど」

そう言って、人間のほうが懐《ふところ》からミーフェンの守り石を取り出してルフに差し出す。その横で、獣人もさらに何やら取り出した。

「あと、ルフって奴に……あれ？　アンタさっき、ルフって呼ばれてたか？」

「ルフって奴に？　ミーフェンからなんて言われたんだい？」

目を見張って息を呑むルフに代わって、ボクが答える。

「ルフって奴にこれを渡してほしいってさ」

ひと抱えもある透明な壺になみなみと入っている黄金色からは、甘い甘い水蜜桃《すいみつとう》の香りが漂《ただよ》っていた。森中の蜂《はち》やら蝶《ちょう》やらが集まってきそうだ。

「水蜜桃《すいみつとう》の、ジャムだ……」

ルフが呆然と呟《つぶや》く。

「ルフって奴の好物なんだってさ。あと、ごめんなって伝えてくれって」

急に大人しくなったルフを見る。

ボクにだって分かった。彼らがミーフェンの使いであるのは確かだ。

「それで？　君たちの目的は？　ミーフェンから何を頼まれた？」

「頼まれたのはさっきの伝言と里の皆さんへのお土産だけです」

ボクの質問に、人間は急に緊張した面持《おもも》ちになる。彼らは単にミーフェンの使いで来たわけではないと、察せられた。

「では、君たちの目的は？　言っておくが同胞の使いとはいえ、里に入れる気はない。人間には何度も騙《だま》され、煮え湯を飲まされているからな」

「……そうだな、あいつが騙《だま》されている可能性もある。事《こと》と次第によっては容赦《ようしゃ》なく排除する」

ボクたちの厳しい視線を受けて、麦わら色の髪をした人間は、さらに頬を緊張させた。一方の獣人はそれでもしれっとした顔だ。

「里に入りたいワケじゃねぇから別にいいけど」

「……実は、エルフの里に伝わる秘薬の情報をお聞きしたくて」

「話すことなど何もない。帰れ」

即答した。

やっぱり人間というのは油断ならない。ミーフェンをどう言って懐柔《かいじゅう》したのか知らないが、無害そうな顔をしてなかなかしたたかな男だ。

「ミーフェンの奴、なんでこんな人間に森の場所を伝えた上に、守り石なんか……！」

悔《くや》しそうにルフが呻《うめ》く。その気持ちが痛いほど分かった。

「ミーフェンさんは最初、秘薬のこともこの場所のことも秘密にしていました。でも、僕がどうしてもとお願いしたんです。黒ルゲア病が蔓延《まんえん》する前に、病《やまい》に対抗できる薬が欲しかったから」

「黒ルゲア病……またか」

ボクもルフも思わず嫌な顔になる。

黒ルゲア病は定期的に猛威を振るっては人間の数を大幅に減らす強力な伝染病だ。他の種族に甚大な被害が出たとは聞かないから、多分人間という種に特化して作用する病《やまい》なんだろう。ボクらが恐れる必要はない。

ただ人間にとっては死病。今、この男が必死になっているように、過去の人間たちも病《やまい》と闘うために薬を求めた。

それが、ボクたちエルフの生活までも脅《おびや》かすことになるのだから業が深い。

大昔には彼のように薬を求めて来た者に薬を授《さず》けたり、レシピを教えたりしたこともあったようだ。無論、ボクたちエルフは純粋な心で薬を求めた者にしか薬やレシピを授《さず》けはしない。けれど、薬を手にした幾人かは、薬を巡《めぐ》っての争いに巻き込まれ早々に命を落としたと聞く。

エルフに認められるほど純粋な善人など、悪人に利用されるのが世の常なのだ。

善人の犠牲の上で薬の噂やレシピを手にした悪人たちは、情報と素材を得るためにこの森に押しかけ、森を荒らし同胞を連れ去った。

あれから何度、人間たちの襲撃を受けたことか。二度とそんな轍《てつ》を踏みたくはない。

「僕は薬師です。今ならまだ間に合うかもしれない。僕も両親を黒ルゲア病で亡くしています。なんとか、多くの命が失われる前に手を打ちたいんです……！」

「悪いが、薬の情報など与えられない」

「薬は災厄《さいやく》を呼ぶ。オレたちはもうこの森や里を危険に晒《さら》したくはないし、貴様らにとってもむしろ薬の情報など命を縮めるものにしかならん」

「それは、ミーフェンさんにも言われました。危険だとしても、僕は諦《あきら》めたくない」

「大丈夫、俺が守る」

まっすぐな目をした人間。昔々、こんな目をした人間を幾人か見たことがある。……すぐに死んだけどね。

「レシピを知ったところで、お前が作れる薬の数などたかが知れている。病《やまい》にかかる人間のほうが何倍も何十倍も多く、それは増える一方だ。足りぬ薬を巡《めぐ》って人は争い、病《やまい》にかかっていない者まで、その薬のせいで死ぬんだぞ」

「……っ」

ルフは悲しそうな顔でそう言った。

「ミーフェンは少なくとも、お前たちを気に入ったからここに寄越したんだろう。さすがにお前たちに死なれると寝覚めが悪い。諦《あきら》めてくれ」

感情が落ち着いてきたのだろう、その口調は優しい。

でも、せっかくルフが優しく言っても人間は諦《あきら》めていない。元来、人間というものは諦《あきら》めが悪く強情なのだ。

ボクは一つため息を吐《つ》いてから、重い口を開いた。

「……そもそもね、ボクたちに伝わる秘薬は毒素を中和する薬だから、病《やまい》の元を排除するには向いていないのだけれど、ダメージを受けた体を回復させるわけではないのだよ」

「シュレル!?」

「これくらいは大丈夫だろう。ちゃんと教えてあげないと、彼は諦《あきら》めないよ」

「だが」

「だから、すでに大きく体を損なっていたり体力を使い果たしていたりする場合には、毒素はなくなってもそのまま死に至る場合もあるのだ。薬師なら分かるだろう、薬は万能ではない」

「毒素を取り除いた上で回復薬も使えば……」

「その者の疲弊度《ひへいど》にもよるだろうが、回復する見込みが高いね。だが、それを用意する金などない者がほとんどだ。それに、感染が広がればそれをいちいち見極めて適切に薬を与えていくなど、薬を作りながらできるものではない。圧倒的に手が足りぬ」

「そうですよね……」

人間の考えるそぶりに、少し安心する。

闇雲にただよこせというタイプではないらしい。

「黒ルゲア病は空気感染だとも言われている。患者を隔離してもいつの間にかあちらでもこちらでも噴き上がり、その波を止めるのは不可能だよ。人間にできるのは、病《やまい》が満足して去るのを待つことだけだ」

「空気感染……」

またも人間が考え込む。

「そうか、空気感染なら……！」

そう呟《つぶや》いて顔を上げた。

「じゃあ、その秘薬を気化させて、空気中に撒《ま》いたら？」

「は？」

「貴方が秘薬が毒素を中和すると言った。ひとりひとりに処方しようと思うからいけないんだ。空気中の毒素自体を中和してしまえばいい」

「ラスク、天才‼」

とんでもないことを言い出す人間を、アホそうな獣人が脳天気に褒め称える。

「空気中に広く薬を撒けば、病を得た人にも自然に薬が取り込まれるんじゃないですか?」

ボクとルフは顔を見合わせた。

「そんなことが可能なのか……?」

「いや、聞いたことがない。そもそも、薬を気化させて空中に撒くなんてできるかどうか」

「僕、できます! 使える魔術は少ないんですけど、これと拘束魔術だけは得意で」

「あれ便利だよなぁ。近づかなくてもポーション使えて、ラスクが危険に晒されないのがすげぇいい」

「ポーションを……?」

思いもかけないことを言われて言葉を失うボクらの前で、ラスクと呼ばれたその人間は、ポーションの蓋を開けて本当にそれを気化し、風を起こして周囲にばら撒き始めた。

ただでさえ生き生きと元気のいい森の木々が、ツヤツヤと輝きを増して喜んでいる。

「まさかこんなことが」

「風を起こしているのもお前なのか?」

「はい。風の流れを変えることで、広範囲に散布することも、効果を凝縮させて特定の人物に届け

295　拾った駄犬が最高にスパダリ狼だった件

ることもできます」

なんと……！　風を操ることに長《た》けたボクたちエルフでも、こんな使い方は考えたことがなかった。

いや、必要がなかったと言うべきか。ポーションなどに頼らずとも、治癒は魔術で簡単にできるからだ。

「これは……確かに、完全ではないかもしれんが、かなり効果が期待できそうだ」

ルフの呟《つぶや》きにボクも完全に同意だ。

人間という種族にも面白い奴がいるものだ。それでも安易に秘薬のことを教える気にはなれない。

「だが、そんなことをしても誰にも感謝すらされないぞ。薬を作るための材料費はべらぼうにかかるのに、それを回収する手立てがないだろう」

この男に薬のことを教えたところで、きっと悪人に搾取《さくしゅ》されるだけなのだから。

「人間とは、個人の病《やまい》を治すためには金を払うが、予防や集団に施《ほどこ》される治癒には金を払わぬものだ。君は損をするだけで、なんのうまみもないぞ」

せっかく忠告してやっているというのに、なぜか男は満足そうに微笑《ほほえ》んだ。

「それってつまり誰に知られることもなく、流行病《はやりやまい》が防げるかもしれないってことですよね？」

「じゃあ面倒ごとに巻き込まれたり、命を狙われたりする心配がなくてちょうどいいな。ラスクが安全なのが一番だ」

連れの獣人までもが納得したようにしっぽを振る。

「いや、よく考えてみろよ。空気中に撒くなんざ、薬を作るために膨大な量の素材が必要だ」

「あー、大丈夫！　俺もラスクも素材の採取は得意だからな！　な、ラスク」

ボクの忠告を、脳天気そうな獣人が輝くような笑顔で一蹴した。それを肯定するように男も獣人を見上げて微笑みを返す。

「実は秘薬の素材の一部はミーフェンさんに教えていただいたんですけど、その素材だけなら二百は作れるだけのストックがあります」

「だよな！　道中で積極的に採取したり買ったりしてきたもんな！　帰り道でもおんなじようにすりゃ、倍は作れるんじゃねえか？」

「勿論、残りの素材が稀少で手に入らないということは充分にあると思っています。でも、できる限りのことをやりたいんです」

呆れた。

こいつらはかつてボクたちの里を訪れて薬を授けられた輩と同じタイプだ。無駄に行動力があって、他人から搾取されることを恐れない、バカ正直な人間。

「シュレル、しばらく彼らを見ていてくれ。長老に報告してくる」

ルフの言葉に、ボクは小さくため息を吐いた。

長老に報告してくるということは、つまり彼らに秘薬のレシピとこの森で採取できる素材を与えても良いかと許可を得に行くということなんだろう。

ボクたちエルフは、何度こうやって人間を信じては落胆するのか。

結局はこういうバカ正直なタイプの人間が、ボクたちは大好きなんだ。また悲しい思いをするかもしれないのに、こうして信じようとしている。

人間に興味を持って里を出たミーフェンをバカだ、何を考えているか分からない、と思ってきたけれど、ボクらだって充分にバカだ。

「……仕方ないか」

「行ってくる」

「あっ、長老に会いに行くんだったら、持っていってほしいもんがある！」

突然、獣人が声をあげてルフを止めた。

「……なんだ？」

「ラスク！　あれ、持ってってもらったほうがいいんじゃねぇか？」

「あっ、そうか」

ラスクという男がハッとした顔でマジックバッグを漁《あさ》る。そして、えもいわれぬ香りの茶葉を取り出した。

これは……！

「えっとこれ……ショータルページの茶葉です。長老様が特にお好きだと聞いたので……僕が文献を調べながら作ったので職人さんが作ったようには味が良くないかもしれないんですけど、ディエゴのおかげで素材自体は一級品です」

「ショータルページの茶葉か。香りも申し分ないし、これは喜びそうだ」

「喜んでもらえると嬉しいです！」

本当に嬉しそうにラスクが笑う。

その顔は朗《ほが》らかで裏表などなさそうに見えるが、長老の大好物をしっかり手土産に持ってくるあたり、やっぱりなかなかにしたたかなのかもしれなかった。

15、【ラスク視点】きっと、大丈夫

怜悧《れいり》な美貌《びぼう》の長身エルフさんが去った後、僕たちはその場に残った小柄でふわふわ髪が特徴の可愛らしいエルフさんと少しお喋《しゃべ》りできた。

彼の名前がシュレルさん、そして長老の所に行ってくれた長身のエルフがルフさんだそうだ。ルフさんはミーフェンさんの親友だったのだと聞く。

「そっか！　じゃあ町に戻ったらミーフェンにもルフって奴は元気だったたって伝えといてやんなきゃな！」

「そうだね、親友の安否はやっぱり気になるだろうしね」

そう話す僕たちを見て、シュレルさんはおかしそうに笑う。

「ミーフェンと違ってボクらはエルフの里にいるんだ、そうそう死なないよ」

「バッカ、それでも一言『元気だ』って聞くだけで安心するんだっつの。俺なんか狩りから帰ってきたら、いの一番に『ラスク、なんか困ったことなかったか？』って聞くぞ？」

「そう言えば、毎日聞いてたね……僕、基本、店番か調合しかしてないのに」

「ラスクだって俺がケガしてねぇか聞いてくるだろ？　それと一緒だ」

それはだって、ディエゴはもの凄《すご》い魔獣と日常的に戦ってくるんだから、心配に決まっている。

そんなことを話しているところに、ルフさんが帰ってきた。

「許可が下りた」

なんの許可だと首を捻《ひね》ると、「ついてこい」と促《うなが》される。

エルフさんたちは木々の間を飛ぶように走っていくから僕は早々についていけなくなって、獣化したディエゴの背に乗せてもらってあとを追う。

つくづく僕……っていうか、人間って他の種族に比べて身体能力が大きく劣るんだなぁと思い知った。

右へ左へと木々を渡り、どこをどう走っているのかちんぷんかんぷんになった頃。

突然、目の前が大きく拓《ひら》けた。

「空……」

これまでは美しい木漏《こも》れ日《び》を作る瑞々《みずみず》しい木々が立ち並んでいたのに、大きな円形の草原が現れて、目を見張る。空から光が燦々《さんさん》と降り注ぎ、色とりどりの可愛らしい花が風にそよいでいる。

「綺麗だな……」

森の中も神秘的で綺麗だったけど、この草原もすごく素敵だ。

「こっちだ」

呼ばれて行くと、ルフさんの足もとにとても小さな石碑があった。

「どれでもいい。小石を選べ」

その周囲だけ土がむき出しの場所があって、そこにたくさんの石が転がっている。僕は手を伸ばして小さくて丸い石を手に取った。

次いでディエゴが石に手を伸ばそうとすると、ルフさんがすぐに止める。

「お前は取らなくていい。薬師ではないんだろう？」

「あ、薬師にだけ必要なのか」

「そうだ。お前……ラスクと言ったか、拾った小石に魔力を注ぎ込んで、この石碑にかざせ」

「はい」

「待って」

言われるままに石を石碑にかざそうとしたのに、ディエゴに止められた。

「危険はないんだろうな」

彼は僕の前に立って、ルフさんを問い詰める。ルフさんはなぜか目を細めて微笑《ほほえ》んだ。

「ちゃんと危機管理ができるのはいいことだ」

「当たり前だ。ラスクだけ危険な目に遭《あ》うのは絶対、無理」

「大丈夫だ。長老に秘薬を伝承する許可を得てきた。この石は秘薬を作る最後の素材で、お前たちが集めてきた素材にこの石を混ぜて調合するんだが……」

そう言ってルフさんは自分も小石を手に取って魔力を込め、石碑にかざす。

「こうやって自分の魔力を通した石を石碑にかざすと、お前の魔力を石碑が認識する。そうしたらどこにいようともその小石を通して石碑の力を授《さず》かることができるのだ」

「そんなことが……！」

「ちなみにこの石が一つあれば何度でも使えるぞ」

「へぇ、便利だな」

「だろう。さあ、石碑に小石をかざして力を受け取れ」

促《うなが》されて、石碑に小石をかざす。

瞬間、小石と石碑の間に稲妻が走り、眩《まばゆ》い光が放たれた。

「うわっ!?」

「うはー眩《まぶ》しっ」

「ははは、良かったな。これでいつでも石碑の力を借りられる」

あまりの眩《まぶ》しさに目をパチパチと瞬《またた》いている僕たちに、ルフさんは楽しそうに笑う。

これまで厳しい表情しか見ていなかったけれど、その笑顔で急に親近感が湧いてくる。

ホッとしつつ手の中の小石を確認した。さっきはあんなに光っていたのに、今や普通の、なんの変哲もない小石にしか見えない。

「もう普通の小石にしか見えないよね。なくさないようにしないと」

「だな。しっかし、最後の素材がこんな特殊なもんだとはなぁ」

「うん。何度でも使えるとか、その場所から離れても恩恵を受けられるだなんて、僕も初めて聞いたよ」

「さすがエルフの秘薬ってことか。すげぇよな」

本当に凄《すご》いと思う。ミーフェンさんが最後の素材を教えられなかった理由がよく分かる。こんなの、教えられるはずがない。

エルフの森に辿《たど》り着《つ》けないならレシピを聞いたって薬を生成できないし、むやみにエルフの森に行きたがる人間を増やすだけだ。安全のためにも口外しないのは当たり前だった。

「だからレシピを全部公開することができないんですね」

「そうだ。今の時代、人間でこの石碑の存在を知っているのはお前くらいだろう。ミーフェンがこの森と秘薬のレシピを教えるほど信頼していること、秘薬を必要とする理由に加えて、自らの私財を投じて密《ひそ》かに流行病《はやりやまい》を収束させようと考えるその心ばえが評価されたということだ」

「ありがとう、ございます……！」

「裏切ってくれるなよ」

そう言ってなんだか複雑な表情を浮かべるルフさんを見ると胸が痛くなる。きっと彼らエルフは、ずっと昔にもこうやって人を信じては何度も悲しい思いをしたのだろう。

僕とディエゴは顔を見合わせて、しっかりと頷《うなず》き合《あ》う。

「はい！　絶対にこの森のことも秘薬のことも口外しません」

「俺も大丈夫だ。約束は守る」

宣言したボクたちを見上げて、シュレルさんがちょっと考え込むそぶりを見せた。そして、一つ頷《うなず》くと右手をそっと差し出す。

「あのさ、ちょっと小石を貸してくれる？　肌身離さずつけてたほうがいいけど、人目にはつかないほうが良いからね」

シュレルさんは手近な植物の蔓《つる》をちぎって僕の腕に巻き付けサイズを測ると、それを器用にくるくると編んで、あっという間に小石を嵌《は》め込《こ》んだ腕輪を編み上げた。

「はい。ここの小石は使う時には外せるから」

確かに腕輪なら、服の袖に隠れて人目にはつかないだろう。

「裏切ったら許さないからね」

「大丈夫だ」

腕輪を渡しながら僕たちを睨《にら》むシュレルさんに、なぜかルフさんが請《う》け負《お》った。

信頼してくれたのかと喜んだのに、次の言葉で僕たちの度肝を抜く。

「オレがこのふたりについていって、動向を見守ることになった」

「え⁉」

「はぁ⁉」

「なんで⁉」

僕とディエゴは勿論《もちろん》、シュレルさんまでが驚きの声をあげる。彼も全く知らなかったのだろう。

「苦肉の策ってヤツだよ」

ルフさんが苦笑する。

「秘薬のレシピをかたくなに封印してきたからこそ今の穏やかな暮らしがある。秘薬はこのまま封印したいのが本当のところだ。だが、黒ルゲア病が人間にとってどれほど残酷で恐ろしいかはオレたちも理解しているから、お前に石碑の力を授《さず》けた」

僕たちは一斉に頷《うなず》く。それはなんとなく想像がついた。

「ただ、やはり出会ったばかりのお前たちを完全に信頼するのは難しいし、お前たちの良心だけではなんともならん問題も多いからな。オレがお前たちの動向を見守り、危険だと判断したら石碑とのリンクを切るなりなんなり、それなりの処置をする」

ルフさんの覚悟を感じる瞳の強さにドキリとした。『それなりの処置』というのがなんなのか、めちゃくちゃ気になるけど、きっと聞かないほうがいいのだろう。

「何もルフが行かなくても」

「乗りかかった船だからいいんだよ。それにオレなら、この里の中でも戦闘力が高いほうだ。彼らを守るにも牽制《けんせい》するにも適任だとのお考えだ。オレとしてもありがたい話なんだよ」

心配そうなシュレルさんに、ルフさんはちょっと恥ずかしそうに苦笑した。

「へ？　なんで？」

「ずっとミーフェンのことが気になってたからな。彼らと一緒に行けば、ミーフェンと会えるだろう？　オレとしてはこれでやっと安心できる」

「あーあはは、なるほど！　じゃあ行くしかないね！」

急に面白そうな顔になったシュレルさんに見送られ、僕たちは帰途についたのだった。

ルフさんと一緒の復路は時間がかかるかと思いきや、なんとさらに時間短縮で飛ぶように景色が過ぎていった。

なんと彼は木の葉一枚の重さになれるらしく、一緒にディエゴの背中に乗ってもこれっぽっちも負荷がかからないらしい。しかも風の魔術で走る速度をアシストしてくれるものだから、行きの倍くらいの速度で進める。

ディエゴは「一刻も早く帰りたい。ラスクが他の男と俺の背中でめっちゃ接近してるとか最悪だ」って言っていたから、すっごく頑張って走っていると思う。日中必死で走って夜はひたすら爆睡。僕はその姿を眺《なが》めつつ夜な夜なエルフの秘薬を生成した。

最初は分からないことが多くて、ルフさんに助けてもらっていたものの、二週間経つ頃には彼の手を借りなくても質のいい秘薬を作れるようになっていた。

「多分あと三日も走ればルコサの町に着くと思うぞ」

途中の町でお昼ご飯を食べている時に、ディエゴがポツリと言った。

「あと三日!? 来る時は一ヶ月近くかかったのに、やっぱり速いね。ルフさんが風魔法で補助してくれてるし、ディエゴ、毎日ものすごく頑張って走ってるもんね」

ありがとう、と言うと、ディエゴのしっぽが嬉しそうにファサファサと揺れる。

ルフさんも一緒だから、過剰にいちゃいちゃしないように気を付けているけど、こんなふうにディエゴのしっぽが可愛く揺れると、なでなでしたい欲求を閉じ込めるのが大変だ。

「一刻も早く帰り着きたいからな!」

「そうだね、感染がどこまで進んでるか分からないし、一刻でも早く帰りたいよね」

ここに辿《たど》り着《つ》くまで、まだ黒ルゲア病が流行《はや》っている様子は見られていない。ただ、ルコサに近づくにつれ少しずつ病《やまい》の噂が聞こえ始めていた。

幸い、感染者が出たという話じゃない。

でも、「海の向こうでは」「いやいや、港町で発症したらしい」なんて不穏な内容のものが多く、僕は内心不安になっていた。

噂を追っかけるみたいに、流行病《はやりやまい》は猛威を振るうものだから。

「少しずつ流行病《はやりやまい》の噂を聞くようになってきたね」

「だな、爺ちゃんやヤクルや町の人たちが酷《ひど》いことになる前に帰り着かねぇと」

「お前たちの町にミーフェンもいるのか？」

ルフさんがちょっとそわそわした様子で聞いてくるのが面白い。本当にミーフェンさんに会いたいんだなぁと微笑《ほほえ》ましくなる。

「いや、俺が元々住んでたルコサって町にいるんだ。途中で寄ってやるよ」

「そ、そうか。ちょっと緊張するが……ミーフェンはどんな様子なんだ？　店を開いていると言っていたから、元気でやっているんだろうが……」

「元気元気！　普通に町に馴染《なじ》んでるし、人間を研究して薬作るのが楽しいって言ってたぜ！」

「そうか、今も研究熱心なんだな」

喜んでいるけど、ミーフェンさんが熱心に研究しているのがエッチなお薬だと知ったらどういう反応をするのだろうか。若干気まずい。

でも、そこはもう本人に再会して自分たちで向き合ってもらえばいいよね。

「ミーフェンは流行病《はやりやまい》に対処する薬も作っているのだろうか」

「いやー、方向性が違うものが多いと思うけどなぁ」

そんな話をしていた時だった。

「あんたたち、流行病《はやりやまい》の話をしてるみたいだが、いよいよ黒ルゲア病が流行《はや》り始《はじ》めたって噂だよなぁ、くわばらくわばら」

隣の席のおじさんたちが話しかけてきた。思わず僕も身を乗り出す。

「黒ルゲア病って、どんな噂が流れてるんですか？」

「あー？　港町のドライルってあるだろう？　ついに海の向こうから、黒ルゲア病が渡ってきたって噂だぜ」

「ドライル……」

黒ルゲア病の噂を聞いた町だ。やっぱり、海を越えてきたんだ。

「大丈夫か、ラスク。顔が真っ青だ」

「早く……早く、帰らないと」

「おや、お兄さんもしかしてあの町の出身かい？」

「いや、でも近い町に住んでるんだ」

僕の代わりにディエゴが答えてくれる。

「そうか、まだ他の町じゃ話は聞かねぇな。なんでもドライルで病《やまい》をせき止めようって、近隣の町から薬だの薬師だの治癒術士だのが集められて、躍起になって対応してるらしいぜ。もう一昔前みてぇな惨事《さんじ》はごめんだからよ、上手《うま》くいくといいんだが」

もう、いてもたってもいられない。

「貴重なお話ありがとうございます。……ディエゴ」

「分かってる。すぐにドライルに向かおう」

「うん！」

「でも大丈夫か？　顔色がすげぇ悪いけど」

「行かないほうがつらいから」

「分かった。できるだけ振動が来ないように走る」

「ありがとう……！」

速攻で会計を済ませ、僕たちは取るものもとりあえず町を出る。

ふらつく僕を支えながらディエゴが後ろを振り返って、ルフさんに説明した。

「ルフ、悪いがこのままドライルという町に向かう。もしかしたらそこにミーフェンもいるかもしれんが、保証はできない」

「状況は理解している。なに、もう二百年も待ったんだ、少々遅れたところで文句はないさ」

「そうか、悪いがラスクが落ちないように気を付けてやってほしい」

「任せておけ。お前はとにかく全力で走ればいい。最大限の補助をしてやる」

「頼んだ」

そう言った瞬間、ディエゴが狼《おおかみ》に姿を変える。僕が乗りやすいように体高を低くしてくれたと思った瞬間、ふっと体が軽くなって、ストン、とその背中に乗っていた。

「えっ……」

言葉を発する間もなく、強い風が僕を包む。

「あの」

「黙っていろ。目的地に着いたらお前しかできないことがあるだろう。今は何も考えず、体力を温存しておいたほうがいい」

ディエゴもルフさんも最善を尽くそうとしてくれている。なのに肝心の自分が震えているのが情けなくて悔《くや》しくて仕方がない。流行病《はやりやまい》と戦うために薬師になったのに、それがいざ身近に迫っていると思うだけで、こんなに恐怖に駆られるなんて。

情けない。

悔《くや》しくてにじむ涙を堪《こら》えながら必死にディエゴの背中にしがみつく。

震えている場合じゃないんだ。今頑張らないと、どれだけの人が命を落とすか分からない。そして、誰かが命を落とすたびに、その何倍もの人が身を切られるような悲しい思いをするんだ。

「だいじょうぶだ、ラスク」

落ち着かせるように、ディエゴが声をかけてくれる。

そうだ。大丈夫だ。

僕はもう、あの頃みたいに何もできない子どもじゃない。

エルフの秘薬もたくさん作った。

ディエゴもルフさんも助けてくれるし、近隣の町の薬師が召集されているのなら師匠やヤクルさん、もしかしたらミーフェンさんもいるかもしれない。

きっと、大丈夫。

自分にそう言い聞かせながら込み上げる恐怖をいなす。

射られた矢よりも速い速度で駆けるディエゴの背中にぴったりとくっつくと、血が引いてクラクラしていた頭が少しずつ落ち着きを取り戻し、指先にも血が巡《めぐ》り始《はじ》めた。

温かい背中が、躍動する筋肉が、勇気付けてくれるみたいで気持ちが上向いてくる。

そうだ、きっと大丈夫。

僅《わず》かな休みを入れながら走り続け、真夜中を過ぎて空が白み始めた頃、ようやく空気に潮の匂いが混ざり始めた。

「もう町が近い」

ディエゴがボソリと言う。

さすがに疲れているのだろう、声に覇気《はき》がない。本当に凄《すご》く頑張ってくれた。

ディエゴの頑張りでこんなに早く町に到達したんだ、後はゆっくり休んでほしい。

「ディエゴ、高台に行け。高所からこれまでに作った薬を散布すれば、大きな効果が出るかもしれん。ラスク、できるか？」

「……大丈夫！」

チラと後ろを見ながらルフさんに力強く答える。彼は穏やかに微笑《ほほえ》んでくれた。

「良かった、顔色がだいぶ良くなったようだ」

「本当か!?」

ディエゴが弾《はず》んだ声を出す。僕はぎゅう、とモフモフの首に抱き付いてやった。

「ありがとう、ふたりのおかげだ。僕、頑張るから……あの崖の上まで連れていってくれ」

「任せろ！　でも、無理はするなよ」

「うん！」

そうは答えたものの、無理なんてするに決まっている。今が正念場だってことくらい、僕だって十二分に分かっているのだから。

ディエゴの脚をもってすれば高台までなんてあっという間で、瞬《またた》きするほどの時間で、僕たちは港町を見下ろす高台に到着していた。

ディエゴの背から降りようとしたのに、ずっと同じ姿勢でいた体が強張《こわば》って動かない。よろめきながら降りると、速攻で人型に戻ったディエゴがさっと支えてくれた。

「ごめん、ディエゴのほうがずっと疲れてるのに」

「オレは大丈夫だ。ラスク、本当に大丈夫か？」

「もう秘薬はたっぷり作ってるんだ。後は気化して散布するだけだから大丈夫」

ディエゴに心配されつつ、町を見下ろす崖の際に立つ。

朝焼けに色づく町は、恐ろしいほどに静かだ。

以前来た時は、朝早くから漁に出る船で賑《にぎ》わっていた。市場にも人がたくさんいて、威勢のいい競《せ》りの声が響き渡っていたのに。

少しでも早く、日常に戻さなければ。

マジックバッグから大きなたらいを取り出して、そこに作った秘薬をドバドバと注ぐ。なみなみと注がれた秘薬でたらいがいっぱいになったところで、僕は精神を集中した。

「おお……本当に気化していく」

「な！　俺のラスクは凄《すご》いだろ！」

なぜかディエゴが自慢げだ。ルフさんはくすくすと笑いつつ、魔力を練り上げていた。

「ラスクが気化したものをオレが町へ届けよう。風魔法は任せてくれ」

「ありがとうございます！」

「あの町の隅々まで行き渡るようにすれば良いんだろう？」

「はい！」

効率良く、たらいの中の秘薬が減っていく。

「ディエゴ、秘薬を足してくれ。まだ町全体へ行き渡るには足りない」

風を送り込んでいるルフさんには、どこまで秘薬が行き渡っているのかが分かるんだろう、彼がそんなことを言い出した。

「お……おう」

その言葉を受けて、ディエゴがマジックバッグの中から秘薬を取り出し、たらいにトクトクと注ぎ込む。

「足りるかな」

不安そうに呟《つぶや》くけど、僕は帰りの道中、相当な数を作り続けてきた。

「四百近く作ったんだ、大丈夫だと思いたい」

「残りはどれくらいある？」

ルフさんの声に、ディエゴがマジックバッグの中を覗き込む。

「いや、まだ三分の一くらいしか使ってねぇけど」

「なら大丈夫だ。効果を増幅して届けてるから、意外に少なくて済む」

「ルフさん、凄《すご》い……!!」

なんて頼もしい！

ディエゴが注いでくれる秘薬を僕が気化して、ルフさんが風に乗せて町に届ける。そのルーティンをどれだけ続けたか分からない。そんなこと気にする暇もないほど集中していた。

「もういいだろう」

無心に作業しすぎていた僕は、ルフさんのその言葉に、一瞬、反応できなかった。

「えっ、マジ？」

「一通り、町全体に行き渡ったはずだ」

ディエゴとルフさんのそんな会話を聞いて、やっとホゥ……と息を吐《つ》く。

「良かった……」

力が抜けて、思わずへたり込んだ。

「ラスク、すげぇ頑張ったな！」

「うむ、よく頑張った」

「僕なんて……ふたりのおかげだ。本当にありがとう」

僕ができたことなんてほんの僅《わず》かだ。ふたりがいなかったら、手をこまねいて見ているしかできなかったに違いない。

やれるだけのことをやったという気持ちはあるけれど——

「効果を、確かめに行かなくちゃ」

そもそもこの秘薬が黒ルゲア病に本当に効果があるのか、検証できていない。期待通り効いているのか、いないのか。考えたくはないけれど、まったく効果がないこともある。

今後の対応を考えるためにも、効果の確認が必要だった。

「そうだな。爺ちゃんやヤクルもこの町に来てるかもしれないんだもんな。爺ちゃんたちに話を聞けば、状況が分かるかもしれねぇし」

「ミーフェンもここに来ているといいのだが」

「捜してみましょう」

そんな話をしつつ崖を下り、僕たちは緊張して港町ドライルへ足を向けた。


「——ラスク!?　どうしてここに」

「おお、無事で何より」

市場の一角に設けられた仮設診療所に行くと、こっちが見つけるよりも早くヤクルさんと師匠に声をかけられた。きっと、患者さんの出入りを注視していたのだろう。

「黒ルゲア病と戦うために近隣の薬師が集められたって話を聞いて、急いで来たんです。ディエゴが凄《すご》く頑張ってくれて」

「そうか……！　正直助かる」

「ディエゴ、頑張ったんじゃのぅ」

師匠がディエゴの頭をよしよしと撫《な》で、ディエゴのしっぽがご機嫌にフリフリ揺れた。可愛い。

「ただ、今日はなんか落ち着いてるんだよね」

「そうよな、昨日までは診療時間の前からこの仮設診療所の前に長蛇《ちょうだ》の列ができたんじゃが、今日はそれもない」

「それに患者さんの体調も良さそうで、口々に『今日は急に楽になったけど、念のために薬を貰《もら》いに』って言うんだよ」

僕は思わずディエゴとルフさんを見上げた。

それってもしかして、秘薬が黒ルゲア病に効いたってことじゃないだろうか。

「普通は日を追うごとに患者が増えるものなんだけど、今日はガクンと減ってるんだよね」

「本当ですか……！」

「黒ルゲア病はそうそう流行が収まる病《やまい》じゃないんだがのぅ」

「なんでまた急にこうも状況が良化したのか……」

そう呟《つぶや》いていたふたりの目が、自然と僕たちを捉《とら》える。

「もしかしてラスク、お前たち」

その瞬間、背後で声があがった。

「え？　嘘⁉　ルフ⁉　なんでラスクたちといるの⁉」

振り返ると、ミーフェンさんが目をまん丸にして僕たちを見ていた。

「久しぶりだな」

「え、やっぱ本当にルフだ……え、てことは待って、もう森まで往復したってこと⁉」

「誰……？」

ヤクルさんがきょろきょろとルフさんとミーフェンさんを見比べる。僕たちは一旦、仮設診療所から移動することにした。


「――なんと、ではラスクたちはエルフの里で秘薬のレシピを授《さず》かったと……！」

師匠がほぅ……と感歎の声をあげる。

人に聞かれるとまずい話が多いと判断した僕たちは、屋台で食料を買って崖の上に戻っていた。みんなで食べながらお互いの紹介を済ます。その後の話は自然、黒ルゲア病とエルフの秘薬についてになった。

「エルフの秘薬は毒素を中和するものらしくて、気化して町全体に行き渡らせたら感染してる人も空気中に蔓延《まんえん》してる黒ルゲア病もまとめてなんとかできるんじゃないかって考えたんです」

「朝、俺たちでやってみたんだよな！」

ディエゴが楽しそうに言う。

「その発想は凄《すご》いな！　もしかしてそれで急に患者が減ったのか!?」

「そうかもしれんの、今日は来る人来る人、顔色もいいし、身内に罹患者がいる人も加減がいいと言っておった。さすがエルフの秘薬とは凄《すご》いもんじゃ。これがエリクサーなのか」

師匠が感心したように言う。けれど、ルフさんとミーフェンさんは困ったように首を横に振った。

「我々の薬はエリクサーではないよ。そもそもエリクサーなんてものはないだろう。人間の夢の産物だ」

「多分、効果が高い色々な薬の特徴だとか、こういう薬があるといいなんていう希望が『エリクサー』という正体不明な薬を生み出したんだろうね」

「なんと……エリクサーは存在せんのか……」

師匠ががっくりと肩を落とす。

「師匠もエリクサーのレシピを探してたんですもんね……」

「そうだったのか」

ルフさんは軽く目を見開き、けれどすぐに表情を引き締めた。

「悪いが秘薬についての詳細はラスクの師匠である貴方でも話せない。我らの里を守るためには必要なことだ」

「それは無論そうでしょうな」

「そんなあっさり」

「そうでなければ秘薬とは言わん」

びっくりしたみたいに師匠を見るヤクルさんに、師匠はきっぱりとそう言った。エリクサーについて長年情報を追っていた師匠だからこそ、そんな感覚があるのかもしれない。

「ありがとう、貴方のような方ばかりだと世の中ももう少し穏やかなんだろうが」

ホッとしたように、ルフさんが微笑《ほほえ》む。そして、僕に視線を向けた。

「ラスク、お前が言った通りだった。人間にも信頼できる者は一定数いるらしい」

嬉しくなって思わずニヤつく。

ニヤニヤが止まらない僕とは逆に、ルフさんはますます真剣な顔になる。

「ラスク、これならばお前が言うように、彼らに頼んでもいいだろう」

「……はい！」

ルフさんとは道中、何度も師匠たちにどこまで打ち明けるか話し合ってきた。

黒ルゲア病は恐ろしい流行病《はやりやまい》だ。一ヶ所だけ流行を食い止めればおしまい、なんてことはまずない。ある場所で流行《はや》っているならば、他の多くの場所でも猛威を振るっている。

それに、もしもこのエルフの秘薬が黒ルゲア病に効くとしても、一回で完全に根絶できるとは限らなかった。経過を観察したり、再発した病《やまい》の対処をしたりする人が必要だ。

この港町ドライルや僕たちが住むルギー、そしてミーフェンさんの店があるルコサ周辺に黒ルゲア病の再発がないかを見守り、その対処を任せられる人がいれば、僕は秘薬を作りつつ他の町を癒《い》やしに行ける。

師匠とヤクルさんなら、もしもの時のために秘薬を託して後を任せられるだろう。

「師匠、ヤクルさん、実はお願いがあって」

「おや、どうしたね」

「黒ルゲア病は海の向こうでも猛威を振るっていると聞いています。僕、薬がある限り、町を巡《めぐ》って少しでも病《やまい》を減らしたいと思っているんです。でもこの町と周辺の町で、黒ルゲア病が再発する可能性もあるから、師匠とヤクルさんに秘薬を託して、後をお任せしたくて」

「勿論《もちろん》」

「それは……立派な心がけだが」

「ありがとうございます……！」

ふたりが請《う》け負《お》ってくれるなら百人力だ。

ホッとしてディエゴと顔を見合わせて笑い合う。そこでお師匠がコホン、と咳払いした。

これは、師匠から何かお叱《しか》りを受ける合図だ。思わず緊張して背筋が伸びる。

なのに、師匠は優しい目で僕を見つめて頭をよしよしと撫《な》でてくれた。

「ラスク、秘薬を作れるからと言って、お前が責任を負うことはないんじゃよ。お前のことだから、今にも次の町に行こうと思っておるだろうが、こんな短期間で戻ってきたんじゃ。休みなしだったのじゃろ。ホレ」

「ぎゃうっ」

急に足をぐいっと押されて、ディエゴが悲鳴をあげる。

「ディエゴの足も腫《は》れておる。ディエゴも我慢強いでの、お前のために無理をしてきたのじゃろう。後はわしらに任せて今日は家に戻って体を休めなさい」

「師匠……ディエゴ、ごめんな。僕、気が付かなくて」

「今のは完全に油断してた……！　こんなの寝たらすぐに治るんだよ。ラスクにばれないように頑張ってたのに」

ピス……と鼻を鳴らして、ディエゴが唇を尖らせる。

ポーションなんていくらでも作れるんだから、隠さずに言ってほしいのに。

僕は彼の手足に丁寧にポーションを塗《ぬ》り込《こ》んでやり、残りは飲ませて、疲労回復の薬もたっぷり与えた。

師匠とヤクルさんはそんな僕らをにこにこと見守ってくれる。彼らも、もう大丈夫だというディエゴの主張には一切首を縦に振らず、「まずは休みなさい」の一点張りだ。

「分かっただろ、ラスク。ラスクが無理をするとディエゴはもっと無理をするよ」

「人を癒《い》やすには、まず自分が健康でなくてはならん。今日は頑張り屋の番《つがい》をしっかり甘やかしてやって、元気を充分に補給してから海を渡りなさい」

「そうだよ！　ラスクとディエゴが命を落としたらなんにもならないんだからね。気力体力が充分じゃないと、病《やまい》はすぐに身のうちに巣くうものだよ」

師匠とヤクルさんに散々言い含められて、僕とディエゴは顔を見合わせて苦笑した。

「分かりました。今日は戻って休みます」

「うん！　偉い」

ヤクルさんにいつもみたいに褒められて、あったかい気持ちになる。

僕は師匠とヤクルさんに二十あまりの秘薬と共にポーションを渡す。

「秘薬で病《やまい》は中和されても、削《そ》がれた体力が戻らなくて死に至ることがあるそうです。そんな方にはポーションを処方してください」

せっかく病《やまい》が癒《い》えたのなら、命を落としてほしくない。

「ああ、任せておけ」

「海を渡る前にはまたここに寄るといいよ。秘薬の効果が気になるだろうから」

「はい！　ありがとうございます」

師匠とヤクルさんと話しているうちに、ディエゴが狼《おおかみ》の姿に変わっていた。その背に乗ってふと気が付く。

「ルフさんってどうします？」

確か、僕を見張る役目もあったはず。もしかして僕の家についてくるのかな、と思ったが、彼は今までで見た一番優しい笑顔でミーフェンさんと微笑《ほほえ》み合《あ》っていた。

「久しぶりにミーフェンと会えたんだ。オレも今日はここでミーフェンの手伝いをする」

「そっか、そうですよね」

なんだかミーフェンさんも照れ臭そうだけど嬉しそうだし、積もる話もあるだろう。ふたりでゆっくり話せれば良いと思う。

「秘薬を使う際は勿論《もちろん》立ち会う。その時には必ず声をかけてくれ」

「あの仮設診療所に行けばいいんですよね？」

「ああ、連絡がつくようにしておく」

「分かりました！」

「じゃあ、気を付けてお帰り」

ヤクルさんの言葉と共に、ディエゴが力強く地を蹴る。一瞬で皆の姿が見えなくなって、僕とディエゴは随分と久しぶりの僕たちの家に向かって駆けていた。


ドライルからルギーまでは本当に驚くほどあっという間だった。多分二時間程度しかかかっていないんじゃないだろうか。あまりの速さに僕は自分の家を二度見したくらいだった。

いつも通りに玄関横のお風呂のドアを開けながら、ディエゴを思いっきり褒める。

「ディエゴ、ものすごく早く着いたんじゃないか？　凄《すご》いな、お前！」

「だって、早くふたりになりたかった……」

狼姿《おおかみすがた》のまま、キュウン、と切ない声をあげられるともう可愛くって仕方がない。

中に入ってお風呂のドアを閉めると同時にもふもふの首にぎゅっと抱き付いて、思いっきりモフモフモフモフと撫《な》でてやった。

誰の目もないいって思うと、好きなだけ抱き付けるしモフモフできる。最高。

「あ〜〜〜なんか久しぶりに、ぎゅってしてモフモフしたなぁ」

「俺もしあわせ……」

ディエゴのしっぽが嬉しそうにふりふり揺れて、口からはははふはふと弾《はず》んだ吐息が漏れる。

「また暖炉の前で一緒にごろごろしたいね」

「わふ！」

「うわ！」

「同意！」とでも言いたげにディエゴが僕の顔をベロベロ舐《な》める。

「あはは！　なんなの、うわもう」

こんなふうにじゃれ合うのも久しぶりで、本当に家に帰ってきたんだなって実感が湧いてくる。

僕もきっと、こんな時間を待っていたんだ。

「さっさとお風呂入っちゃってゆっくりしよっか！」

「わふ！　わふ！　わふ！」

ディエゴがおっきな頭をぐりぐりと押し付けてくるのが可愛い。

でも、ちょっと「あれ？」と思った。このところはずっと人型になってお風呂に一緒に入っていたのに。

「人型にならないの？」

「ラスクに、あらってほしい」

スリ……と体を擦《こす》り付《つ》けてくると、もう愛しい気持ちが込み上げてきて困る。

「よっしゃ！　じゃあ久しぶりに綺麗に洗ってやるからな」

「わふ！」

自分も真っ裸になってから、ディエゴにあったかいお湯をかけてやる。

ミーフェンさんのお店で買った毛がツヤツヤになる石鹸《せっけん》を思いっきり泡立てて、両手で毛に揉《も》み込《こ》むように洗ってやった。

顔も耳も、胸の辺りもまんべんなく石鹸《せっけん》を揉《も》み込《こ》んで、抱き付くみたいにしてお腹《なか》から背中まで洗うと、ディエゴは気持ち良さそうに目を閉じて身を任せてくれた。

お風呂は嫌いみたいだったのに、僕と暮らしている間に慣れたらしい。

綺麗に洗い流すと、「わふぅ……」と満足そうな声を出すから笑ってしまった。

「今度は俺が洗う！」

スッキリしたらしいディエゴはいつの間にか人型に戻っていて、今度はこっちが丸洗いされる。

じゃれ合うように洗い上げられて、久しぶりにふたりでゆっくり湯に浸《つ》かる。

なんだか、凄《すご》く幸せだ。

お風呂から上がって拭《ふ》きっこして、暖炉の前でまったりして、とりあえずお腹《なか》はすいていないから一緒にベッドに飛び込んだ。

まだ日は高いけど、このところゆっくりベッドで眠ることさえ少なかったんだから、今日くらいはいいんじゃないかな。

「あー……やっぱコレめっちゃいい」

ディエゴが僕の首筋に鼻を埋めてスンスンと匂いを嗅《か》いでいる。

ディエゴ、本当に僕の匂い嗅《か》ぐの好きだなぁ。結構恥ずかしいんだけど。

そのうちディエゴは熱心に僕の首筋を舐《な》め始《はじ》めた。

「ラスクとエロいことするのも久しぶり。めっちゃ嬉しい」

その言葉通り、しっぽが高速で揺れている。

「あはは、寝なくて大丈夫？　する？」

「するに決まってるだろ!!　だってもう一ヶ月くらいしてねぇもん。俺、ラスク不足でもうずっとムラムラしてたんだっつの!!」

「うん、僕もディエゴといちゃいちゃしたい」

「ラスク、好き！」

「ん」

ばくっと唇を食べられて、くちゅくちゅと舌を舐《な》められながら、乳首を可愛がられる。久しぶりの甘い刺激も、下半身に感じる温かさも重みも、全てが気持ちいい。

ディエゴの動きがゆっくりになるに従い、与えられる快感もじわじわともどかしいものになる。

そのうち胸の粒を弄《いじ》る手が止まって、僕の舌を力強く吸っていた舌からも力が抜けた。

「ディエゴ……？」

返事がない。

すー……、すー……、と健《すこ》やかな寝息が聞こえる。僕は思わず微笑《ほほえ》んだ。

寝落ちしちゃったかぁ。

そりゃあそうだよね。ディエゴはエルフの森との往復で、ここ二ヶ月くらいはずっと走り通しだった。しかもドライルで黒ルゲア病が流行《はや》っているって聞いてからは、ほとんど休みなくここまで突っ走ってきたんだ。

本人は大丈夫だって言っていたけど、疲れていないはずがない。

「ホントに、ずっと頑張ってくれたんだよな……」

出会った頃は、すっごく強いけどワガママで言うこと聞かない、そのくせ妙に愛嬌《あいきょう》のあるワンコだと思っていた。

あの傍若無人《ぼうじゃくぶじん》な真っ黒ワンコが、まさかこんなにも一途で、優しくて、びっくりするくらい頑張り屋で、僕のことをとてもとても大切にしてくれる伴侶になってくれるだなんて。

「起きたら悔《くや》しがるんだろうなぁ」

エロいことしたかったのにって。

それでも、睡眠を削ってここまで頑張ってくれたディエゴを、今はとにかく少しでも寝かせてやりたい。

「起きたら、いくらでも好きなことして良いからな」

僕の上で脱力して安心しきった顔で眠っている可愛い伴侶の背を優しく撫《な》でながら、僕は幸せな気分で目を閉じた。

大好評発売中！

目覚めると見知らぬ森にいた会社員のタカト。連日の残業を終え、布団に倒れ込んだはずなのに——訳がわからぬまま奴隷狩りにまで遭遇し焦るタカトだが、目の前に現れたのは……なんと最推しキャラ・ダレスティアだった！？タカトは乙女ゲーム『竜《りゅう》の神子《みこ》』の世界に転生していたのだ。ダレスティア率いる騎士団に保護されると、攻略対象達は何故か甘い言葉を投げ掛けてきて……？　**最強騎士団双翼の猛愛が止まらない！社畜系男子の異世界溺愛BL、開幕！**

無料で読み放題
今すぐアクセス！
アンダルシュWeb漫画

3巻 定価：770円(10%税込)
1〜2巻 各定価：748円(10%税込)

アンダルシュサイトにて好評連載中！

この作品に対する皆様のご意見・ご感想をお待ちしております。

おハガキ・お手紙は以下の宛先にお送りください。

【宛先】

〒150-6019 東京都渋谷区恵比寿4-20-3 恵比寿ｶﾞｰﾃﾞﾝﾌﾟﾚｲｽﾀﾜｰ 19F
（株）アルファポリス　書籍感想係

メールフォームでのご意見・ご感想は右のＱＲコードから、
あるいは以下のワードで検索をかけてください。

アルファポリス　書籍の感想　検索

ご感想はこちらから

本書は、「アルファポリス」（https://www.alphapolis.co.jp/）に掲載されていたものを、
改題、改稿のうえ、書籍化したものです。

拾《ひろ》った駄犬《だけん》が最高《さいこう》にスパダリ狼《おおかみ》だった件《けん》

竜也りく（たつや りく）

2024年 12月 20日初版発行

編集ー黒倉あゆ子
編集長ー倉持真理
発行者ー梶本雄介
発行所ー株式会社アルファポリス
〒150-6019 東京都渋谷区恵比寿4-20-3 恵比寿ｶﾞｰﾃﾞﾝﾌﾟﾚｲｽﾀﾜｰ19F
TEL 03-6277-1601（営業） 03-6277-1602（編集）
URL https://www.alphapolis.co.jp/
発売元ー株式会社星雲社（共同出版社・流通責任出版社）
〒112-0005 東京都文京区水道1-3-30
TEL 03-3868-3275
装丁・本文イラストー都みめこ
装丁デザインーAFTERGLOW
（レーベルフォーマットデザインー円と球）
印刷ー中央精版印刷株式会社

価格はカバーに表示されてあります。

落丁乱丁の場合はアルファポリスまでご連絡ください。

送料は小社負担でお取り替えします。


ISBN978-4-434-34827-3 C0093